KB167287

리스본의 겨울

El Invierno en Lisboa

세계문학전집 231

리스본의 겨울

El Invierno en Lisboa

안토니오 무뇨스 몰리나

나송주 옮김

민음사

안드레스 소리아 올메도와
과다루페 루이스에게

"이별에는 사랑하는 사람이 우리와 함께 있지 않는 순간이 존재한다."

—플로베르, 『감정 교육』

1

비랄보를 마지막으로 본 지도 거의 2년이 흘렀다. 하지만 자정 무렵 메트로폴리타노 바에서 그를 다시 만났을 때, 우리는 바로 전날 함께 술을 마신 사이처럼 서로의 안부를 시큰둥하게 물었다. 그는 전에 이곳 마드리드가 아니라 산세바스티안에 있는 플로로 블룸이 운영하는 술집에서 오랫동안 연주 생활을 하며 지냈다.

이제는 메트로폴리타노에서 흑인 콘트라베이스 연주자와 북구 사람으로 보이는 몹시 신경질적이고 새파랗게 젊은 부비라는 프랑스인 드럼 연주자와 연주하고 있었다. 그룹 이름은 자코모 돌핀 트리오였다. 그때 나는 비랄보가 이름을 바꾼 사실을 몰랐다. 자코모 돌핀은 피아니스트라는 직업상 듣기 좋게 지은 예명이 아니라, 그의 여권에 등재된 이름이었다. 얼굴을 보기 전에 피아노 소리만으로도 나는 그가 비랄보임을 알아차렸다. 그는 연주와 별로 상관없다는 듯 힘들이지 않고 피아노를 치는 듯했다. 나는 연주자들을 등지고 바에 앉아 있었다. 곡명은 기억나지 않았지만, 막연하게나마 어떤 노래의 가락을 암시해 주는 피아노 소리에 묘한 느낌이 들었다. 음악을 들으면 가끔씩 떠오르는 옛 시절의 순수한 느낌 같았다. 다시 정신을 차려 현실로 돌아왔을 때에도 내가 느꼈던 것이 한참 전에가 보았던 산세바스티안의 레이디 버드라는 바에서 보낸 밤의 느낌이었다는 걸 몰랐다. 나는 그 밤을 까맣게 잊어버리고 있었다. 피아노 소리가 콘트라베이스와 드럼 소리에 묻혀 거의 들리지 않게 되었을 때 손님들과 연주자들을 무심히 훑어보다가 담배 연기 사이로 비랄보의 옆모습을 보았다. 그는 눈을 반쯤 감고 입에 담배를 문 채 연주하고 있었다.

비랄보를 바로 알아보기는 했지만, 그가 달라지지 않았다고 말할 수는 없었다. 상상할 수 있는 범위 안에서 변하긴 했다. 그는 짙은 색 셔츠에 검정 넥타이를 매고 있었고, 세월은 그의 얼굴에 함부로 대하기 어려운 풍모를 더해 주었다. 어린 시절부터 자신도 모르게 어떤 운명에 맞춰 살아온 사람만의 변하지 않는 특질이 그에게서 느껴졌다는 것을 나는 나중에야 깨달았다. 30년이 지나 사람들이 추하게 변해 갈 때도 그들은 마음속 분노와 함께 침착함을 잃지 않는 이상한 젊음, 고요하면서도 질투심에 사로잡힌 것 같은 용기를 여전히 지니는 것이다. 그날 밤 비랄보에게서 발견한 가장 뚜렷한 변화는 바로 눈빛이었는데, 초연한 듯하면서도 모순으로 가득한 흔들림 없는 눈빛은 지식으로 무장한 청년의 눈빛, 바로 그것이었다. 마주 대하기에 너무나 벅찬 시선이었다.

나는 30분이 조금 넘게 차가운 흑맥주를 마시며 비랄보를 계속 주시했다. 그는 건반 쪽으로 몸을 굽히지 않고 오히려 담배 연기가 눈에 들어가지 않게 머리를 쳐들고서 피아노를 연주했다. 그러면서 관객들을 내려다보거나 다른 연주자들에게 신호를 보냈다. 그의 손은 생각이나 기교가 배제된 것 같은 속도로 움직였는데, 마치 어떤 우연에 내맡겨진 듯했다. 담배 연기가 푸르스름한 나선형이 되듯, 그 우연의 운율은 허공 속에서 스스로 하나의 멜로디가 되었다.

어쨌든 그 모든 행동들이 비랄보의 생각이나 관심사와 무관한 듯 보였다. 그가 유니폼을 입고 탁자 사이를 오가며 서빙하는 금발 웨이트리스를 유심히 보다가 어느 순간 그녀와 미소를 주고받는 걸 보았다. 신호를 보내니, 곧바로 그 웨이트리스가 피아노 덮개 위에 위스키 한 잔을 올려놓아 주었다. 세월이 흐르면서 비랄보의 연주 방식도 바뀌었다. 나는 음악에 대해 잘 모르고, 거의 관심조차 없었다. 하지만 레이디 버드에서 비랄보의 연주를 듣는 순간, 음악이 이해 가능한 이야기를 담고 있다는 사실을 알았다. 그날 밤 메트로폴리타노에서 음악을 듣는 동안, 비랄보가 2년 전보다 피아노를 더 잘 연주한다는 생각이 막연히 들었다. 몇 분 동안 그를 바라보다가 그의 바뀐 작은 동작들에 관심이 쏠리면서 피아노 소리가 더 이상 귀에 들어오지 않았다. 비랄보는 옛날처럼 건반 위로 몸을 기울이지 않고 세우고 있었으며, 가끔 왼손으로만 연주하며 다른 손으로 술잔을 잡거나 담배를 피우다가 재떨이에 놔두기도 했다. 또 가끔씩 금발 웨이트리스를 쳐다보며 건네는 미소도 예전과 조금 다르다는 것을 알아차렸다. 그는 세상 사람들이 모르는 자기만의 깊은 행복감에 차서 혼자 웃거나 콘트라베이스 연주자를 보고 웃었다. 장님의 미소처럼, 그 자신이 즐거워하는 이유를 다른 사람은 알 수도, 함께 나눌 수도 없는 그런 미소였다. 나는 콘트라베이스 연주자를 쳐다보면서 그런 식으로 미소 짓는 것은 주로 흑인들이며, 비랄보가 도전 정신과 자부심으로 가득 차 있다고 생각했다. 고독에 젖어 차디찬 맥주를 많이 마신 탓에 이렇게 제멋대로 생각하는 것 같았다. 그러니까 사색에 잠긴 분위기를 풍기는, 북구 사람처럼 보이는 드럼 연주자는 다른 종족이고 비랄보와 콘트라베이스 연주자 사이에는 일종의 인종적 유대가 있을 듯했다.

피아노 연주가 끝나자 연주자들은 관객의 환호에 감사를 표시했다. 드럼 연주자는 너무 환한 장소에 들어선 사람처럼 꼼짝하지 않고 약간 갈피를 못 잡았지만, 비랄보와 콘트라베이스 연주자는 영어로 이야기를 나누고 유쾌하게 웃으면서 무대에서 곧장 내려왔다. 이들의 모습은 작업 종료 사이렌이 울리자 잔업과 부수적인 일들을 그대로 팽개쳐 버리는 사람들처럼 보였다. 연주하면서 비랄보가 나를 보았다는 낌새는 전혀 없었는데, 그는 몇몇 아는 사람들에게 건성으로 인사하면서 내 쪽으로 다가왔다. 아마 내가 그를 보기 전부터 그는 나를 보았을지도 모른다. 나만큼이나 오랫동안 그도 나를 주시하면서 내 움직임을 살핀 것이다. 산세바스티안에서 나는 그가 누군가에게서 도망치듯 거리를 걷는 것을 많이 보았다. 그런 모습은 피아노를 연주할 때도 드러났다. 그러나 지금 이곳 메트로폴리타노 바의 취객들 사이에서 내 쪽으로 오는 모습을 보니 그는 마치 한곳에 단단히 붙들린 사람처럼 예전보다 더 느릿하고 신중했다. 우리는 항상 그렇듯 무덤덤하게 인사를 나눴다. 우리의 우정은 맥주, 백포도주, 영국산 진, 버번위스키같이 비슷한 종류의 술을 좋아하는 데서 비롯했는데, 저녁에만 친구 사이였지 낮에도 그런 것은 아니었다. 서로 친해질 만한 못된 짓을 같이 저질러 본 일도 거의 없었다. 술값을 지불할 능력이 충분한 우리는 술과 밤이 불러일으키는 열정과 과장된 우정을 믿지 않았다. 그러나 언젠가 한번은 새벽녘이 다 되었을 무렵 드라이 마티니를 네 병이나 마시고 취한 비랄보는 내가 피상적으로만 알던 루크레시아에 대한 사랑과 방금 돌아온 그녀와의 여행에 대해 말해 주었다. 우리는 그날 저녁 너무 많이 마셨다. 다음 날 일어났을 때 숙취가 남는 정도가 아니라 여전히 술에 취한 상태였다. 그리고 비랄보가 이야기해 준 것은 아무것도 기억나지 않았다. 예정에도 없이 갑작스럽게 시작되었다가 끝난 그 여행에서 들른 도시가 리스본이라는 것만 생각났다.

처음에 우리는 마드리드의 생활에 대해서 많이 묻지도 말하지도 않았다. 금발 웨이트리스가 다가왔다. 그녀의 하얗고 검은 유니폼에서 전분 냄새가, 머리카락에서는 샴푸 냄새가 풍겼다. 나는 그렇게 평범한 냄새를 풍기는 여자들이 고맙게 느껴진다. 비랄보는 위스키를 주문하면서 웨이트리스와 농담을 주고받으며 손을 쓰다듬었고, 나는 맥주를 계속 시켰다. 잠시 후에 우리는 산세바스티안에 대해서 이야기했고, 데면데면하게 지나간 옛일들이 우리의 주된 화제로 자리 잡았다.

"플로로 블룸 생각나? 레이디 버드를 닮았대. 그리고 고향으로 돌아가 열다섯 살 때 사귀었던 옛날 애인을 다시 만났고 아버지한테서 땅도 물려받았다더군. 얼마 전에 편지를 받았어. 이젠 아들도 하나 있고 농부래. 매주 토요일 저녁에는 처남이 운영하는 바에서 취하게 마신다더군."

비랄보가 말했다.

세월의 흐름 속에서 시간의 장단과 상관없이 떠올리기 쉬운 기억과 어려운 기억이 있다. 레이디 버드에 대한 기억은 거의 사라져 버렸다. 지방 어느 호텔 식당을 모방한 메트로폴리타노의 하얀 조명, 거울들, 대리석 식탁과 반질반질한 벽에 비교하면, 레이디 버드는 벽돌 아치와 어슴푸레한 장밋빛 조명으로 장식된, 시대에 아주 뒤떨어진 지하실 같았다. 그런 장소에 들러 술을 마셨다는 게 믿어지지 않았다. 레이디 버드는 바다 가까이에 있었는데, 그 바에서 나서면 음악이 사라지면서 '페이네 데 로스 비엔토'*에 부딪히는 파도 소리만 들렸다. 그때 어둠 속에서 반짝이던 거품과 짜디짠 산들바람의 느낌이 떠올랐다. 드라이 마티니를 마시며 괴로움 속에 깊어 갔던 어느 날 밤이 레이디 버드에서 산티아고 비랄보와 함께한 마지막이었다는 것이 생각났다.

"그런데 음악가는 과거가 존재하지 않는다는 것을 알아."

마치 내 생각을 반박하듯 비랄보가 말했다.

"그림을 그리거나 글을 쓰는 사람들은 그들의 어깨 위에 과거와 단어들과 그림들을 쌓는 것에 지나지 않아. 음악가는 늘 공허함 속에 살지. 그의 음악은 연주가 끝나는 순간에 존재하기를 그만두거든. 음악은 순수한 현재야."

"그래도 음반이 남잖아."

나는 내가 그의 말을 이해했는지 확신하지 못했고, 더구나

---

* '바람의 빗'이라는 뜻. 비스케이 만에 접한 산세바스티안의 끝자락을 가리킴.

내가 한 말에 대해서는 더욱 확신할 수 없었다. 하지만 술기운에 그의 말을 부정할 수 있었다. 비랄보는 신기해하면서 나를 보다가 웃으며 말했다.

"나는 빌리 스완과 음반을 몇 장 녹음했어. 음반은 아무것도 아니야. 어떤 의미가 있다면 우리가 살아 있을 때뿐이고, 우리가 죽고 없다면 그저 남아 있는 것일 따름이지. 사진도 마찬가지야. 시간이 지나면 사진 속 사람들은 모두 낯설어지지. 그래서 나는 사진을 보관하는 걸 좋아하지 않네."

하지만 몇 달이 지난 후 비랄보가 사진을 몇 장 보관하고 있다는 것을 알았다. 그렇다고 해서 과거를 부정적으로 보는 그의 시각이 달라진 것은 아니었다. 불행이나 고통이 삶의 의지를 더욱 굳건히 해 주고, 침묵이 음악 속에 내재된 진실을 말해 준다고 자신이 이야기한 것처럼 비랄보는 복수하듯 과거를 부정했다.

비슷한 말을 예전에 산세바스티안에서 한번 들은 적이 있지만, 그는 지금은 그렇게 강조하지는 않았다. 레이디 버드에서 연주할 당시 음악을 대하는 비랄보의 자세는 사랑에 빠져 자신을 압도하는 열정에 몸을 맡긴 사람과 비슷했다. 자신에게 행복이 베풀어지거나 그것을 거부당하는 이유도 납득하지 못한 채 때로는 자신에게 애원하다가 때로는 자신을 경멸하는 여자를 대하는 것과 비슷했다. 당시에는 자주 비랄보에게서, 즉 그의 시선, 몸짓, 걸음걸이에서 무의식적으로 감상적인 것을 추구하는 경향이 강하다는 인상을 받았다. 하지만 지금 이곳 메트로폴리타노에서는 그의 음악이나 행동에서 그런 면을 볼 수 없었다. 이제는 항상 상대방의 눈을 직시했고, 문이

열릴 때마다 곁눈으로 감시하는 버릇도 없어졌다. 나는 금발 웨이트리스를 바라보다가 그녀에게 들켜서 얼굴이 붉게 달아올랐다. 비랄보는 웨이트리스와 잠자리를 같이하는 듯했다. 예전에 마리티모 거리에서 루크레시아가 혼자 있는 것을 보았는데 그녀가 내게 비랄보 소식을 물어본 것이 생각났다. 이슬비가 내리고 있었고, 루크레시아는 묶은 머리를 비에 적신 채 담배를 한 대 부탁했다. 안된 말이지만 그녀의 모습은 커다란 자존심을 일시적으로나마 포기한 사람 같은 꼴이었다. 몇 마디를 나누다가 루크레시아는 나에게 작별 인사를 하고 담배를 던져버렸다.

"난 행복의 압박으로부터 벗어났네."

잠시 말이 없던 비랄보가 우리한테 등을 진 웨이트리스를 바라보면서 말했다. 메트로폴리타노 바에서 술을 마시기 시작했을 때부터 나는 비랄보가 루크레시아 얘기를 꺼내기를 기다렸다. 그가 루크레시아의 이름을 말하지는 않았지만 그녀에 대해 말하고 있다는 것을 나는 알았다.

"행복과 완성으로부터. 가톨릭 미신들이지. 교리문답서와 라디오 노래들에 나오는 구절이지."

나는 무슨 말인지 모르겠다고 말했다. 반짝이며 줄지어 있는 병들 때문에 담배 연기와 알코올의 취기가 약해졌다. 그 병들 사이로 바 맞은편에 놓인 기다란 거울 속에서 나를 쳐다보며 웃는 비랄보가 보였다.

"나를 이해할 수 있잖아. 어느 날 아침잠에서 깨어났는데 적당히 살려면 행복도 사랑도 더 이상 필요치 않다는 것을 확실히 깨달은 거지. 홀가분해지더군. 마치 손을 뻗어 라디오를 꺼 버리는 것만큼이나 쉬운 일이었어."

"체념이라고 생각하는데."

나는 놀라서 더 이상 술을 마시지 않았다. 더 마시다가는 비랄보한테 내 삶에 대해서 얘기할까 봐 걱정이었다.

"사람은 체념하지 않아."

비랄보가 아주 낮은 목소리로 말해서, 나는 그 속에 담긴 분노를 거의 알아차리지 못할 뻔했다.

"그것도 가톨릭 미신이지. 사람은 배우고 또 경멸하는 법이야."

그것이 비랄보에게 일어난 일이었고, 시선에서 용기와 지혜가 날카롭게 반짝일 정도로 그는 변했다. 그 시선에는 무언가 숨겨진 듯한 텅 빈 장소들이 풍기는 차가움과 비슷한 냉정함이 들어 있었다. 지난 2년 동안 비랄보는 뭔가를 배웠는데, 그것이 아마 그의 인생과 음악 전체를 통틀어 유일하게 진실하고도 두려운 것이 분명했다. 그는 한 흑인에게서 경쾌하고 아이러니하게 경멸하고 선택하고 연주하는 법을 배운 것이다. 그래서 이제 비랄보는 다른 사람이 되었다. 아무도, 루크레시아조차 그를 알아볼 수 없을 것이며, 그가 이름까지 바꾸며 호텔에서 살 필요도 없었다.

우리가 밤늦게까지 퍼마신 술꾼들처럼 품위 없이 비틀거리며 적막하고 꽁꽁 얼어붙은 거리에 나왔을 때는 새벽 2시쯤이었다. 그의 호텔까지 동행하는 동안(호텔은 메트로폴리타노에서 아주 멀지 않은 그란비아 거리에 있었다.) 그는 마침내 음악만으로 생계를 꾸려 나갈 수 있게 되었다고 말했다. 벌이는 일정하지 않았다. 대부분은 마드리드의 클럽에서, 가끔씩은 바르셀로

나의 클럽에서 연주했고, 빌리 스완이 살아 있을 때처럼 자주
는 아니지만 가끔씩 코펜하겐이나 베를린으로 연주 여행을 하
면서 생활한다고 이야기해 주었다.

"그러나 사람은 항상 숭고할 수 없고 또 음악만으로 살 수
도 없네."

비랄보가 예전에 했던 말을 되풀이했다. 가끔은 다행히 그
의 이름이 나가지 않는 그저 그런 음반 녹음 작업을 하기도 했
다. "돈을 많이 주거든. 그리고 녹음실에서 나오면 연주한 사실
을 잊어버렸지."라고 비랄보는 말했다. 라디오 노랫소리에서 피
아노 소리가 들리면 그 연주자가 비랄보일 수도 있었다. 내가
이 말을 하자 비랄보는 스스로에게 용서를 구하듯이 웃었다.
그러나 확실하지는 않았다. 나는 비랄보가 어떤 것에 대해서
도, 누구한테도 용서를 구하지 않을 것이라고 생각했다. 그란
비아 거리를 지날 때 비랄보는 차게 빛나는 전화국 유리창 옆
가판대에서 담배를 사기 위해 내게서 잠깐 떨어졌다. 깃을 세
우고 단추를 푼 외투 주머니에 손을 넣고서 기다란 몸을 흔들
거리며 되돌아오는 그를 보자, 권총을 가지고 다니는 사람처럼
늘 무슨 과거를 지고 다니는 사람들의 강력한 낌새를 이해하
게 되었다. 그렇다고 내가 공허한 문학적 비유를 하는 것은 아
니다. 비랄보에겐 실제로 과거가 있었고 그는 권총을 품에 넣
고 다녔다.

2

그 무렵 어느 날, 비랄보가 연주한 빌리 스완의 음반을 한 장 샀다. 이미 내가 음악에는 문외한이라고 밝혔다. 그러나 그 음반에 들어 있는 노래들은 나에게 중요한 것을 담고 있어서 나는 노래를 들을 때마다 늘 자신을 잊어버릴 만큼 그것에 붙들리곤 했다. 책을 한 권 읽었는데, 비랄보가 묵고 있는 호텔에 들렀다가 그의 편지들과 사진 사이에서 발견한 책이었다. 그 책에는 빌리 스완이 금세기 최고의 트럼펫 연주자 가운데 한 명이라고 쓰여 있었다. 음반에서 그는 오직 트럼펫만 연주하는 사람, 그것도 사막이나 버려진 도시 한가운데에 자신의 목소리와 음악하고만 있는 유일한 사람처럼 보였다. 그중 두 곡에서 가끔씩 빌리 스완의 목소리도 들렸는데, 유령이나 죽은 사람의 목소리 같았다. 그 뒤로 음반 표지에 "G. 돌핀"이라고 표기된 비랄보의 피아노 소리가 아주 작게 들렸다. 그 두 곡은 비랄보의 곡이었다. 제목은 「버마」와 「리스본」이었는데, 내게는 여자 이름처럼 느껴지는 지명이었다. 혼자서 마신 술에 취한 나는 갑자기 정신이 들어 버마라는 여자를 사랑하는 것은 어떨까, 어둠 속에서 그녀의 머리카락과 눈은 어떻게 빛날까 하고 생각했다. 나는 음악을 끄고, 레인코트와 우산을 집어 들고서 비랄보를 찾아 나섰다.

호텔 프런트는 옛날 영화관의 로비 같았는데 버려진 사원을 떠오르게 했다. 비랄보를 찾으니 그런 이름으로 묵고 있는 사람은 없다고 했다. 그래서 비랄보의 용모를 설명하니 프런트에서는 307호실이라는 방 번호를 알려 주고 그가 대략 한 달 전부터 그곳에 묵고 있다고 확인해 주었다. 유니폼의 목깃 주위 장식 띠가 반질반질해진 프런트 직원이 걱정 어린, 마치 공범 같은 몸짓을 하면서 말했다.

"그런데 손님께서는 돌핀 씨를 말씀하시나 봐요."

나는 잘못이라도 저지른 듯이 그렇다고 했고, 그들은 비랄보의 방으로 전화를 걸었다. 그러나 비랄보는 방에 없었다. 마흔 살 정도 된 웨이터가 비랄보를 카페에서 봤다고 말해 주었다. 그리고 돌핀 씨는 늘 그곳에서 커피와 술을 주문한다고 공손하게 덧붙였다.

비랄보는 엉성하게 바느질한 이상한 가죽 소파에 기대어 텔레비전을 보고 있었다. 그 앞에 놓인 담배와 커피 잔에서 연기와 김이 났다. 그는 외투를 입고 있었다. 마치 기차가 도착하기를 기다리는 사람처럼 보였다. 황량한 카페의 창문들은 안뜰을 향했고, 약간 더러워진 커튼이 방 분위기를 더 어둡게 만들었다. 12월의 황혼이 커튼 위로 드리우는 모습은 마치 밤이 어스름한 공간을 조금씩 자기 것으로 만들어 가는 것 같았다.

이런 모든 것이 비랄보와 어울리지 않아 보였다. 그는 사람들이 자기 집 식당에서나 지을 법한 미소로 나를 맞이했다. 벽에는 조잡한 사냥 그림이 걸려 있었고, 위압감을 느끼게 만드는 알록달록한 벽지로 사방이 도배된 저 안쪽에 피아노가 보였다. 나중에 안 사실이지만, 비랄보는 믿을 만한 투숙객이어서 오전에 그곳에서 피아노 연습을 할 수 있는 조그만 특권을 얻었다. 나는 웨이터들이 서비스하는 것을 보면서 돌핀 씨가 유명한 음악가가 아닌지 궁금해졌다.

비랄보는 중급 정도의 호텔에서 지내는 것을 좋아한다고 말했다. 그는 독신 남자답게 퇴폐적으로 변함없이 이런 것들을 사랑했다. 복도에 깔린 베이지색 양탄자, 잠긴 문들, 과장해 표기한 방 번호들, 혼자 묵는 투숙객들과 함께 타는 일이 거의 없는 엘리베이터, 바닥에 난 담배 자국, 알루미늄 자동문의 긁힌 자국이나 머리글자들, 보이지 않는 사람의 호흡 때문에 피곤해진 공기의 냄새. 그는 날이 밝을 때가 다 돼서야 일과 저녁 술자리에서 돌아오곤 했다. 가끔은 대낮에 돌아오기도 했는데, 술자리가 터무니없이 그때까지 이어졌기 때문이었다. 무엇보다도 그가 좋아한 것은 복도와 호텔 전체에서 자신이 유일한 거주자처럼 보이는 시간이었다. 반쯤 열린 문 뒤에서 청소기 돌아가는 소리가 나고, 고독하며, 묵직한 열쇠 꾸러미를 돌리거나 권총 방아쇠를 만지듯 주머니 속 열쇠를 만지작거리면서 자기 방을 향해 걸을 때 발소리가 크게 울리는 아침 9시의 색다른 시간을 좋아했다.

"호텔에서는 아무도 다른 사람을 속이지 않고, 자신의 삶을 속이기 위한 변명조차도 필요 없어."

호텔에서 비랄보가 말했다.

"하지만 내가 이런 호텔에서 사는 것을 루크레시아는 용납하지 않을 거야."

그날 오후인지 모르겠다. 아마 그가 내 앞에서 루크레시아 이름을 언급한 것은 처음이었을 것이다.

"루크레시아는 장소를 특별하게 여겼어. 진열장과 그림이 있는 옛날 집들과 거울이 있는 카페를 좋아했지. 메트로폴리타노도 아주 좋아할 거야. 산세바스티안에 있는 비엔나라는 카페 생각나나? 루크레시아는 그런 곳에서 친구들과 만나기를 좋아했지. 가 보기 전에도 시적인 장소와 그렇지 않은 장소가 있다고 생각했어."

비랄보는 루크레시아에 대해 거리를 두고 냉소적으로 말했는데, 어떤 사람은 자신에 대해 말할 때, 지난날을 설명할 때 가끔 그런 방식을 택한다. 루크레시아에 대해 묻자, 그는 그녀가 어디 있는지 모른다면서 커피를 한 잔 더 시키기 위해 웨이터를 불렀다. 웨이터가 왔다가, 우수에 젖어 눈에 띄지 않는 존재들처럼 조용히 가 버렸다. 텔레비전 흑백 화면에서는 무슨 대회를 하는 장면이 나왔다. 비랄보는 가끔 텔레비전을 쳐다봤는데 무한한 인내에 익숙해지기 시작한 사람 같았다. 더 뚱뚱해지지는 않았지만, 몸집도 키도 전보다 커 보였는데 외투를 입고 움직이지 않으니 더욱 그랬다.

나는 오후에 자주 그 카페에 들르곤 했는데, 내 기억은 오로지 길고 모호한 어느 날 오후의 일로 요약된다. 비랄보가 자기 방에 함께 올라가자고 한 게 그때가 처음인지는 모르겠다. 어쨌든 그는 뭔가를 줄 테니 보관해 달라고 했다.

그는 방에 들어가서 아직 저녁이 안 되었는데도 불을 켰고, 나는 발코니 커튼을 열어젖혔다. 아래쪽 거리의 저편, 전화국 모퉁이에 목까지 지퍼를 올린 채 방한용 재킷을 입은 흑인 남자들과 화장을 하고 혼자 어슬렁거리는 거리의 여자들이 모여들기 시작했다. 그 여자들은 천천히 걷거나 도착이 늦은 누군가를 기다리듯 멈춰 서 있었는데, 앞으로 나아가지도 그렇다고 움직임을 그만두지도 않았으며 얼굴은 창백했다. 비랄보는 잠시 거리를 살펴보고서 커튼을 쳤다. 빛이 조금 모자란 듯 방은 어두웠다. 그는 빈 옷걸이가 걸린 옷장에서 커다란 여행 가방을 꺼내어 침대 위에 올려놓았다. 커튼 뒤로 자동차들이 윙윙거리는 소리가 들렸고, 아주 가까이 아직 불 켜지지 않은 호텔 간판 아래 차양 위로 빗줄기가 격렬하게 부딪히기 시작했다. 나는 겨울과 저녁의 습기를 느끼며 산세바스티안을 떠올렸지만 그립지는 않았다. 그러나 향수가 먼 과거에 대한 가장 나쁜 위협은 아니다. 그때 비랄보와 나는 진의 술기운으로 흥분해서 조용한 빗줄기 아래 우산도 없이 개차반이 되어 거리를 걸었다. 우리는 해조류와 염분 냄새에 절어 처량해 보이기도 했고 산세바스티안의 친숙한 거리를 함께 걸으며 우정에 사로잡힌 것 같기도 했다. 그는 타마린도 나무의 발가벗은 나뭇가지 아래에서 비를 향해 얼굴을 치켜들며 말했다. "난 흑인이어야 했어. 텔로니어스 멍크처럼 피아노를 연주하고, 테네시 주의 멤피스*에서 태어나 지금 이 순간 루크레시아에게 키스하고 죽었어야 하는데."

---

* 블루스와 재즈가 성행한 미국 도시.

이제 나는 비랄보가 침대로 몸을 구부려 짐 가방 속의 정돈된 옷들 사이에서 무언가를 찾는 모습을 보았다. 바로 옷장 거울에 비치는 그의 멍한 얼굴을 보고서 비랄보가 정말로 예전과 다른 사람이라는 생각이 들었다. 그렇다고 내가 그를 더 좋아하게 되었다는 확신은 없었다. 이런 생각은 잠시뿐이었다. 비랄보는 나를 향해 돌아서서 고무줄로 묶은 편지 뭉치를 보여주었다. 파랗고 빨간 줄들이 쳐져 있고, 아주 작고 이국적인 우표가 붙은 기다란 항공 우편들이었다. 뉘어 쓴 여자 글씨체로 산티아고 비랄보라는 이름과 산세바스티안의 주소가 보라색 잉크로 쓰여 있었다. 왼쪽 상단에는 루크레시아라는 이름의 첫 글자인 L자만 쓰여 있었다. 스물 내지 스물다섯 통 정도 되는 편지였다. 잠시 후 비랄보는 예전에 루크레시아와 2년 동안 편지를 주고받았는데 마치 그녀가 죽거나 존재하지도 않았던 것처럼 갑자기 편지가 끊겼다고 말했다.

그러나 당시 존재하지 않는 느낌이 드는 사람은 비랄보였다. 그는 마치 자신이 소모되어 가는 것 같고, 공기와의 마찰, 사람과의 접촉과 부재감이 자신을 갉아먹는 것 같다고 말했다. 나는 그제야 아무도 들어오지 않는 밀폐된 장소에서 몇 세기에 걸친 더딘 시간 끝에 그림의 형체를 변형하거나 석상을 먼지로 만들어 버리는 산소의 집요함을 이해했다. 그러나 비랄보가 이런 것들을 나한테 말한 것은 첫 번째 방문이 있은 지 한두 달이 지나서였다. 첫 번째 방문 때 비랄보는 손 닿는 곳에 권총을 두고, 몇 분마다 일어나 차양 위로 간판의 푸른 불빛이 비치는 커튼 뒤에서 거리를 살폈다. 비랄보는 메트로폴리타노에 전화해서 몸이 아프다고 말해 놓았다. 그는 침대에 앉아

침대 탁자의 스탠드 옆에서 담배를 피우며 무미건조한 표정과 가벼운 동작으로 권총을 장전하고 격철을 세웠다. 그런 동작을 하며 거리 저편에서 미동 없이 기다리는 사람에 대해서는 아무것도 얘기하지 않고, 아무 일 없이 편지나 전화를 기다리며 삶을 소비하는 시간이 얼마나 지루한지에 대해서 말해 주었다.

"이걸 가져가."

첫 방문 날 저녁, 그는 내 앞에 놓인 뭉치 대신 내 눈을 보며 말했다.

"강요하지는 않겠지만 안전한 곳에 보관해 주게."

비랄보는 커튼을 살짝 걷어 젖히며 걸치고 있던 어두운 빛깔의 외투 자락 사이로 거리를 살폈다. 날이 어두워졌고, 도로와 자동차 위로 떨어져 내리는 비의 습한 광채는 도시를 의지할 데 없는 불빛 속에 묻어 버렸다. 나는 편지 뭉치를 주머니에 넣고서 돌아가야겠다고 말했다. 비랄보는 피곤한 기색으로 발코니에서 비켜서더니 침대로 가서 걸터앉았다. 외투를 만지작거리고 침대 탁자를 더듬어 담배 같은 것을 찾았지만 찾지 못했다. 비랄보는 늘 필터 없는 짧은 미국 담배를 피우던 걸로 기억한다. 그는 내게도 한 개비 권했다. 비랄보는 엄지와 검지로 담배를 잡고서 필터를 자른 다음 침대에 벌렁 누웠다. 방은 그렇게 크지 않았지만 불편하지도 않았는데, 나는 가겠다는 말을 다시 꺼낼까 망설이며 어색하게 문 옆에 서 있었다. 그가 아까 내 말을 듣지 못한 것 같았기 때문이다. 이제 비랄보는 눈을 반쯤 감고서 담배를 피우고 있었다. 그가 눈을 뜨더니 방에 있던 유일한 의자를 몸짓으로 가리켰다. 비랄보가 작곡한 「리스본」이라는 노래가 생각났다. 그 노래를 들을 때면 그가 호텔 방에 드러누워 어스름한 불빛 속에서 천천히 담배를 피우는 바로 이런 모습을 상상하곤 했다. 결국 나는 리스본에 가 봤느냐고 물었다. 비랄보가 갑자기 웃기 시작하더니 머리 밑에 있던 베개를 접어서 베었다.

"물론이지. 때맞춰 갔었어. 어떤 사람은 자신에게 중요한 때를 못 맞춰 어느 장소에 도착하지만 말이야."

"거기에서 루크레시아를 만났나?"

"그걸 어떻게 알지?"

비랄보가 몸을 벌떡 일으키더니 재떨이에 담배를 비벼 껐다. 나는 놀라서 짐작이라고 말하며 어깨를 으쓱했다.

"「리스본」이라는 노래를 들어 봤지. 너희들이 함께 떠난 여행이 생각나던데."

"그 여행? 내가 그때 그 노래를 작곡했지."

"그런데 나한테 리스본까지는 가지 않았다고 말했잖아?"

"물론 그때는 못 갔지. 그래서 그 노래를 작곡했어. 자네도 한 번도 못 가 본 도시를 꿈꾸고 그러잖아?"

루크레시아 혼자서 여행을 계속했는가 묻고 싶었지만 감히 그렇게 하지 못했다. 비랄보가 그 이야기를 그만하고 싶어 하는 게 분명했기 때문이다. 그는 시계를 보고 늦은 것에 놀란 척하며 메트로폴리타노에서 동료들이 기다릴 거라고 말했다.

비랄보는 함께 가자고 청하지 않았다. 거리에서 우리는 서둘러 헤어졌다. 그가 외투 깃을 세우고 돌아서서 몇 걸음을 떼자 이미 아주 멀어진 것처럼 보였다. 나는 집에 도착해 술을 한 잔 따라 놓고 빌리 스완의 음반을 틀었다. 어떤 사람은 혼자서 술을 마실 때 귀신의 하인처럼 행동한다. 침묵 속에서 귀신이 명령을 내리면 몽유병에 걸린 하인처럼 정확하게 복종하는 것이다. 컵, 얼음 조각, 정확한 양의 진이나 위스키를 넣는다. 크리스털 탁자 위에는 조심스럽게 잔을 놓아야 한다. 그렇지 않으면 나중에 누군가가 집에 들렀을 때 젖은 행주로도 지우지 못한 둥그런 자국을 발견할 테니까. 나는 소파에 드러누워 배 위에 넓적한 잔을 놓고서 네댓 번 정도 그 음악을 들었다. 편지 뭉치는 재떨이와 진 술병 사이에 놓여 있었다. 「버마」라는 첫 번째 곡은 두려움에 가까운 어둠과 긴장으로 가득 차 있었다. 빌리 스완의 어두운 목소리가 예언이나 찬미가처럼 "버마, 버마, 버마." 하며 반복되다가, 그가 연주하는 트럼펫의 느리고도 날카로운 소리가, 공포와 무질서를 동시에 풀어 놓은 듯한 투박한 가락으로 깨어질 때까지 계속되었다. 음악은 끊임없이 기억을 되살려 냈다. 저녁이면 버려지는 거리들, 모퉁이 저편에서부터 허물어진 지붕과 붕괴된 제방과 기둥이 있는 건물 정면을 비추던 가로등의 불빛을 되살려 냈고, 비랄보의 것처럼 커다란 외투와 모자와 권총으로 길게 늘어난 자신의 그림자에 도망가고 쫓기던 사람들을 되살려 냈다.

그러나 고독감을 더하는 그 기억과 음악은 나와 상관없었고, 어린 시절에 본 영화와 관련 있는 게 분명했다. 제목은 기억나지 않았다. 나는 다시 정신을 차렸는데, 그 음악에 추적과 공포의 음감이 깃들어 있었기 때문이다. 그리고 음악이나 나 자신의 내면에서 어렴풋이 보이는 모든 것들이 그 버마라는 단어와 빌리 스완의 마치 예언하듯 느린 발음에 포함되어 있었다. 버마 또는 비르마니아라는 말은 지도나 사전에서 보이는 나라 이름이 아니라 강한 울림 또는 어떤 주문처럼 들렸다. 나는 그 두 음절을 반복해 보았고, 그 음절에서, 음악을 연주할 때 북소리의 두들김을 강조하는 낮은 소리, 돌과 점토판에 새겨진 문자 이전의 언어들과 같은 느낌을 받았다. 다시 말해 신성 모독 없이는 해독할 수 없는 너무나 어두운 언어들 같았다.

음악이 멈췄다. 음반을 다시 틀려고 일어났을 때 약간 현기증이 나서 취했음을 알았다. 탁자 위의 진 술병 옆에 놓인 편지 뭉치에는 잊힌 물건 같은 정지된 분위기가 있었다. 묶여 있던 매듭을 풀고서 후회했지만, 이미 편지들은 내 손에서 무질서하게 흩어져 있었다. 편지들을 열어 보지 않고 그냥 우체국 소인 날짜, 발송된 도시 이름인 베를린, 봉투마다 다양한 잉크 색깔과 글씨들을 살펴보았다. 그 편지들 중에서 마지막 편지는 우편으로 발송된 것이 아니었다. 급하게 적은 듯한 비랄보의 주소가 보였고 우표가 붙어 있었지만 검인은 찍히지 않았다. 다른 봉투들보다 훨씬 얇았다. 다음 진 잔을 반쯤 비우고 나니 편지를 읽지 않고는 배길 수가 없었다. 그러나 아무것도 없었다. 루크레시아의 마지막 편지는 빈 봉투였다.

3

우리가 항상 메트로폴리타노 바나 비랄보의 호텔에서 만난 것은 아니었다. 사실 비랄보가 나에게 편지를 건네주고서 꽤 시간이 흐른 후에야 우리는 다시 만났다. 마치 비랄보의 지난 번 행동으로 우리가 서로 지나치게 믿는다는 것을 깨달아서 몇 주 동안 만나지 않으면 믿는 구석이 좀 줄어들 거라고 생각 한 것 같았다. 나는 빌리 스완의 음반을 듣곤 했고, 성급하게 개봉한 항공 우편 봉투들을 한 장 한 장씩 살펴보았다. 이제 비랄보도 그 편지들의 내용을 기억하지 못하겠지만, 나도 편지 들을 읽어 보고 싶은 유혹을 거의 느끼지 못했다. 때 지난 신 문과 흐트러진 책들 사이에 끼어 있는 그 편지들을 까마득히 잊어버리기까지 했다. 그러나 봉투에 보라색 또는 파란색 잉크 가 얼룩져 퍼지긴 했지만 조심스럽게 쓴 글씨만 보아도 루크레 시아가 떠올랐다. 아마 그녀는 비랄보가 3년 동안 사랑했고 기 다린 여자가 아니라, 내가 산세바스티안에서, 플로로 블룸의 바에서, 마리티모 거리에서, 타마린도 거리에서 의식적으로 못 본 체했고, 무조건적인 애정으로 감싸면서도 무시하는 듯한 조심스러운 미소를 지녔던 여자였는지도 모르겠다. 마치 어떤 사람이 그녀에게 아무 의미 없거나, 아니면 그 순간 바로 그녀가 보기를 원하는 사람인 것처럼 여겨지게 만드는 미소였다. 루크레시아와 비랄보, 또 내가 알았던 그 도시는 분명치는 않지만 비슷한 면이 있는 듯했다. 지나친 차분함, 친절하면서도 낯선 사람처럼 보이려는 의지, 만에서 조용하게 부서지는 파도와 타마린도 나뭇가지에 깃든 장밋빛 황혼과 루크레시아의 미소가 지닌 거짓 부드러움 등이 그랬다.

나는 루크레시아를 플로로 블룸이 경영하는 바에서 처음 봤는데, 아마 빌리 스완과 비랄보가 함께 연주한 그날 밤이었을 것이다. 그 당시 나는 날이 밝아 오고 가장 늦게까지 영업하는 술집들에서 불빛이 꺼져 가며 욕망을 재촉할 때, 그곳에 가는 여자들은 내게 잠자리를 허락할지도 모른다는 막연한 기대에 레이디 버드에서 매일 밤을 보냈다. 그러나 그날 저녁, 내 목적은 좀 더 분명했다. 어떤 이들은 아메리카노라고 부르기도 하던 브루스 말콤과 약속이 있었다. 사람들이 얘기하기를, 그는 외국에서 온 두 예술 잡지사의 특파원인데 그림과 골동품을 밀반출하는 일도 한다고 했다. 그 당시 나는 아주 궁핍한 상황이었다. 집에 어두운 색조의 종교화가 몇 점 있었는데, 일전에 나와 비슷하게 다급한 경우를 당했던 친구가 그 말콤이라는 미국인이 값을 잘 쳐 줄 것이고 돈은 달러로 지불할 것이라고 말해 주었다. 말콤은 직접 내 집에 와서 돋보기로 그림들을 살폈다. 알코올 냄새가 나는 뭔가를 적신 스펀지를 사용하여 그림에서 가장 어두운 부분을 문질렀다. 말콤은 중남미 억양으로 스페인어를 조금 했고, 목소리는 설득력 있으며 날카로웠다. 그는 그림들을 열린 창문 앞에 놓고서 진지하게 사진을 찍었다. 그러고 나서 며칠 뒤에 전화가 걸려 와 그림 값으로 1,500달러를 지불하겠는데, 700달러는 그림을 전달받을 때, 나머지는 베를린에 있는 그의 동료나 상사가 그림을 받으면 주겠다고 했다.

레이디 버드에서 선금을 받기로 약속했다. 외떨어진 탁자에서 그는 빅토리아 시대의 경리원처럼 천천히 지폐를 센 후에 헌 지폐로 700달러를 주었다. 나머지 800달러는 결국 구경도 못 했다. 말콤이 약속을 지켰을지라도 그림 값 자체가 나를 속여 먹은 것이었을 테지만 오래전에 포기해 버렸다. 그보다 더 중요한 것은 그날 저녁 레이디 버드에 그가 혼자 오지 않았다는 것이다. 약간 구부정한 모습으로 걷는, 웃을 때 틈이 살짝 벌어진 새하얀 치아가 보이는 아가씨와 함께 왔다. 그녀의 파마머리는 어깨까지 내려왔고 광대뼈는 튀어나왔으며, 코는 평평하지만 어린애같이 선이 불규칙했다. 내가 루크레시아를 그날 저녁 본 대로 기억하는지, 아니면 비랄보가 준 편지 사이에서 발견한 사진들 중 한 장에서 본 대로 기억하는지 모르겠다. 그들이 내 앞으로 다가왔다. 아직 연주자들이 등장하지 않은 무대를 등지고, 미국인 말콤이 성깔 있고 거만한 태도로 그녀의 팔을 잡고서 말했다.

"집사람 루크레시아를 소개하지."

그는 지폐를 세는 것을 마치고서 우리 사업의 성공을 위해 서라나 뭐라고 부른 것을 위해 건배했다. 사기당했다는 기분과 충분한 지침도 없이 영화의 배역을 맡은 듯한 기분이 뒤섞여서 나는 화가 나 있었다. 그러나 그런 일은 내가 낯선 사람들과 술을 마실 때면 자주 있었다. 말콤은 많이 마셨고 말도 많았다. 내가 담배 피우는 것을 나무랐고, 그림을 구입하거나 금연하는 방법들을 조언해 주었다. 그는 쉴 새 없이 웃으면서, 얼굴 앞에 담배 연기를 흐트러뜨리며 냅킨에 니코틴을 대신하는 금연 캐러멜 상표를 적어 주고는 스스로 절제하는 게 중요하다고 말했다. 루크레시아는 잔에 손도 대지 않은 채 자기 앞에 그대로 놓아두었다. 그녀는 어디서라도 동요하지 않고 일관된 모습을 유지할 사람처럼 보였지만, 비랄보가 연주하는 피아노 소리가 울려 퍼지기 시작했을 때 나는 그 판단을 고쳐먹었다. 비랄보와 빌리 스완만 연주했는데, 콘트라베이스와 드럼이 빠진 레이디 버드의 좁은 무대에서 그들의 음악에, 그 고독감에 몽롱하고 무언가를 박탈당한 느낌을 받았다. 연필 하나로 그린 과감한 입체파 소묘를 보는 것 같았다. 사실 5년이 지난 지금도 기억나는데, 희미한 불빛과 담배 연기 사이로 무대가 있는 저쪽 끝을 보려고 루크레시아가 우리한테 등을 지는 순간까지도 두 사내는 음악이 시작된 줄도 몰랐다. 단순한 동작이었지만, 어떤 사람이 거울을 보고 흠칫하는 시선만큼이나 비밀스러운 광채가 있고 번갯불처럼 짧은 순간이었다. 나는 위스키에 기분이 좋았고, 주머니에 든 700달러를 떠올리며 마음대로 탈 수 있는 택시와 비싼 술을 생각했다. 당시는 돈이 어느 정도만 있어도 무한히 넘쳐 보이던 때였다. 나는 그 미국인이 술에 취해 흘리는 미소와 자비심 앞에서 루크레시아와 대화를 나눠 보려고 했다. 그러나 음악이 울리는 순간, 루크레시아는 말콤과 내가 존재하지 않는 것처럼 등을 돌리고 입술을 물고 무릎 사이에 기다란 손을 모으고서 얼굴로 흘러내린 머리카락을 쓸어 올렸다.

"집사람은 음악을 아주 좋아한다네."

말콤은 말하고 나서, 내 잔에 얼음도 채우지 않고 위스키를 따랐다. 확실하지는 않지만, 우리가 비랄보의 연주를 들을 때 루크레시아는 나를 계속 바라보고 있었다. 나는 그때 말콤과 그녀에게서 변화가 일어나고 있음을 깨달았다. 그 변화가 일어나는 곳은, 비랄보가 건반 앞에 손을 뻗고 빌리 스완이 조용히 의식을 치르듯 느리게 트럼펫을 움직이는 무대가 아니었다. 그 변화는 그들, 즉 루크레시아와 말콤 사이에서, 이제 술잔이 있다는 것도 잊은 탁자 사이에서, 갑자기 거추장스러운 사람이 된 듯한 내가 무시하려고 하는 침묵 속에서 일어나고 있었다.

레이디 버드에 있던 많은 사람들이 모두 박수갈채를 보냈다. 플래시 카메라를 든 사진사 둘이 무릎을 굽히며 빌리 스완을 둘러쌌다. 플로로 블룸은 스칸디나비아의 나무꾼 같은 거대한 몸뚱이를 바에 기대고 서 있었다. 그는 뚱뚱하고 금발이며, 유쾌한 성격에다 눈이 아주 작고 파랬다. 우리들, 그러니까 루크레시아, 말콤, 그리고 나는 그런 뜨거운 반응들에 시큰둥했다. 오직 우리만 환호를 보내지 않았다. 빌리 스완이 손수건으로 이마를 닦고 영어로 뭔가를 말하고서 품위 없는 너털웃음으로 끝을 맺자, 사람들은 짧게 다시 박수를 쳤다. 비랄보는 마이크를 아주 가까이 대고 피곤한 목소리로 빌리 스완의 말을 통역한 다음, 이어 연주할 노래를 알려 주었다. 그때는 나도 그를 쳐다보았다. 말콤은 내가 방금 건네준 영수증을 신중하게 다시 읽었고, 담배 연기 너머 저 멀리서 비랄보가 내 쪽을 보았다. 그러나 그 시선이 찾는 사람은 내가 아니었다. 마치 레이디 버드에 루크레시아 말고는 아무도 없다는 듯이, 그의 움직임을 보는 모든 사람들 사이에서 오직 그녀만 있다는 듯이 그의 시선은 루크레시아에게 고정되어 있었다. 그녀를 바라보면서 비랄보가 먼저 영어로, 그다음엔 스페인어로 연주할 노래 제목을 말했다. 세월이 많이 지난 후, 나는 마드리드에서 그 노래를 알아보고서 전율했다. 바로 빌리 스완의 음반에 들어 있었다. 넓은 유럽 전역을 거쳐, 시간의 무심함을 가로질러 내 손에 도착한 편지 묶음 앞에 꼼짝 않고서 나는 홀로 그 노래를 들었다.

비랄보가 "모든 것은 당신."이라고 노래 제목을 말했다. 그 말과 노래의 첫 음절 사이에 짧은 침묵이 흘렀고, 아무도 감히 환호하지 못했다. 루크레시아의 입술은 웃고 있지 않았지만, 말콤뿐만 아니라 나 역시 그 눈동자 속에 비친 미소를 알았다.

나는 외국인들이 사전 통보도, 최소한의 배려도 없이 우정이나 극진한 예의를 저버리는 것을 보아 왔다. 비랄보의 시선에 (바에 있던 플로로 블룸도 우리를 경계했다.) 말콤은 자기와 루크레시아는 가야겠다고 말하고서 내게 손을 내밀었다. 루크레시아는 여전히 일어나지 않은 채 아주 심각한 어조로 재빨리 몇 마디 영어를 내뱉었다. 예의 바르지만 차가운 태도였다. 나는 말콤이 잔을 잡았다가 탁자에 다시 놓는 것을 보았다. 그는 그림을 만져서 더러워진 거친 손가락으로 잔을 깰 듯이 감싸 쥐었다. 그러나 아무 행동도 하지 않았다. 루크레시아가 말콤에게 말하는 동안 나는 그의 머리가 도마뱀처럼 약간 납작한 것을 보았다. 그녀는 흥분하지 않았다. 절대 흥분할 것 같지 않은 여자였다. 루크레시아는 그를 무장해제하는 데 상식이면 충분하다는 듯이 쳐다보았다. 냉소를 거의 드러내지 않고 한 마디 한 마디 부드럽게 강조했다. 그러자 말콤이 다시 듣기 거북한 스페인어로 말했다. 분노 때문에 발음이 망가졌고, 이 나라에 대해 적대적인 사람들의 말투에서 외국인다운 성미가 묻어났다. 말콤은 나를 보지 않고, 루크레시아만 보며 말했다.

"무엇 때문에 여기로 오자고 했는지 너도 잘 알겠지."

내가 그 자리에 있다는 것은 그들의 안중에도 없었다.

나는 담배와 음악에 집중하기로 했다. 말콤은 휴전을 받아들였다. 바지 뒷주머니에서 지폐 다발을 꺼내더니 플로로 블룸에게 곧장 다가가서 우쭐거리는 건지 화난 건지 오른손으로 돈을 흔들어 대면서 잠시 동안 이야기를 나누었다. 그러면서 아직 그대로 앉아 있는 루크레시아를, 우리한테서 멀찍이 피아노 저편에 있는 비랄보를 곁눈질했다. 그는 가끔씩 눈을 치켜떴다. 그럴 때면 루크레시아는 담 너머로 그를 쳐다보듯 아주 살짝 몸을 세웠다. 말콤은 바의 나무 바닥을 탁탁 치면서 돈을 놓아두고 안쪽의 어둠을 향해서 멀어져 갔다. 그러자 루크레시아가 일어서더니, 나의 존재를 무시하고, 담배 연기를 피하듯 미소로 나를 지워 버리고, 플로로 블룸에게 가서 뭐라고 얘기했다. 빌리 스완의 트럼펫은 날 선 칼처럼 공기를 갈랐다. 루크레시아가 플로로의 졸린 얼굴 앞에서 손을 움직였는데, 그 손에는 종이와 볼펜이 들려 있었다. 그녀는 빠르게 써 내려가며 무대와 말콤이 사라진 곳인 붉은 조명이 비치는 복도를 쳐다보았다. 그러고는 종이를 접더니 몸을 쭉 뻗어 바의 건너편에 쪽지를 숨겨 두고 나서 플로로에게 볼펜을 돌려주었다. 말콤은 1분도 채 되지 않아 돌아왔는데, 루크레시아는 내게 집을 가르쳐 주면서 언제든 괜찮다며 식사에 초대하고 있었다. 그녀는 침착하게, 힘 있게, 아주 매끄럽게 거짓말을 했다.

집으로 돌아가면서 두 사람 다 내게 악수를 청하지 않았다. 그들 뒤로 레이디 버드의 막이 내렸고, 곧이어 울려 퍼진 환호성은 마치 그들을 위한 것 같았다. 그 후로 나는 그들이 함께 있는 것을 본 적이 없다. 내 그림 값 800달러도 받지 못했고 말콤을 다시 보지도 못했다. 어떤 면에서는 루크레시아도 다시 보지 못했다. 왜냐하면 내가 훗날 본 루크레시아는 머리카락이 무척 길고, 덜 조용하고, 더욱 창백하고, 의지는 상처 입었거나 없어져 버렸고, 진짜 어둠을 보아 버린 듯 표정이 무겁고 엄격한 다른 여자였으며, 깨끗해서 벌 받을 만한 일이라곤 저지른 적 없어 보이는 사람도 아니었기 때문이다. 레이디 버드에서 그 만남이 있은 지 보름 후에 루크레시아와 말콤은 함부르크로 가는 화물선을 타고 떠났다. 집주인은 내게 그들이 석 달치 월세도 내지 않고 떠났다고 말했다. 산티아고 비랄보만이 그 사실을 알았지만, 자정에 몰래 그들이 어선을 타고 멀어져 가는 것은 보지 못했다. 루크레시아는 비랄보에게 화물선이 먼 바다에서 기다리고 있다면서, 그가 멀리서 배웅하느라 항구에 오는 것을 원치 않는다고 했다. 그에게 편지하겠다고 말하고서 그녀는 베를린의 주소가 적힌 쪽지를 주었다. 비랄보는 그 쪽지를 주머니에 간직했다. 아주 늦은 시간에 만났다가 헤어졌기 때문에 레이디 버드를 향해 급히 걸어가면서, 그는 2주 전 밤에 받은 다른 쪽지를 떠올렸다. 빌리 스완과 연주를 끝내고서

플로로에게 진이나 버번위스키를 청하러 바에 갔을 때 전달받
은 쪽지였다.

4

나는 일요일에는 아주 늦게 일어나 아침 대신 맥주를 마시
곤 했다. 바에서 정오에 커피를 시킨다는 게 조금 창피했기 때
문이다. 겨울철 일요일 아침이면 마드리드 어떤 곳에서는 평온
하고 차가운 빛이 나는데, 마치 맑은 날 투명한 공기처럼 마음
을 정화해 준다. 그 빛은 건물의 하얀 각들을 더욱 날카롭게
만들며, 발걸음과 목소리들은 버려진 도시에서처럼 울린다. 나
는 늦게 일어나 수첩을 들고 유리로 만들어진 벌집 내부를 관
찰하는 것처럼 모든 것을 바라본다. 기분 좋은 게으름을 즐기
면서 식사 전에 적당히 맥주를 마시며 사람 없는 깨끗한 바에
서 신문 읽는 것이 좋았다. 2시 30분쯤 되면 조심스럽게 신문
을 접어 휴지통에 던져 버린다. 그렇게 하면 경쾌한 느낌이 식
당으로 향하는 발걸음을 아주 즐겁게 만들어 주었다. 깔끔한
전통 음식을 파는 그 식당은 아연으로 만든 진열장과 손잡이
가 달린 항아리로 장식되었다. 웨이터들과는 이미 알고 지냈지

만, 그렇다고 비슷한 다른 식당으로 발길을 옮기지 못할 정도로 믿음직스럽지는 않았다.

어느 일요일, 안쪽 식탁에서 음식을 기다리는데 비랄보와 아주 매력적인 여자가 들어왔다. 여자가 메트로폴리타노에서 일하는 금발 웨이트리스라는 것을 알아보는 데는 시간이 조금 걸렸다. 그들에게선 능장을 부리다가 이제 막 잠자리에서 함께 일어난 것 같은 즐거운 분위기가 났다. 그들은 바 가까이서 순서를 기다리는 사람들 쪽으로 다가갔고, 나는 그들을 부르기 전에 잠시 살폈다. 금발 웨이트리스의 늘어뜨린 머리가 염색한 것일 수도 있는데 그것은 별로 중요하지 않다고 생각했다. 그녀는 거울 앞에서 대충 다듬은 머리를 하고, 미니스커트를 입고 칙칙한 스타킹을 신고 있었다. 비랄보는 담배와 맥주잔을 들고 이야기하면서 가볍게 그녀의 등이나 허리를 쓰다듬었다. 머리는 제대로 빗지 않았어도 그녀는 엷은 자줏빛에 가까운 장미색 루주를 발랐다. 침대 탁자에 놓인 재떨이에 비벼 끈 그 색깔이 묻은 담배꽁초를 상상했다. 나는 한 번도 그런 여자를 만난 적이 없다는 사실에 우울하고 반감이 들었다. 그때 나는 일어나서 비랄보를 불렀다.

모니카라는 금발 웨이트리스는 서둘러 식사를 끝내고 메트로폴리타노에서 오후 근무가 있다면서 바로 떠났다. 나에게 "안녕."이라고 말하고서, 다시 볼 수 있을 거라며 입술 가까이에 키스했다. 비랄보와 나만 남자, 우리는 커피와 담배 연기를 사이에 두고 서로를 못 미더워하는 조심스러운 태도로 바라보았다. 우리는 상대방이 무슨 생각을 하는지 잘 알았다. 대화의 유일한 출발점으로 우리를 되돌리는 말들, 그러니까 하루

이틀로 요약되는 반복되고 바보스러운 수많은 저녁들에 대한 기억으로 우리를 되돌리는 말들을 피했다. 둘만 있게 되자, 비록 말은 안 했지만, 마치 우리 두 사람의 인생에 레이디 버드와 산세바스티안에서 보낸 오래전 밤들만 존재하는 것처럼 보였다. 그리고 우리가 부끄럽게 여기거나 잃어버린 시간에 대해 공유하는 집착과 비슷한 의식은 우리를 조심스러운 침묵과 빗나간 대화로 이끌었다.

식당에는 남아 있는 사람이 거의 없었고 철제 셔터가 이미 반쯤 내려져 있었다. 나는 불쑥 말콤에 대해서 이야기를 꺼냈다. 그러나 그것은 루크레시아의 얘기를 꺼내는 하나의 형식이었고, 소박하게 그녀에 대한 기억을 허락하는 전주곡이었다. 나는 빈정거리는 투로 그림과 보지도 못한 800달러 이야기를 비랄보에게 해 주었다. 그는 모니카가 옆에 없다는 것을 확인이라도 하듯 주위를 둘러보고는 웃기 시작했다.

"그래서 늙은 말콤이 자네까지 속였군!"

"나는 속은 게 아냐. 말콤이 돈을 주지 않으리라는 걸 그날 저녁 이미 알아챘으니까. 맹세할 수 있어."

"자네는 그렇게 중요하게 생각하지 않았군. 무의식적으로 돈을 받으나 못 받으나 똑같다고 생각했던 거야. 하지만 말콤에게는 중요했어. 자네 돈으로 베를린으로 가는 경비를 지불한 게 확실하군. 그들은 떠나려고 했지만 그럴 수가 없었어. 말콤은 자기들을 화물선 창고에라도 태워 달라고 선장한테 뇌물을 주었다고 했네. 자네가 그 경비를 지불했군."

"루크레시아가 그렇게 말해 주었나?"

비랄보는 마치 자신을 조롱하듯 다시 웃고서 커피를 한 모금 마셨다. 아니, 루크레시아는 그에게 아무 말도 하지 않았고, 마지막까지, 마지막 날까지도 말하지 않았다. 그들은 현실적인 문제들에 대해서 한 번도 이야기하지 않았다. 자신들의 삶에서 일어났던 일에 대해 침묵하는 것이 거짓말하는 것보다 더 그들을 보호해 준다고 생각했다. 루크레시아는 비랄보를 만나러 그의 아파트까지 갈 시간이 없었기 때문에 30분간의 만남을 위해 호텔을 생각해 냈다. 포옹을 시작하자마자 그들에게는 현재뿐이었다. 그러고 나면 그녀는 시계를 보고 옷을 입고, 비랄보가 가게에서 사 준 파운데이션으로 목에 남은 장밋빛 자국을 감추곤 했다. 비랄보는 엘리베이터에서 작별하지 않고 루크레시아와 함께 거리로 내려와서 그녀가 택시 뒷유리로 작별 인사하는 모습을 보곤 했다.

비랄보는 루크레시아의 옷이나 머리카락에서 타인의 냄새를 찾을 준비를 하고서 혼자 기다릴 말콤을 생각했다. 그러고는 집이나 호텔 방으로 돌아와 질투심과 외로움으로 죽을 지경이 되어 침대에 널브러져 있었다. 루크레시아를 다시 볼 때까지 지루한 기다림의 시간이 빨리 흐르기만을 바라며 남아 있는 시간이나 날들의 공허함을 치료하는 불가능한 숙제에 집착해서 방황하곤 했다. 그의 눈앞에는 오로지 움직이지 않는 시계와 종양처럼 어둡고 깊은 것, 어떤 빛과 어떤 휴식도 경감해 주지 못하는 어두운 그늘, 바로 그 순간 루크레시아가 살고 있을 시간, 말콤의 집에서 말콤과 함께하는 삶만이 보였다. 한 번은 그녀가 살고 있는 집에 몰래 들어갔다. 루크레시아는 순간적으로 두려움이 깃든 모습이었는데, 그는 그런 모습을 보기 위해서가 아니라 병원의 의료 장비처럼 정확하게 그의 의식 속에 자리한 그녀의 또 다른 삶의 모습을 보기 위해서 들어간 것이었다. 말콤은 도시에 없었다. 그럼에도 그가 돌아올까 봐 겁났고, 들리는 소리는 모두 자물쇠 여는 소리처럼 들렸다. 단지 상상만 하다가 그때 처음 가 본 그 집은 지금껏 루크레시아에 대해 남아 있는 선명한 기억처럼 그를 고통스럽게 하지는 않은 것 같다. 화장실 거울 밑 유리 선반에 놓인 말콤의 면도솔과 면도칼, 안방 문 뒤에 걸린 말콤의 파란 망사 목욕 가운, 침대 밑에 있는 펠트 실내화, 침대 탁자에 매일 아침 그가 루크레시아와 함께 들었을 자명종 시계와 그 옆에 놓인 사진……. 의심의 여지 없이 말콤의 수건에서도 나고 방 안에도 퍼진 샤워 콜로뉴 냄새, 비랄보를 강도 취급하며 거부하는 말콤 내면의 고통이 느껴졌다. 말콤 작업실은 오래전에 벽에 걸어 놓은 복제 그림들, 붓과 테레빈유가 가득 든 깡통들 때문에 아주 더러웠다.

의자에 기댄 채 얘기하던 비랄보가 커피 잔에 담뱃재를 털고 웃으며 몸을 일으키더니 뚫어지게 나를 바라보았다. 그때까지 생각해 내지 못했던 어떤 것을 기억 속에서 찾아냈기 때문이다. 가끔씩 있지 말아야 할 곳에서 발견되고, 아직 보지 못한 것을 진짜로 보게 만드는 물건 같은 것을 말이다.

"자네가 판 그림들을 봤어."

이제 나는 비랄보의 얼굴에서 낯선 모습을 보았는데, 제대로 기억을 떠올리지 못할까 봐 걱정하는 모습이었다.

"그중 한 작품에 일종의 비유적인 여인이 있었지. 손에 뭔가를 들고서 눈에 붕대를 감은 여자였는데……."

"잔이야. 십자가가 있는 잔이지."

"그녀의 머리카락은 검고 길었어. 얼굴은 몹시 하얗고 둥그렜지. 광대뼈엔 혈색이 좋아 보이도록 붉은 칠을 했고."

그 그림들이 어떻게 되었는지 물어보고 싶었지만, 비랄보는 이제 내 얘기에 신경 쓰지 않았다. 그는 그때까지 기억하지 못했던 뭔가를 명확하게 이해하게 되었는데, 그것은 순수한 상태로 남아 있던 흘러간 시간의 광맥이었다. 결코 애써 기억하려 하지 않았던 그림의 장면이 아마 루크레시아와 함께한 과거의 아직 건드리지 않은 시간들을 되돌려 준 듯했다. 한 얼굴에만 초점을 맞추던 빛이 순식간에 방 전체를 비출 정도로 퍼져 나가듯이, 그의 눈은 그날 오후에 본 그림들 주위의 물건들, 옆에 있는 루크레시아, 말콤이 언제 돌아올지 모른다는 위험, 모든 방을 비추던 9월 말의 질식할 듯한 햇빛을 발견해 냈다. 그때 그들은 그 밤 이후로 3년 동안 보지 못하리라는 것을 몰랐다.

"말콤은 우리를 염탐하곤 했네."

비랄보가 말했다.

"나를 미행했다고. 어쩔 때는 멍청한 경찰처럼 우리 집 현관에서 서성대는 그를 보았지. 그러니까 길모퉁이에서 신문을 들고 서성거리거나 맞은편 바에서 커피를 마시면서 말이야. 그런 외국인들은 영화를 꽤 믿나 봐. 어떤 날 밤에는 레이디 버드에 혼자 와서 플로로 블룸과 대화를 나누는 것에 관심이 많은 척하거나 내가 연주하는 동안 마치 음악에 관심 있는 듯 날 쳐다보곤 했네. 나는 별일 아니라고 여겼어. 오히려 약간 비웃었지. 한데 어느 날 밤 플로로가 날 아주 심각하게 보더니 '너 조심해라. 그놈이 권총을 가지고 다녀!'라고 말하더군."

"말콤이 자네를 위협했나?"

"은근히 루크레시아를 위협했지. 가끔 그의 사업에 위험이 따랐거든. 뭔가 겁나는 게 없었다면 말콤이 그렇게 서둘러 떠나진 않았을 걸세. 위험한 사람들과 거래하는 사람치고는 그렇게 용감하지 않더군. 말콤은 자네한테서 그림을 산 뒤에 바로 파리로 여행을 떠났어. 내가 말콤의 집에 갔을 때가 바로 그때였지. 말콤은 집으로 돌아와서 루크레시아에게 그를 속이려는 자들이 많다고 말했다더군. 저녁 식사를 하는 동안 권총을 꺼내어 식탁 위에 올려놓았다지. 식사가 끝나면 권총 소제라도 할 것처럼 말이야. 자기를 속이려는 사람들에게 손도 안 댄 탄창을 준비해 두었다고 말했다더군."

"엄포군. 오쟁이 진 놈의 엄포지."

내가 말했다.

"파리로 여행 가지 않았던 게 확실해. 내 기억으로는 루크레시아에게, 정확히 무슨 그림인지는 모르겠지만, 박물관에 있는 세잔의 그림을 몇 점 보러 간다고 했어. 우릴 감시하려고 그녀에게 거짓말한 거야. 그리고 자기 집 근처에서 기다리다가 그 집에 들어가는 우리를 본 걸세. 올라와서 우릴 놀라게 하려고도 했지만 감히 그러지는 못한 거지."

비랄보가 내게 그런 이야기를 하고 있는데 한기가 느껴졌다. 커피는 거의 다 마셨고 웨이터들은 저녁 손님을 위해 식탁 정리를 마무리하며 조바심이 나서 우리를 바라보았다. 오후 5시였고 라디오에서는 누군가가 무슨 축구 경기에 대해 열광적으로 떠들었다. 마치 영화에서처럼 산세바스티안의 평범한 거리가 내 시선에 내려와 앉았다. 한 남자가 보도에서 서성대며 창문을 향해 눈을 치켜뜨고 있었다. 그는 주머니에 손을 넣고, 권총을 품고 겨드랑이에 신문을 끼고서, 저린 발을 풀기 위해서 젖은 도로를 힘차게 밟았다. 비랄보가 마드리드의 호텔 창가에서 거리를 엿보며 두려워하던 게 바로 그런 것이었음을 나는 나중에야 깨달았다. 즉 누군가가 그 자리를 떠나지 않고 비랄보를 지켜본다는 것을 알리기 위해 적당히 시치미 떼고 머물렀던 것이다.

우리는 자리에서 일어섰고, 비랄보가 계산했다. 내가 내겠다는 것을 거절하면서 이제 자기는 가난한 음악가가 아니라고 했다. 거리로 나서니 아파트 꼭대기 층, 창문, 빅토리아 호텔의 등대를 닮은 탑에 여전히 태양이 비치고 있었다. 거리 끝에 구릿빛 어둠이 깃들고 집들의 현관에는 저녁 무렵의 추위가 찾아왔다. 나는 예전부터 겨울철 일요일 오후면 고뇌에 빠지곤 했다. 그래서 비랄보가 메트로폴리타노 말고 가까운 곳에, 편안한 바가 있는 평범하고 한가한 술집에서 한잔하자고 제안한 것이 반가웠다. 그런 오후의 고뇌와 아스팔트에 반사되는 빛과 저 멀리 장밋빛 지평선에 여전히 남아 있는 황혼 녘의 어스름 속에서 현란한 광고의 반짝거림을 진정시켜 줄 동반자는 찾기 어려웠다. 그래도 나는 마드리드의 넓은 보도를 혼자 걸으며 집으로 돌아가지 않게 해 줄, 나와 함께 있어 줄 사람을 원했다.

"루크레시아와 말콤은 누군가에게 쫓기듯 서둘러 떠났어."

두어 군데의 술집을 전전하고 나서 비랄보는 맛이 별로인 진을 한 잔 더 마신 다음에 말했다. 우리가 식사를 마쳤을 때 사고가 멈춘 듯 비랄보는 지금까지 그들에 대해서 얘기하지 않았다.

"그때까지는 산세바스티안에 완전히 눌러살려고 했거든. 말콤은 화랑을 열고 싶어 했고, 가게를 계약하려고도 했지. 한데 파리인지 아니면 그 이틀을 보냈던 곳에서 돌아와 루크레시아에게 베를린으로 가야 한다고 했네."

"말콤이 원한 것은 자네한테서 멀어지는 거였어."

내가 말했다.

알코올이 순간적으로 머릿속을 밝히며 다른 사람의 인생을 추측하게 했다.

비랄보는 자기 잔에 남아 있는 진의 높이를 재듯 아주 세심히 내려다보면서 웃었다. 그러고는 대답하기 전에 1센티미터쯤 마셔 버렸다.

"나도 그렇게 생각하고 즐거워하던 때가 있었지. 그런데 이젠 그렇게 확실치 않아. 말콤은 내가 가끔씩 루크레시아와 잠자리를 하는 것에 그다지 개의치 않았다는 생각이 드네."

"레이디 버드에서 그날 저녁 말콤이 자네를 어떻게 쳐다보았는지 몰라서 하는 소리지. 푸르스름한 눈을 휘둥그렇게 뜨고 있었지, 기억나?"

"……루크레시아가 자신의 여자, 아니 누구의 여자도 아닌 걸 알기 때문에 개의치 않았지. 루크레시아는 내 옆에 남을 수 있었지만, 말콤과 함께 가 버렸어."

"루크레시아는 말콤을 두려워했어. 그날 밤 나는 그 사실을 알았지. 자네도 말콤이 그녀를 권총으로 위협했다고 했잖나."

"총신이 긴 9밀리 권총이었지. 한데 루크레시아가 떠나기를 원했네. 단지 말콤이 제공한 기회를 이용했을 뿐이야. 어선이나 밀수선이었을 걸세. 함부르크 선적의 화물선이었지. 베르타 또는 로테, 그 비슷한 여자 이름이었는데. 루크레시아는 책을 너무 많이 읽었어."

"그녀는 자네를 사랑했어. 나도 그 사실을 알았지. 플로로 블룸을 포함해서 그날 밤 루크레시아를 본 사람이면 누구든 알 수 있었을걸. 자네한테 메모를 남겼잖아? 나도 루크레시아가 메모하는 것을 봤는데."

어리석게도 나는 루크레시아가 그와 사랑에 빠져 있었다는 증거를 대느라 열심이었다. 비랄보는 무관심하게 그러나 약간은 고맙다는 듯이 계속 술을 마시며 내가 말하도록 놔두었다. 받치고 있던 손으로 턱수염과 입을 가린 채 입술에서 담배를 떼지 않고 연기를 내뿜었다. 나는 늘 그의 이면에 담긴 것들을 몰랐다. 아마 그는 그의 고통과 분명한 메시지들이 아니라 짜깁기해 놓은 쓸모없는 것들을 계속해서 보고 있었을지도 모른다. 예를 들면, 그도 깨닫지 못했던 자신의 인생, 약속 시간과 장소가 적힌 쪽지 같은 것들을 말이다. 다른 사람에겐 삶의 찌꺼기일지언정 그는 나중까지 오랫동안 보관했다. 비랄보가 나에게 맡긴 편지들, 아직 내가 읽지 않았고 앞으로도 읽지 않을 편지들과 마찬가지로 말이다. 그가 순간적으로 조급한 몸짓을 했다. 시계를 보고 나서는 메트로폴리타노에 곧 가야 해서 시간이 없다는 것이었다. 나는 금발 웨이트리스의 가는 다리, 미소와 향수 냄새를 떠올렸다. 나는 끈질기게 계속해서 질문했다. 창문 아래서 때로는 산세바스티안에 내리는 가랑비를 맞으며 움직이지 않고 있다가, 뭔가를 기다리며 천천히 걷는 사람에게서, 레이디 버드에서 보았던 말콤의 시선을 느껴 보았다.

비랄보가 집에 있을 때면 루크레시아는 그의 집에서 약속을 잡았다. 아마 레이디 버드에서 나와 만나기 이틀 전 말콤에게 약속 장소로 그곳을 제안한 사람이 바로 루크레시아였을지도 모른다…… 말콤이 항상 루크레시아를 감시했다면, 그녀가 비랄보에게 쪽지를 남기도록 놔두었겠는가? 내가 근거 없이 논리를 전개한다는 것을 깨달았다. 말콤이 루크레시아를 그 정도로 불신했다면 그녀의 시선에서 어떤 자그마한 변화라도 감지했을 것이고, 그가 감시를 멈추자마자 루크레시아가 비랄보를 만나러 갈 줄 알았을 텐데 왜 파리에 그녀를 데리고 가지 않았을까?

"목요일 7시에 우리 집으로 전화해서 내 목소리가 들릴 때까지 말하지 말 것."

이것이 그 쪽지에 쓰인 내용이었고, 편지 봉투에서처럼 루크레시아 이름의 첫 글자인 L자만 적혀 있었다. 너무 빨리 쓰느라고 쉼표를 찍는 것도 잊어버렸지만, 글자는 노트의 철자처럼 아주 완벽했다고 비랄보가 말해 주었다. 정교하고 세심하게 흘려 쓴 글씨체는 말콤이 루크레시아를 내게 소개할 때 지었던 미소와 마찬가지로 교육을 잘 받았음을 보여 주는 일종의 표시 같았다. 아마 말콤과 함께 역에 가서도 그렇게 미소 지으며 승강장에서 작별 인사를 했을 것이다. 그런 후에 돌아서서 택시를 타고 비랄보와 약속한 시간에 맞춰 집에 도착했을 것이다. '똑같은 미소를 지으며 말이지.'라고 생각했다가 나는 바로 후회했다. 그런 생각이 들어야 하는 사람은 내가 아니라 비랄보였다.

"말콤이 떠나는 것을 루크레시아가 보았어? 기차가 떠날 때까지 루크레시아가 기다리고 있었다고 확신하나?"

내가 질문했다.

"그걸 어떻게 알겠나? 그럴 거라고 추측하는 거지. 말콤은 기차 창가에 나타나 루크레시아에게 작별 인사를 했고 그게 다였지. 그러고서 다음 역이나 국경 근처의 이룬* 역에서 내렸을 수도 있어."

"말콤이 언제 돌아왔는데?"

"나도 모르겠네. 이삼 일쯤 걸렸을 거야. 그런데 나는 그 뒤에 루크레시아에 대해 아무 소식도 못 듣고 거의 2주일을 지냈어. 플로로 블룸에게 루크레시아의 집으로 전화해 보라고 부탁했지. 아무도 전화를 받지 않더군. 레이디 버드에 쪽지를 남기려고 오지도 않았어. 어느 날 저녁에 내가 과감하게 전화했지. 말콤이었는지 루크레시아였는지는 모르겠는데 누군가 수화기를 들더니 아무 말도 하지 않고 끊어 버렸어. 난 그 거리를 한 바퀴 돌고서 길 건너편 카페에서 그 집 현관을 지켜보았네. 아무도 나오지 않더군. 저녁에도 집에 누가 있는지 알 수 없었어. 이중문까지 잠겨 있었거든."

"나도 말콤한테 800달러를 달라고 전화했었는데."

"그와 통화했어?"

"물론 못 했지. 숨어 있었나?"

"말콤이 도망갈 준비를 하고 있었던 것 같군."

"루크레시아가 자네한테 아무 설명도 안 해 줬나?"

"떠난다는 말만 했어. 더 이상 이야기할 시간이 없었네. 난 레이디 버드에 있었는데, 어느새 밤이 다 되었는데도 플로로가 술집 문을 안 열었지. 난 피아노 연습을 하고 그는 탁자를 정

---

* 스페인 북쪽 국경 도시.

리하는데, 그때 전화가 왔어. 난 피아노 치는 것을 멈추었는데 전화벨이 울릴 때마다 심장이 멈춰 버리는 것 같더군. 그때는 루크레시아일 거라는 확신이 들어서 전화가 끊어질까 봐 두려 웠네. 플로로가 전화를 받으러 가는 시간이 무한하게만 느껴 졌어. 자네도 알다시피 그는 걸음이 느릿느릿하잖아. 그가 전화하는 동안 나는 바의 가운데 서서 감히 다가가지를 못했지. 플로로는 뭐라고 얘기하더니 머리를 연신 흔들며 나를 쳐다보았어. 여러 번 알겠다고 말하고서 전화를 끊었네. 나는 누가 전화했느냐고 물었지. 플로로가 대답했네. '루크레시아지 누구 겠어. 콘스티투시온 광장의 회랑에서 15분 후에 자네를 기다리 겠다는군.'"

10월 초의 밤이었는데, 비랄보가 거리로 나와 보니 순식간 에 어두워져 있어서 이미 겨울이 된 낯선 외국에 도착한 기차 에서 깨어났을 때처럼 놀랐다. 그가 레이디 버드에 도착했을 때는 아직 이른 시간이어서 하늘에 누런 빛이 남아 있었다. 그 런데 레이디 버드에서 나서니 벌써 해가 저물었고 벼랑에 부딪 히는 격노한 파도처럼 비가 세차게 내렸다. 레이디 버드는 시내 에서 멀리, 거의 만 끝에 있었기 때문에 택시를 잡으려고 달렸 다. 마침내 택시 한 대가 멈춰 섰을 때 그는 흠뻑 젖어서 어디 로 가야 할지 장소도 제대로 말하지 못할 지경이었다. 어둠 속 에서 계기판의 반짝이는 시계를 봤지만 몇 시에 레이디 버드에 서 나왔는지 몰랐고, 콘스티투시온 광장에 제때 도착할 수 없 을 것 같았다. 그리고 도착한다고 해도, 그러니까 와이퍼로 닦 아 내도 다시 시야를 가리는 빗물 너머 버스들이 무질서하게 뒤엉킨 길을 택시가 찾는다고 해도, 루크레시아가 5분이나 다섯 시간 전에 이미 떠나 버렸을 것 같았다. 이제 시간조차 가늠하기가 어려웠다.

택시에서 내렸을 때 그녀는 보이지 않았다. 모퉁이의 가로등은 회랑의 어둡고 축축한 내부를 밝혀 주지 못했다. 택시가 멀어지는 소리를 듣고서도 그는 움직이지 않았다. 서둘러서 오느라 정신이 아찔했기 때문이다. 마치 그렇게 어둡고 황량한 광장에 무엇 때문에 왔는지 순간적으로 망각한 듯했다.

"그때 루크레시아를 보았어."

비랄보가 말했다.

"놀라지는 않았네. 지금 내가 눈을 깜박이며 자네를 보듯했지. 그녀는 도서관 계단 옆 벽에 기대어 있었네. 거의 암흑처럼 어두웠지만, 멀리서 그녀의 하얀색 셔츠가 보였지. 여름 셔츠였는데, 그 위에다 진한 청색 재킷을 걸치고 있었어. 나를 향해 웃는 모습을 보고서 키스하지 않으리라는 걸 알았지. 그녀는 나한테 '이렇게 많이 내리는 비 봤어?' 하고 묻더군. 난 사람들이 헤어질 때 영화에서는 항상 그렇게 비가 온다고 대답했네."

"그런 말밖에 안 했어?"

그렇게 되물었지만 비랄보는 내가 왜 이상하게 여기는지 이해하지 못하는 것 같았다.

"2주 동안 못 보다가 다시 만나서 한 소리가 그게 다라고?"

"그녀도 머리카락이 젖었지만, 눈은 빛나지 않았어. 말콤에게 옷을 한 벌 찾아온다고 둘러댔기 때문에 커다란 비닐 봉투를 갖고 있었지. 그래서 우리가 함께 있을 시간은 몇 분밖에 없었네. 루크레시아는 어떻게 오늘이 마지막 만남인 줄 알았느냐고 물었어. 난 대답했지. '영화에서 보면 그렇잖아. 이렇게 비가 오면 누군가 영원히 떠나는 법이야.'"

루크레시아가 시계를 쳐다보았다. 그들이 알게 되면서부터 비랄보가 가장 두려워하던 것이 그녀의 그런 표정이었다. 커피 마실 시간이 10분 정도 남아 있다고 했다. 그들은 회랑에서 유일하게 열려 있던 바로 들어갔다. 더럽고 생선 냄새 나는 그곳은 비랄보에게 시간의 흐름이나 루크레시아의 유별남보다도 갚을 수 없는 모욕으로 느껴졌다. 자신에게 속했던 사람이 갑작스럽게 없어지는 사실을 받아들이는 데 한순간밖에 걸리지 않는 경우가 있다. 빛이 소리보다 빠르고 자각이 고통보다 빠른 것과 마찬가지다. 그것은 침묵 속에서 치는 번개처럼 우리를 당혹하게 한다. 그래서 그날 저녁 루크레시아를 바라보면서 그는 아무것도 느끼지 못했고, 그녀가 이야기하는 것의 모든 의미와 그녀의 얼굴에 드러난 표정을 이해하지 못했다. 진정한 고통은 몇 시간 뒤에 나타났다. 둘이 나눴던 말들을 하나씩 기억하려 했지만 떠오르지 않자 그런 고통이 느껴졌다. 그리고 기억의 부재에서 모호한 공허감을 느꼈다.

"한데 왜 그렇게 떠났는지 말하지 않던가? 비행기나 기차를 이용하지 않고 왜 그 밀수선을 타고 떠났는지 말이야."

비랄보는 어깨를 으쓱했다. 아니다, 그런 것을 물어볼 기회도 없었다. 루크레시아에게서 돌아올 말을 알면서도 그는 남아 달라고 부탁했다. 여러 번을 빌었다.

"말콤이 날 죽일 거야."

루크레시아가 말했다.

"말콤이 어떤 사람인지 당신도 알잖아. 어제 그가 갖고 다니는 독일제 권총을 다시 보여 줬어."

그러나 말콤에게 죽는 것이 마치 약속 장소에 늦게 도착하는 것보다도 두렵지 않다는 듯이, 그녀는 그 누구도 두려움을 알아차릴 수 없을 태도로 말했다.

결국 비랄보는 모든 정황을 이해한 사람처럼 침착한 어조로 말했다.

"루크레시아는 그랬어. 그녀가 가졌거나 원하던 모든 것을 잃어버려도 별로 중요하지 않은 양 그녀 안에서 모든 열정의 표시들이 소멸해 버렸네."

비랄보가 덧붙였다.

"마치 그것에 한 번도 의미를 두지 않았다는 듯이 말이야."

루크레시아는 커피를 마시지 않았다. 둘은 동시에 일어나 움직이지 않고 서 있었다. 가로놓인 탁자와 바의 소음이 둘을 갈라놓았다. 저마다 떨어져 있는 미래의 어느 장소에 서 있는 것 같았다. 루크레시아는 시계를 보고서 가야 한다는 말을 하기 전에 웃었다. 순간, 그 미소는 보름 전 말콤의 이름이 금박으로 쓰인 문 옆에서 날이 새기 직전 작별할 때 지었던 미소와 비슷해 보였다. 비랄보는 여전히 서 있었지만 루크레시아는 회랑의 어둠 속으로 사라져 버렸다. 말콤의 명함 뒷면에는 연필로 베를린의 주소가 쓰여 있었다.

5

그 곡은 「리스본」이라는 노래였다. 예전에 들었던 곡이었지만, 나는 누군가가 꿈속에서 어떤 도시로 돌아가듯 다시 산세바스티안에 와 있었다. 도시는 사람의 얼굴보다 빨리 잊힌다. 기억이 있던 곳에는 후회나 공허가 남는다. 그리고 사람의 얼굴과 마찬가지로 의식 속에서 사라지지 않는다면 도시는 기억 속에 남아 있다. 사람은 꿈을 꾸지만, 잠자는 동안 보았던 것을 늘 기억할 필요는 없다. 어쨌든 그 꿈은 몇 시간 후면 사라져 버린다. 심지어 화장실의 찬물을 향해 몸을 기울이거나 커피를 마시는 단 몇 분 만에 잊어버리고 만다. 산티아고 비랄보는 그 불완전한 망각의 고통에 면역이 된 것처럼 보였다. 그는 산세바스티안을 떠올리지 않는다고 말하곤 했다. 영화의 주인공처럼 행동과 동시에 전기가 시작되는, 과거가 없는 오만한 존재가 되고자 했다. 비랄보가 나에게 루크레시아와 말콤의 출발을 이야기해 준 일요일 저녁에 우리는 다시 과음을 했고, 비랄보는 만취한 채 메트로폴리타노에 늦게 도착했다. 헤어질 때 비랄보가 말했다.

"여기서 우리가 처음 만난 거라고 생각하게. 자네가 알던 사람을 만난 게 아니라 단지 피아노 치는 사람을 만난 거라고 생각하라고."

그리고 그의 그룹이 연주한다고 선전하는 포스터를 가리키면서 덧붙였다.

"그 말 잊지 말게. 지금 난 자코모 돌핀이야."

그러나 음악이 과거와 아무 상관 없이 순수하다는 비랄보의 말은 거짓말이었다. 왜냐하면 그의 노래 「리스본」은 밀폐된 유리병에 보관된 듯이 투명하고 건드리지 않은 시간의 어떤 순수한 느낌을 전해 주었기 때문이다. 전혀 이상하지 않게 두 사람의 모습을 한데 합친 것 같은 꿈속의 얼굴처럼 그것은 리스본이면서 동시에 산세바스티안이었다. 처음에는 노래 사이에 침묵 속에서 돌아가는 음반의 바늘 소음처럼 들렸다. 그다음에는 드럼의 금속 접시를 주기적으로 스치는 소리가 들렸는데 심장 박동과 비슷했다. 그 뒤에는 트럼펫만 조심스럽게 멜로디를 냈다. 빌리 스완은 누가 깰까 두려운 것처럼 연주했고, 1분 후에야 비랄보의 피아노 소리가 울리기 시작했다. 그 소리는 어둠 속에 잃어버린 길을 모호하게 가리키는 듯했다. 음악이 한창 고조되었을 때 그 길이 다시 나타나 멜로디의 전체적인 형태를 보여 주었다. 마치 안개 속에서 길을 잃었다가 햇빛으로 뿌예진 도시 전체를 볼 수 있는 언덕 꼭대기까지 올라간 것처럼 말이다.

나는 리스본에 가 본 적이 없고 산세바스티안에 가 본 지도 여러 해가 되었다. 빗물로 얼룩진 돌 발코니가 있는 황토색 건물과 그 정면에 숲이 울창한 산기슭을 에워싼 해안가 산책로, 파리의 넓은 가로수 길을 모방한 듯 두 줄로 서 있는 타마린도 나무들이 기억난다. 겨울에는 벌거숭이가 되지만 5월에는 엷은 장밋빛의 기묘한 꽃송이들이 거리를 장식한다. 여름 황혼 녘 파도 거품과 색이 비슷하다. 바다 앞에 버려진 별장들, 만 가운데 있는 섬과 등대, 저녁이면 도시를 비추고 바다 밑의 별처럼 깜박거리며 물에 반사되는 희미한 불빛들도 기억난다. 저 멀리, 레이디 버드의 붉고 푸른 네온사인 간판이 있고, 정박한 배들의 뱃머리에는 여자나 세계 어느 나라의 이름이 붙어 있고, 고기잡이배들은 젖은 나무와 가솔린과 해초 냄새를 강하게 풍겼다.

그 배들 가운데 한 척에 말콤과 루크레시아가 올라탔으리라. 가방을 들고 혹시 균형을 잃을까 두려워하며 보트로 건너가기 위해 삐걱거리고 흔들리는 널빤지 위에 올랐을 것이다. 오래된 그림들과 책, 영원히 떠나기로 작정한 사람들이 남겨두지 못할 모든 것들로 가득 채운 가방은 아주 무거웠을 것이다. 배가 어둠 속에서 나아가는 동안 물을 박차는 모터의 느리고 시끄러운 소리를 들으며 그들은 안심했으리라. 그리고 등을 돌려 섬의 등대를, 바다 저편으로 천천히 잠겨 드는 환한 도시의 마지막 모습을 멀리서 바라보았을 것이다. 바로 그 시간 비랄보는 레이디 버드의 바에서 같은 남자이자 동료로서 플로로 블룸의 우수 어린 위로를 받으며 독한 버번위스키를 얼음도 없이 들이켰을 것이라고 상상한다. 나는 속으로 루크레시아가 멀리서 레이디 버드의 불빛을 찾아냈을까, 아니 그러려고나 했을까 물었다.

틀림없이, 3년 후 루크레시아가 그 도시로 다시 돌아왔을 때는 그 불빛을 찾았다. 전과 다름없이 불이 켜진 것을 반갑게 여겼지만 레이디 버드에 다시 들어가는 것은 원치 않았고, 자신이 살던 곳도 찾고 싶어 하지 않았다. 옛 친구들이나, 옛 시절 루크레시아의 알리바이나 은밀한 약속의 말없는 공범자이자 변치 않는 심부름꾼이었던 플로로까지도 보고 싶어 하지 않았다.

비랄보는 이제 루크레시아가 돌아오지 않을 거라고 생각했다. 그 3년 동안 그의 인생도 바뀌었다. 그는 비엔나 카페나 동네의 품위 없는 축제에서 전자 오르간이나 피아노를 치는 일에 신물이 났다. 그래서 가톨릭 여자 학교에서 음악 선생 자리를 하나 구했다. 그래도 가끔씩 레이디 버드에서 밤에 연주를 하곤 했다. 이젠 밤의 취객들이 다른 술집으로 가 버려 조용히 파산을 생각해야 했기에 플로로 블룸이 거의 급료를 지불할 수도 없고 버번위스키를 제공할 수도 없을 정도였지만. 8시에 일어나, 파란 교복을 입은 청소년들로 가득 찬 명한 교실에서 악보를 설명하고 리스트와 쇼팽, 「월광 소나타」에 대해서 말하곤 했다. 비랄보는 바다에서 멀리 떨어진 강변 아파트 단지에서 혼자 살았다. '두더지'라는 별명의 도시 근교 기차를 타고 시내를 오가며 루크레시아의 편지를 기다리곤 했다. 그 시기에 나는 거의 그를 볼 수 없었다. 그가 음악을 포기했고, 산세바스티안을 떠날 것이고, 술을 끊었다가 다시 알코올중독자가 되었으며, 빌리 스완이 코펜하겐의 여러 클럽에서 함께 연주하기 위해 그를 불렀다는 얘기만 들었다. 비랄보는 직장에 가다가 나와 마주치곤 했다. 물기가 남아 있는 머리카락과 몹시 서둘러 빗질한 듯한 모습은 순해졌거나 뭔가 빠진 듯한 분위기를 풍겼고, 넥타이를 매고, 아마 채점하지 않은 시험지가 들어 있을 법한 평범한 서류 가방을 들고 있었다. 그는 불행에서 이제 막 도망친 모습이었고, 어딘가 행선지에 늦은 사람처럼, 마치 어떤 환상에서 아직 벗어나지 못한 사람처럼 늘 땅에 시선을 박은 채 몹시 급하게 걸어가곤 했다. 어느 날 저녁 콘스티투시온 광장에 있는 구시가지의 바에서 비랄보를 만났다. 그는 이미 다른 곳에서 한잔한 듯했는데 나에게 한잔 사겠다고 했다. 서른한 번째 생일을 자축하고 있다면서, 어느 때부터인가 혼자서 생일날을 보내게 됐다고 말했다. 그날 자정 무렵, 비랄보는 계산을 하고는 이미 지나 버린 생일을 파티 없이 보내 버렸다. 외투 깃으로 머리를 감싸면서 새벽에 일어나야 한다고 나에게 설명했다. 주머니에 손을 집어넣으며 팔 밑에 낀 서류 가방을 확인했다. 그때 일어서서 가는 그의 모습은 단호하고도 이상했다. 작별 인사를 할 때 그는 갑자기 고독 속으로 빠져든 듯했다.

비랄보는 편지를 쓰고 기다리곤 했다. 시간의 흐름과 현실이 끼어들지 않는 완벽하게 비밀스러운 삶을 구축하고 있었다. 매일 오후 5시에 수업이 끝나면 '두더지'를 타고 어두운 색 넥타이를 매고 팔 밑에 수금 사원처럼 서류 가방을 끼고 집으로 돌아왔다. 기차 안에서는 신문을 읽거나 높이 솟은 아파트들과 언덕 사이에 점점이 흩어진 단독 주택들을 쳐다보곤 했다. 그런 후 열쇠로 현관문을 잠그고 음반을 틀었다. 할부로 피아노를 한 대 샀지만 거의 치지 않았다. 드러누워 음악을 들으면서 담배 피우는 것을 더 좋아했다. 그의 인생에서 그렇게 음반을 감상하고 편지 쓰는 일은 다시 없을 것이다. 거리에서 현관 열쇠를 꺼내곤 했는데, 그러기 전에 편지가 들어 있을지 모를 우편함을 쳐다보았고, 우편함을 열면서는 몸을 떨었다. 처음 2년 동안은 루크레시아의 편지가 이삼 주마다 도착했다. 그러나 그는 매일같이 편지함을 열어 보며 편지를 기다렸고, 눈을 뜨는 순간부터 편지를 받는 시간을 위해 살았다. 편지가 보이지 않을 때는 조금 섭섭해하면서 은행에서 정기적으로 보내는 고지서, 학교에서 보낸 안내문, 광고지들을 짜증스러워하며 집어 들어 던져 버리곤 했다. 당연하게도 가장자리에 줄무늬가 쳐진 항공 우편 편지는 그를 행복하게 했다.

그러나 2년이 지나 마지막 침묵에 이르렀다. 그도 그 시간을 예상하긴 했을 것이다. 하루하루 편지를 기다리며 6개월이란 시간이 지난 후에야 비로소 루크레시아의 마지막 편지가 도착했다. 우편으로 보내온 것이 아니라, 편지가 쓰인 지 몇 달이 지난 후 빌리 스완이 비랄보에게 직접 가져다준 것이었다.

나도 빌리 스완이 그 도시로 돌아온 것을 기억한다. 모든 것이 끝나는 도시들이 있듯 항상 처음으로 돌아가게 되는 도시들도 있다. 겨울 저녁 다리에서 강 하구를 바라볼 때, 그리고 어둠으로부터 털처럼 밀려 나오는 시원스러운 하얀 파도와 뒤로 밀려나는 바닷물을 바라볼 때면 세상의 끝에 있는 것 같지만 산세바스티안은 후자에 속하는 도시라고 생각한다. 마치 남아프리카의 절벽에나 있을 듯한 쿠르살이라는 이름의 다리 양쪽에는 노란 빛을 내는 높은 가로등이 있는데, 항해 불가능한 해안이라는 경고와 조난을 알려 주는 등대들처럼 보인다. 다른 장소들, 예를 들어 마드리드는 경유지이지만 산세바스티안

같은 도시로는 사람들이 돌아온다. 나도 그 사실을 언젠가는 확인할 것이다.

빌리 스완은 마약중독자로 처벌받기 직전, 아니면 무엇보다도 자신의 명성이 완전히 사라지기 직전에 돌아온 듯했다. 다시 말해 거의 신화가 되어 사람들의 망각 속에 잊힐 즈음 돌아왔다는 것이다. 비랄보가 말하길 빌리 스완의 옛날 음반을 듣는 사람은 거의 없고 그가 살아 있을 것이라고 생각하는 사람도 거의 없다고 했다. 빌리 스완은 질긴 고독감과 레이디 버드의 어둠 속에서 플로로 블룸과 긴 포옹을 하고 나서 비랄보에 대해 물었다. 그는 플로로가 영어를 알아듣지 못한다는 사실을 조금 지나서야 깨달았다. 그는 올 때 함부로 다룬 듯한 가방과 트럼펫을 보관하는 이중 바닥으로 된 검정 가죽 케이스만 지니고 있었다. 레이디 버드의 비어 있는 탁자들 사이를 성큼성큼 걸어서 피아노가 있는 무대를 힘차게 밟고 올라 트럼펫 케이스를 벗겼다. 그리고 거의 신중하게 보일 정도로 섬세하게 어떤 블루스의 전주곡을 연주했다. 빌리 스완은 뉴욕의 어느 병원에서 바로 퇴원해 나온 길이었다. 비랄보한테 전화해 달라고 신경 써서 들어야 이해할 수 있는 스페인어로 블룸에게 부탁했다. 병원에서 나왔을 때부터 그는 늘 응급 상태로 살아왔다. 자신이 죽지 않았다는 것을 서둘러 확인시켜 주고 싶었고, 그래서 유럽에 그렇게 빨리 돌아왔던 것이다.

"여긴 아직도 음악가가 대접받는 곳이야."

빌리 스완은 비랄보에게 말했다.

"미국에서는 개만도 못 해. 내가 뉴욕에서 지낸 2개월 동안 마약 단속반만 나에게 관심을 두더군."

빌리 스완은 유럽에 정착하려고 돌아왔다. 확실히 정해지지는 않았으나 비랄보도 참여하는 큰일을 계획하고 있었다. 그는 최근 2년여 동안 비랄보의 생활에 대해서 아는 것이 없기에 근황을 물었다. 비랄보가 이제 거의 연주는 하지 않고 수녀들이 세운 학교에서 음악 교사로 일한다고 하자 빌리 스완은 화를 냈다. 위스키 병을 앞에 두고, 레이디 버드의 바에 팔꿈치를 단단히 받치고 가끔씩 늙은 술꾼들처럼 흥분하여 위엄에 찬 노기로 그를 질책하고서 옛날을 떠올리도록 했다. 비랄보가 스물서너 살 먹었을 때 빌리 스완은 코펜하겐에 있는 클럽에서 월급을 받는 대신 샌드위치와 맥주를 먹고 마시며 연주하는 그를 발견했다. 비랄보는 음악에 대해 모든 것을 배우고 싶어 했고 음악가가 되기만을 바랐다. 그러기 위해 배고픔과 후줄근한 인생을 대가로 치러야 할지라도 감수하겠노라고 맹세했다.

비랄보는 빌리 스완이 해 준 얘기를 내게 들려주었다.

"날 봐! 눈치 빠르게 나에 대해 책을 썼던 사람들이 나를 알기 전에도, 또 나에게 관심을 갖지 않게 된 후로도 나는 항상 위대한 연주자였어. 내일 내가 죽는다면 내 주머니에서 장례비도 넉넉히 찾을 수 없을 거다. 하지만 나는 빌리 스완이야. 내가 죽으면 그 트럼펫에서 나처럼 소리 낼 수 있는 사람은 이 세상에 없을 거라고."

빌리 스완이 팔꿈치를 바에 기댈 때마다, 그의 와이셔츠 소맷부리가 위로 밀려 올라가면서 삐쩍 마르고 단단하고 혈관이 튀어나온 손목이 드러났다. 비랄보는 소맷자락의 때를 거의 감사하는 마음으로 안도하며 주목했다. 빌리 스완이 예전에 트럼펫을 들어 올리고 연주할 때 자주 그랬던 것처럼 손목에 찬 금팔찌가 여전히 무대 불빛에 반사되어 반짝거리는 것을 보았던 것이다. 그러나 이젠 더 이상 자신이 빌리 스완의 사랑을 독차지할 가치가 있다는 생각이 들지 않았고, 그의 말과 안경 너머로 빛나는 축축한 눈빛이 두려울 뿐이었다. 막연한 죄책감이나 그를 속였다는 느낌 때문에 최근 몇 년 동안 자신이 어느 정도까지 바뀌고 좌절했는지 바로 깨달았다. 우물 바닥에 돌을 던진 것처럼, 빌리 스완이 나타나자 마음에 크게 동요가 일었다. 그들 맞은편, 바 건너편에서 플로로 블룸은 한마디도 이해하지 못했지만 묵묵히 들으며 잔이 비지 않도록 했다. 그러나 비랄보는 플로로 블룸이 파란 눈으로 쳐다보는 것을 느꼈을 때 그가 그들의 이야기를 전부 이해했을 것이라고 생각했다. 플로로는 비랄보가 비겁하게 몰래 시계를 쳐다보는 것을 보고서 놀랐다. 학교에 가야 할 시간이 얼마 남지 않았던 것이다. 뭔가 생각에 빠져 있던 빌리 스완은 잔을 비운 다음 혀를 차고는 입보다 더 더러운 손수건으로 입을 닦았다.

"더 이상 할 말이 없군."

그는 심각한 표정으로 결론을 내렸다.

"지금 다시 시계를 보고 자러 가야 할 시간이라고 말해 봐! 한 방에 입을 찢어 버릴 테니까!"

비랄보는 가지 않았다. 아침 9시에 학교에 전화해서 아프다고 말했다. 플로로 블룸은 자리를 같이하여 묵묵히 이틀 동안 계속 마셨다. 사흘째 되는 날 빌리 스완은 병원에 입원했고 회복하는 데 일주일이나 걸렸다. 그는 감옥에서 며칠 보낸 사람처럼 불안정하고 품위 없는 모습으로 호텔에 돌아왔다. 손은 더욱 말라 뼈만 앙상했고 목소리는 조금 더 어두웠다. 비랄보는 침대에 누워 있는 빌리 스완을 보고서 그제야 그의 얼굴에 드리워진 죽음의 그림자를 발견하고 놀랐다.

"내일 스톡홀름에 가야 해."

빌리 스완이 말했다.

"그곳에 조건이 좋은 일자리가 있어. 두 달 안에 너한테 전화하마. 나와 함께 연주하고 음반도 녹음하게 될 거다."

이 이야기를 들으며 비랄보는 즐거움과 고마움을 거의 느끼지 못했고, 두렵고 비현실적이라는 생각만 들었다. 만약 스톡홀름으로 떠난다면 학교와 맺은 계약은 무효가 돼 버릴 것이다. 또 그가 없는 동안 루크레시아에게서 온 편지는 우편함에 버려진 채 여러 달을 나뒹굴 터였다. 나는 당시에 비랄보의 표정을 상상할 수 있다. 빌리 스완이 그 도시에 도착했다는 기사가 난 신문에서 비랄보의 사진을 봤다. 사진에는 옛날 영화에서 이류 배우들이 쓰던 모자의 챙에 얼굴이 반쯤 가려진 키크고 늙은 사람이 보였고, 그 옆에 좀 더 작고 젊은 산티아고 비랄보가 얼떨떨한 모습으로 서 있었다. 하지만 신문 기사에는 비랄보의 이름이 나지 않았다. 내가 빌리 스완이 돌아왔음을 안 것은 그 사진 때문이었다. 3년 후 마드리드에서 나는 비랄보가 그의 편지들 사이에 이젠 흐릿해지고 누렇게 바랜 그 신문 스크랩을 간직하고 있음을 확인했다. 그 옆에 있던 사진 속 루크레시아는 내 기억과 전혀 다른 모습이었다. 머리카락이 아주 짧았고 입술을 다문 채 미소 짓고 있었다.

"나는 1월에 베를린에 있었어. 거기서 네 여자를 봤지."

빌리 스완이 말했다.

그는 말을 이어 가기 전에 뜸을 좀 들였지만 비랄보는 물어 볼 엄두가 안 났다. 빌리 스완의 귀환이 자신에게 재기의 힘을 주었음을 다시 한 번 확인했다. 2년여 전 어느 날 저녁, 비랄보는 술꾼들 사이에서 루크레시아의 얼굴을 찾으려고 레이디 버드에 연주하러 나왔다. 안쪽 탁자에서 담배 연기와 장밋빛 불빛 사이로 분명하지는 않지만 침착하고 안정된 그녀를 발견했다. 그 자리에는 말콤과 눈에 익은 다른 남자도 있었다. 처음엔 날 알아보지 못했던 것이다.

"사츠모에서 연주하면서 이틀을 지냈어. 거긴 창녀들이 있는 바처럼 보이는 이상한 곳이었어."

빌리 스완이 말을 이었다.

"분장실로 돌아갔을 때 날 기다리고 있더군. 핸드백에서 편지를 한 통 꺼내 너한테 보내 달라고 하더라. 그녀는 잔뜩 긴장하고 있었는데, 바로 가 버렸지."

비랄보는 그때까지 아무 말도 하지 않았다. 그렇게 오랜 시간이 지난 후에 누군가가 루크레시아에 대해 이야기하는 것이, 그러니까 빌리 스완이 그녀와 함께 베를린에 있었다는 말이 이상하게 멍한 상태, 아니 거의 두려움과 의혹에 가까운 감정을 불러일으켰다. 그는 빌리 스완에게 편지 내용이 뭐냐고 물어보지 않았다. 또 왜 루크레시아가 우편으로 보내지 않았는가도 물어보지 않았다. 비랄보의 말에 따르면 빌리 스완은 서너 달 전에 베를린을 떠나 미국에 돌아가 있었다. 뉴욕의 병원에서는 그를 거의 죽은 사람처럼 생각했는데, 몇 주일이 지나자 의식을 되찾았다. 비랄보는 아무것도 묻고 싶지 않았다. 빌리 스완이 '베를린 호텔에서 편지를 잃어버렸어.' 또는 '공항에서 편지를 보관하던 가방이 없어져 버렸어.'라고 말할까 봐 걱정스러웠던 것이다. 편지를 얼마나 읽고 싶었던지 그 순간엔 루크레시아가 갑작스레 나타나는 것보다 더 그 편지를 원했다.

"편지를 잃어버리진 않았다."

빌리 스완이 이렇게 말하고서 침대 탁자 위에 있던 트럼펫 케이스를 열기 위해 몸을 일으켰다. 아직도 손을 떨고 있었다. 트럼펫이 바닥에 떨어졌고 비랄보가 몸을 굽혀 트럼펫을 주웠다. 그가 일어나자 빌리 스완이 이중으로 된 케이스 밑바닥을 열어 편지를 건네주었다.

비랄보는 우표, 주소, "루크레시아"라는 철자를 바라보았다. 발신자 이름으로 기다란 첫 글자만 쓰여 있는 게 아니라 그녀의 이름인 루크레시아가 전부 쓰인 것은 처음이었다. 봉투를 만져 보니 아주 얇았는데 열어 보지는 않았다. 감히 누르지 못하는 상아 건반처럼 손가락 끝에서 매끄럽고 예민하게 느껴졌다. 빌리 스완은 다시 침대에 누웠다. 5월 말의 오후였지만 그는 시체처럼 검은 옷을 입고 신발을 신은 채 누워서는 목까지 담요를 덮었다. 일어나자 한기가 느껴졌기 때문이다. 그의 말소리는 어느 때보다도 느렸고 콧소리가 났다. 어느 블루스의 첫 소절을 되풀이하는 것처럼 그가 말했다.

"네 여자를 봤다. 내가 문을 여니까 그녀가 내 분장실에 앉아 있었지. 방이 아주 작았는데 그녀가 담배를 피워서 연기로 가득했어."

"루크레시아는 담배를 피우지 않아요."

비랄보가 말했다. 그렇게 정밀하게 그녀의 세세한 부분까지 말하는 것이 슬쩍 만족스러웠다. 마치 그녀의 눈 색깔이나 그녀가 웃는 모습을 기억하는 것처럼 말이다.

"내가 들어갔을 때는 담배를 피우고 있었어."

자신의 기억력을 의심하자 빌리 스완은 화를 냈다.

"그녀를 보기 전부터 담배 냄새가 났어. 나는 담배 냄새하고 마리화나 냄새를 구별할 줄 알아."

"그녀가 뭐라고 했는지 기억나세요?"

이제 비랄보는 용기 있게 물었다. 빌리 스완은 하얀 침대보를 턱 밑까지 끌어올리고 비랄보 쪽으로 천천히 돌아누웠다. 그가 웃기 시작하자 주름이 더욱 깊어졌다.

"거의 아무 말도 하지 않았다. '빌리, 저를 기억하지 못하세요? 보스턴 54번가에서 봤잖아요.'라고 말하는 사람들처럼 내가 그녀를 기억하지 못할까 봐 걱정하고 있었어. 그녀도 그렇게 말했지만, 나는 그녀를 기억했어. 그녀의 다리를 보고서 떠올렸지. 나는 여자들 다리만 보면 스무 명 중에서도 사람을 알아볼 수 있어. 극장에는 불빛이 아주 어두워. 그래서 첫째 줄에 앉은 여자들의 얼굴을 볼 수 없지만 그들의 다리는 보이지. 나는 연주하는 동안 다리를 내려다보는 것을 좋아해. 여자들이 리듬에 맞추어 무릎을 움직이고 뒷굽으로 바닥을 치는 것을 보는 거지."

"왜 당신한테 편지를 주었을까요? 우표도 붙어 있던데."

"그녀는 구두를 신지 않았다. 진흙 묻은 굽 낮은 부츠를 신고 있었어. 가난한 사람들이 신는 부츠였지. 하지만 얼굴은 여기서 네가 나에게 소개해 주었을 때보다 더 좋아 보이던데."

"왜 당신에게 편지를 전해 주라고 부탁했을까요?"

"내가 거짓말을 해서 그런 것 같아. 그녀는 네가 최대한 빨리 편지를 받았으면 했어. 핸드백에서 담배, 립스틱, 손수건, 여자들이 가지고 다니는 잡다한 물건들을 꺼내더군. 그것들을 전부 분장실 탁자 위에 쏟아붓고서도 편지를 찾지 못하더군. 권총도 있던데. 꺼내자마자 후회했겠지만, 내가 이미 보고 말았지."

"권총이 있었다고요?"

"38구경이었어. 여자라고 핸드백에 넣고 다니지 못할 건 없지. 마침내 편지를 찾아내더군. 내가 그녀에게 거짓말했어. 그녀는 내가 거짓말해 주기를 원했어. 그녀에게 2주 안에 너를 만난다고 했다. 그런데 내가 그 클럽을 떠나 뉴욕에서 그런 일들이 생겼고…… 뉴욕으로 가지 않았으면 그녀한테 거짓말하지 않은 게 될 수도 있었는데. 너를 만나러 오려고 했는데 내가 비행기를 착각했던 거야. 그래도 편지를 잃어버리지 않았잖아. 옛날처럼 이중 케이스 바닥에 보관해 두었지."

그다음 날 비랄보는 빌리 스완과 헤어지며 안도감과 고아가 됐다는 감정을 동시에 느꼈다. 기차역 로비에서, 기차역 구내 카페에서, 승강장에서 그들은 거짓 약속을 주고받았다. 빌리 스완은 당분간 술을 마시지 않을 것이고, 비랄보는 그가 가르치는 학교의 수녀들과 헤어지기 위해 불경스러운 편지를 쓸 것이고, 이삼 주 후에 스톡홀름에서 보자는 지키지 못할 약속들을 했다. 비랄보는 베를린에 더 이상 편지를 쓰지 않겠다고 했다. 여자를 잊기 위해 망각보다 더 좋은 방법은 없기 때문이다. 그런데 기차가 멀어지자, 비랄보는 다시 구내 카페로 돌아가서 루크레시아의 편지를 꺼내 일곱 번을 읽었다. 서둘러 냉정한 척하면서 우울해하지 않으려고 했지만 어쩔 수 없었다. 리스본의 시내 지도 뒷면에 열 줄 남짓 쓰여 있었다. 루크레시아는 빠른 시일 내에 돌아갈 것이라고 약속하면서 편지를 쓸 종이가 없어서 이런 종이에 쓴 것을 용서해 달라고 했다. 지도는 잘 보이지도 않게 복사한 종이였는데, 그 복사지 왼쪽에 빨간색으로 물든 점이 있고 루크레시아의 것으로 보이지 않는 글씨로 "버마"라고 쓰여 있었다.

6

플로로 블룸이 그때까지도 레이디 버드의 문을 닫지 않은 이유는 몸에 밴 게으름이나 쓸데없는 것에 집착하는 성향 때문인 듯했다. 그의 진짜 이름은 플로레알이었던 것 같다. 연방 공화정을 지지하는 가문의 자손으로 1970년경 캐나다 어느 곳에서 행복한 시절을 보냈었다. 정치적 박해를 피해 간 곳이었는데 어떤 정치적 박해였는지는 말한 적이 없었다. 산티아고 비랄보가 그에게 블룸이라는 별명을 붙여 준 데에는 짐작가는 바가 있다. 뚱보에다 행동이 느릿느릿해서이기도 했겠지만, 두 뺨이 항상 잘 익은 사과처럼 연분홍빛이었기 때문이다. 게다가 금발이었다. 정말로 캐나다나 스웨덴에서 태어난 듯했다. 그가 보여 주는 삶처럼 그의 추억들도 편안하고 단순했다. 술 두 잔 정도면 퀘벡의 한 식당에 대한 추억을 되살리기에 충분했다. 그는 숲 한가운데 있는 분식점에서 몇 달 일했는데 다람쥐들이 접시를 핥으러 모여드는 곳이었다. 그것들은 플로로를 보아도 놀라지 않았고 촉촉한 주둥이, 조그만 발톱, 꼬리를 움직이다가 잔디 위를 총총 뛰어 사라졌다. 그리고 저녁에 음식 찌꺼기를 먹어 치우려면 언제 돌아와야 하는지 정확히 알았다. 가끔은 그곳에서 식사를 하는 사람에게 다가가 탁자 위에 앉는 녀석도 있었다. 플로로 블룸은 레이디 버드의 바에서 푸른 눈에 눈물을 머금고 마치 눈앞에서 보는 것처럼 그런 것들을 떠올렸다. 그리고 무슨 경이로운 일이라도 되는 양 "무서워하지 않았어."라고 말했다. 다람쥐들은 주둥이를 킁킁거리며 고양이 새끼처럼 그의 손을 핥았던 것이다. 참 행복한 다람쥐들이었다. 하지만 플로로는 그렇게 얘기하고는 뒷방에 고이 간직해 둔 공화국을 상징하는 물건 앞에서 근엄한 표정을 짓고 수수께끼 같은 질문을 던졌다.

"여기 음식점의 식탁에 다람쥐가 올라오는 걸 상상할 수 있겠어? 분명 목을 비틀어 버릴 거야. 아니면 포크를 내리꽂아 버리겠지."

그해 여름, 레이디 버드는 외국인들 덕분에 약간의 호황을 누렸다. 플로로 블룸은 그것을 그리 달가워하지 않았다. 그는 불안하고 피곤한 상태로 탁자들과 바를 돌아다니며 손님들 시중을 들었다. 단골들과 얘기 나눌 시간은 거의 없었다. 다시 말해 느지막이 대충 술값을 계산하는 우리들과 말이다. 그는 낯선 사람들에게 자신의 집을 빼앗겨 황당해하는 듯한 표정으로 바 안쪽에서 가게를 살폈다. 가슴속 깊은 곳에서 반발감이 퍼져 나왔지만 소리 높여 신청받은 곡을 틀어 주고 주정뱅이들이 영어로 지껄이는 늘 똑같은 고백을 멍하니 듣고 있었다. 아마 더 멍해 보일 때는 퀘벡의 저 착하디착한 다람쥐들을 생각했을 것이다.

웨이터를 한 명 고용했다. 그래서 별 관심도 없는 사람들에게서 벗어날 수 있게 해 주는 금전등록기 앞에서 생각에 푹 빠진 척할 수 있었다. 산티아고 비랄보는 9월 초까지 두어 달 동안 레이디 버드의 버번위스키를 무한정 외상으로 즐기며 다시 피아노를 연주했다. 나는 소심함 때문인지 들어갔다가 실망할까 봐서인지 빈 술집을 피했는데 그해 여름엔 나도 레이디 버드로 돌아왔다. 바에 좀 외진 구석을 골라 혼자 술을 마시며 플로로 블룸과 공화정 시절의 종교법에 대한 토론을 즐겼다. 비랄보의 연주가 끝나면 모두 모여 마지막 술잔을 들이켰다. 새벽에는 굽은 만에 내리비치는 불빛들을 따라 도시로 걸어갔다. 어느 날 밤 레이디 버드에서 내가 술잔을 들고 자리를 찾아 앉자 플로로 블룸이 다가와 바를 닦으며 어딘가를 뚫어져라 바라보았다.

"뒤돌아서 저 금발 여자 좀 봐. 저런 여자는 잊을 수 없을걸"

그러나 그녀는 혼자가 아니었다. 불빛에 반짝이는 연한 금빛의 길고 매끈한 머리카락이 그녀 어깨 위로 흘러내렸다. 관자놀이는 은은하니 푸르스름하게 투명했다. 차갑고 파란 눈빛. 그녀를 바라보면 마치 냉혹한 불행 속으로 후회 없이 자신을 던져 버릴 듯했다. 그녀는 몸을 기댄 채 비랄보의 연주에 두 손으로 장단을 맞췄다. 하지만 음악은 그녀의 관심사가 아니었고 플로로 블룸의 눈길이나 내 눈길, 또 그 어떤 존재도 그녀의 관심사가 아니었다. 그녀는 그곳에 앉아 마치 바다를 바라보는 동상처럼 비랄보를 바라보았다. 가끔 술잔을 입에 대거나 곁에 있던 남자에게 녹음한 설명처럼 짤막하게 대답하곤 했다.

플로로 블룸은 내게 설명해 줬다.

"이삼 일 전부터 빠지지 않고 와. 자리에 앉아 술을 시키고 나선 비랄보만 바라보지. 하지만 비랄보는 그녀에게 관심을 보이지 않아. 넋이 나갔지. 스톡홀름에 있는 빌리 스완에게 가고 싶어 해. 음악 생각뿐이야."

"그리고 루크레시아 생각뿐이지."

내가 말했다. 누구나 타인의 삶을 판단하는 데는 현명하다.

플로로 블룸이 말했다.

"모두가 아는 일이지. 하지만 금발을 한번 봐. 여자와 함께 온 저 인간도 말이야."

덩치가 얼마나 크던지, 또 예의는 얼마나 없던지, 그 사람이 흑인이라는 것을 알아차리는 데도 좀 시간이 걸렸다. 항상 미소를 달고 다녔는데 어색하지 않을 정도, 위협으로 느껴지지 않을 정도로 딱 적당했다. 그들은 술을 많이 마셨고 연주가 끝나면 자리를 떴다. 그리고 그 남자는 탁자 위에 항상 과분한 팁을 남겨 두었다. 어느 날 저녁 그는 바 쪽으로 다가와 뭔가를 주문했다. 그러고는 내 곁에 멈춰 섰다. 이로 담배를 물고 있었다. 코로 힘차게 내뿜은 담배 연기 냄새가 순간적으로 나를 감쌌다. 금발의 그녀는 구석 탁자에 앉아 벽에 기댄 채 지루한 표정으로 외로워하며 남자를 기다렸다. 남자는 잔 두 개를 들고서 나를 보더니 알아보겠다고 했다. 서로가 아는 친구가 나에 대해서 얘기했다는 것이다.

"말콤."

그는 이렇게 말하고 담배를 물었다. 그러고는 내가 기억해 낼 시간을 배려라도 하듯 잔을 바 위에 놓았다.

"브루스 말콤요."

한 번도 들어 보지 못한 억양으로 다시 한 번 말하고는 손을 저어 얼굴을 가리는 연기를 쫓았다.

"보아하니 여기선 '아메리카노'라고 부르는 것 같던데."

마치 불어 억양을 따라 하는 듯한 말투였다. 정말 영화 속 흑인들과 똑같이 '아메기카노', '가턴데'라고 발음했다. 그는 플로로 블룸과 내가 기억하는 것보다 우리와 더 오랫동안 우정을 나누어 오기라도 한 듯 우리를 바라보며 미소 지었다. 그는 피아노를 치는 사람이 누군지 물었다. 누군지 알려 주자 감탄사처럼 여러 번 "비갈보"라고 되뇌었다. 가죽점퍼를 입었으며, 손의 피부는 심하게 낡아 빠진 가죽처럼 뻣뻣하고 창백했다. 머리카락은 희끗한 곱슬머리였고 소처럼 커다란 눈으로 보이는 모든 것을 쉬지 않고 평가했다. 그는 머리를 숙여 대며 우리에게 양해를 구하고는 잔을 다시 들었다. 자신감이 가득하면서도 예의 바른 목소리로 여비서가 자신을 기다린다고 했다. 술잔 두 개를 그냥 들고 담배도 그대로 입에 문 채 신기하게 명함을 바 위에 올려놓았다. 플로로 블룸과 난 동시에 명함을 살폈다. "투생 모통, 그림, 고서, 베를린"이라고 쓰여 있었다.

마드리드에서 비랄보가 내게 말했다.

"자네는 모두에 대해 알게 됐군. 말콤, 루크레시아, 투생 모통도 말이야."

"어떻게 하다 보니 알게 되었지."

내가 말했다. 비랄보가 모든 것을 다 안다는 듯한 미소를 지으며 날 조롱하는 것은 별 상관없었다.

"같은 도시에 살았고 또 같은 술집을 다녔으니."

"같은 여자도 알지. 그 여비서 기억나나?"

"플로로 블룸이 맞았어. 정말 한 번 본 후에는 그녀를 잊어 버릴 방법이 없더군. 하지만 정말 얼음 조각상 같았네. 퍼런 핏줄이 선명했지."

"개 같은 년이야."

갑자기 비랄보가 말했다. 그런 말은 잘 하지 않는 사람이었다.

"레이디 버드에 있을 때 그 여자의 시선 기억나나? 그 여자의 상사와 말콤이 날 죽이려던 순간에도 날 그렇게 봤네. 얼마 전 리스본에서. 1년도 채 지나지 않았어."

그는 방금 말한 것을 후회하는 것처럼 보였다. 그에게 그것은 하나의 책략이거나 습관이었다. 무슨 말을 한 다음 다른 쪽을 보며 환히 웃었는데, 마치 자신의 말을 믿지 않아도 된다는 듯한 미소나 시선이었다. 그리고 나서는 메트로폴리타노에서 피아노를 칠 때 짓는 표정을 지었다. 졸린 듯 또는 무관심한 듯한 분위기를 띠고 있었다. 자신의 음악에 대한, 방금 막 연주한 멜로디처럼 분명하고 순간적인 자신의 말에 대한 증인처럼 침착한 냉정함이었다. 하지만 투생 모통과 그의 금발 비서에 대해 다시 말을 꺼낸 것은 어느 정도 시간이 지나고 나서였다. 우리가 마지막으로 만났던 밤 호텔 방에서 그는 이야기를 털어놓았다. 한 손에는 권총을 들고 발코니 커튼 뒤에 서서 무언가를 감시하고 있었다. 두려워하지는 않았던 것 같다. 단지 기다리고 있었다. 움직이지 않고 거리와 전화국 건물의 사람들로 북적이는 모퉁이에 집중했다. 루크레시아의 마지막 편지가 도착한 날부터 며칠이 지났는지를 셀 때처럼 그는 기다림에 푹 빠졌다.

그도 그땐 몰랐다. 하지만 빌리 스완의 도착은 귀환의 첫 징후였다. 빌리 스완이 떠나고 나서 몇 주 후에 투생 모통이 나타났다. 그도 베를린에서 돌아왔다. 아직 루크레시아가 존재하는 미지의 지역에서 돌아온 것이다.

  내 기억에 그해 여름은 몇몇 지루한 해 질 녘 시간들과 먼 바다 위에 물든 불그스름한 분홍빛 노을, 새벽녘 가랑비같이 미지근한 알코올로 채워진 길고 긴 밤으로 요약할 수 있다.

  금발의 외국 여인들은 비치백에 여름 샌들을 신고, 허벅지 솜털에 소금기를 묻히고, 은근히 불그스름하게 피부를 태운 채 해 질 무렵 레이디 버드로 찾아들었다. 바에서 손님들에게 술잔을 건네는 동안 플로로 블룸은 엉큼한 생각을 하며 조용히 그녀들을 살피고 머릿속으로 골랐다. 어쩌면 유혹의 신호였을지도 모를 몇몇 여인의 옆모습이나 시선을 가리키기도 했다. 지금 나는 하루 이틀쯤 플로로 블룸 및 나와 더불어 레이디 버드가 끝난 후에도 머물렀던 여자들이 모두 생각난다. 그리고 여자 손님들이 저마다의 매력을 전부 합쳐 놓은 듯한 모델로 투생 모통의 냉정하고 늘씬한 비서가 흐릿하게 떠오른다.

  처음에 비랄보는 그녀에게 관심을 두지 않았다. 그땐 여자들에게 크게 신경 쓰지 않았다. 플로로나 내가 우리 마음에 드는 여자를 가리키며 보라고 할 때면 그는 사소한 흠들을 들먹이며 만족해했다. 예를 들어 손이 작다든지 발목이 너무 굵다든지 하는 식이었다. 그런데 세 번짼가 네 번째 날 저녁(참고로 그녀와 투생 모통은 항상 같은 시간에 와서 매번 무대 근처의 같은 자리를 잡았다.) 늘 오는 술손님들의 얼굴을 둘러보던 중, 그 정체불명의 여인에게서 루크레시아를 기억나게 하는 몸짓을 발견하고는 놀라서 몇 번이나 더 그녀를 내려다보았다. 그러나 그 몸짓은 다시 반복되지 않았다. 어쩌면 아예 일어나지 않았을 수도 있었다. 모든 여자들에게 루크레시아의 얼굴, 눈빛, 또는 그녀가 걷는 모습의 흔적이 남아 있었으니까.

2년 후 비랄보는 내게 설명했다. 그해 여름, 음악이란 냉정하고 절대적인 열정이어야 한다는 것을 깨닫기 시작했다고 말이다. 그는 레이디 버드에서 다시 정기적으로 연주하기 시작했다. 거의 항상 혼자서, 그리고 레이디 버드에서만 했다. 그의 손가락에선 시간의 흐름처럼 무한하고 안정된 물결 같은 음악의 유연함이 느껴졌다. 매 순간 더욱 빠르게 달려가는 자동차의 속력에 빠져들듯 그는 음악에 자신을 맡겼다. 등대가 비추는 공간밖에 모르고, 멀어지고 숨으려는 계산과 본능으로만 암흑과 거리의 움직이는 물체에 몸을 맡긴 채 말이다. 길 모르는 지방도로를 늦은 저녁 시간에 혼자서 운전하는 것과 똑같았다. 그때까지만 해도 그의 음악은 항상 누군가를 향한, 루크레시아를 향한, 자기 자신을 향한 고백일 뿐이었다. 그런데 이제 예측의 방법으로 변해 간다는 것을 직감했다. 연주하는 동안 루크레시아가 이것을 들었다면 어떻게 생각할까라고 자연스럽게 자신에게 묻던 버릇이 거의 사라졌다. 고독은 천천히 그에게서 환영을 빼앗아 가 버렸다. 가끔은 잠에서 깨어나 한참을 그대로 있다가 몇 분 동안 그녀 생각 없이 살았다는 것을 확인하며 놀라곤 했다. 꿈속에서도 그녀를 보지 않게 되었다. 항상 뒷모습이거나 빛을 등진 모습이라 얼굴을 볼 수 없었다. 그게 아니라면 아예 다른 사람의 얼굴이었다. 꿈속에서 그는 베를린을 자주 헤집고 다녔다. 훤하게 불 밝힌 고층 건물과 얼어붙은 이슬에 번들거리는 보도 위로 비치는 붉고 푸른 헤드라이트의 저녁 어둠에 싸인 도시였다. 어느 누구의 것도 아닌 도시. 물론 그곳엔 루크레시아도 없었다.

6월 초 그녀에게 편지 한 통을 보냈다. 마지막 편지였다. 한 달 후 그가 우체통을 열었을 때 오래전부터 보지 못했던 편지를 발견했다. 이미 그의 의지보다 더 깊게 뿌리박힌 습관에 따라 기다리기만 했던 편지였다. 루크레시아의 이름과 주소가 쓰인 긴 봉투였다. 거칠게 찢어 열어 본 후에야 몇 주 전 자신이 써 보냈던 편지임을 알아차렸다. 빨간색 연필로 그은 것인지 아니면 서명인지가 있었고 독일어 문구가 뒷면을 가로지르고 있었다. 레이디 버드에서 누군가가 "수취인 불명"이라고 번역해 주었다.

길고 긴 여행을 마치고 다시 돌아온 자신의 편지를 읽었다. 그는 거의 3년 동안 자기 자신에게 편지를 써 왔음을, 그리고 이젠 다른 삶을 살아야 할 때임을 별 고통 없이 생각했다. 루크레시아를 알고 난 후 처음으로 그녀가 존재하지 않았더라면, 그녀를 만나지 않았더라면 이 세상이 어떠했을지 생각해 보았다. 하지만 레이디 버드에서 진이나 위스키 한 잔을 마시고 피아노를 연주하러 무대에 오르면서 그는 분명 망각의 세계에, 허무한 흥분 속에 빠져들었다. 그런데 7월의 어느 날 밤, 그 앞에 한 얼굴이 확실하게 드러났다. 의도하지 않게 손으로 상처를 스쳤을 때 지독한 고통이 되살아나는 것처럼 그의 기억 속에 생각지 않던 얼굴이 떠오른 것이다.

투생 모통의 여비서는 자기 앞에 벽이나 움직이지 않는 경치라도 있듯 그를 바라보았다. 바로 그날 밤 몇 시간 후, '두더지' 역에서 그녀를 다시 보았다. 역은 지저분하고 제대로 된 불빛도 없었다. 동트기 전 기차역 대기실에 항상 풍기는 황량한 분위기가 감돌았다. 하지만 금발 여인은 마치 무도장의 길고 푹신한 의자라도 되듯 역 벤치에 흐트러지지 않은 자세로 차분하게 앉아 가죽 가방과 서류철을 무릎 위에 놓아두었다. 그녀 옆에서는 투생 모통이 담배를 자근자근 씹으며 역의 지저분한 벽을 향해, 그리고 비랄보를 향해 미소 지었다. 비랄보는 레이디 버드에서 그를 보았던 것을 기억하지 못했다. 어쩌면 무시해 버리고 싶은 미소였을지도 모른다. 모르는 이가 베푸는 친절은 그를 불쾌하게 했다. 표를 사고 승강장에서 기다리며 등 뒤로 그 남자와 여자가 불어와 영어를 자연스럽게 또 익숙하게 섞어 가며 나지막이 대화하는 것을 들었지만, 무슨 소리인지는 알 수 없었다. 두런거리는 얘기 중에 가끔 남자의 힘찬 웃음소리가 병원 복도에서 터져 나오는 소리처럼 황량한 역에 울려 퍼졌다. 비랄보는 자기를 비웃는다는 의심이 들어 좀 불쾌했지만 뒤돌아보지는 않았다. 좀 더 긴 적막감이 흘렀다. 그들이 자신을 바라보고 있음을 알았다. 기차가 왔지만 그들은 움직이지 않았다. 차에 오르고 나서야 비랄보는 창문으로 그들을 마음 놓고 보았는데 투생 모통이 음흉하게 미소 짓고 있었다. 작별 인사를 하듯 고개를 끄덕였다. '두더지'가 아주 천천히 역을 빠져나가려고 할 때 그들이 일어나는 것을 보았다. 그날 밤 그들을 더 이상 보지 못한 것으로 봐서 그들은 비랄보가 자리 잡은 기차간에서 두세 칸 뒤쪽에 올라탄 듯했다. 어쩌면 이룬까지 갈지도 모른다고 생각했다. 집의 문을 열 때쯤 이미 그는 그들에 대해 잊었다.

조롱과 진실에 아무런 영향을 받지 않는 사람들이 있다. 그들은 패러디를 연출하는 데 헌신적인 노력을 아끼지 않는 것처럼 보인다. 그 시절 난 투생 모통이 그런 사람들 중 한 명이라고 생각했다. 그는 굽 높은 부츠 때문에 큰 키가 더욱 두드러졌고, 가죽 재킷을 걸치고, 넓고 뾰족한 옷깃이 거의 어깨선까지 이르는 장밋빛 셔츠를 입었다. 아주 미심쩍은 보석 반지들을 끼고, 황금빛 체인들이 어두운 피부와 가슴에 무성한 털 위에서 반짝였다. 역겨운 냄새를 풍기는 담배를 씹으며 커다랗게 미소를 지었다. 재킷 윗주머니에 넣고 다니는 금으로 만든 긴 이쑤시개로 손톱을 소제하곤 했고, 그다음엔 코담배를 빨아들이는 사람처럼 조심스럽게 손톱 냄새를 맡았다. 뭐라고 단정 지을 수 없는 냄새는 그가 나타나기 직전이나 방금 자릴 뜬 후 그의 존재를 확실하게 알려 주었다. 그것은 매끈하게 뻗은 긴 머릿결, 얼어붙은 듯한 움직임, 분홍빛 도는 은은한 피부에서 창백하고 차갑게 솟아오르듯 여비서를 감쌌던 향수가 그의 거친 담배 연기와 뒤섞인 냄새였다.

거의 2년이 지난 지금도 난 그 냄새를 다시 느낄 수 있다. 이젠 영원히 과거와 두려움의 냄새겠지만. 산티아고 비랄보는 그 여름 오후에 자신이 살던 산세바스티안의 건물 현관에서 처음으로 그 냄새를 맡았다. 그날은 아주 늦게 일어났다. 가까운 바에서 식사를 했고 시내로 갈 생각이 없었다. 수요일이었던 그날 저녁은 레이디 버드가 문을 닫기 때문이다. 우체통 열쇠를 쥔 채 엘리베이터로 걸어갔다. (우체부가 늦는 게 아닐까 하는 생각에 하루에도 몇 번씩 우체통을 살펴보았다.) 어렴풋이 친근하기도 하고 어색하기도 한 느낌에 몸을 바로하고 주변을 살폈다. 그 냄새를 알아채기 직전에야 투생 모통과 그의 여비서가 행복하게 현관 소파에 앉아 있는 것을 보았다. 시원하게 드러난 여비서의 모아진 두 무릎 위에는 이삼 일 전 '두더지' 역에서 본 가방과 서류철이 놓여 있었다. 투생 모통이 감싸 안은 커다란 종이봉투 위쪽으로 위스키 병의 목 부분이 비어져 나왔다. 거의 짐승 같은 미소를 지으며 입 한쪽으로 담배를 물고 있었다. 자리에서 일어나 그 큰 손을 내밀며 비랄보에게 악수를 청할 때가 되어서야 담배를 입에서 뗐다. 오래 사용해서 반질반질해진 나뭇결 같은 감촉이 전해졌다. 여비서의 이름이 다프네라는 것은 나중에야 알았다. 여비서는 자리에서 일어나며 처음으로 인간다워 보이는 행동을 했다. 한쪽으로 머리를 기울이고 얼굴의 머리카락을 쓸어 넘기고는 비랄보에게 입술로만 미소 지어 보였다.

투생 모통은 법규나 규칙 같은 것은 잊은 채 교통경찰들을 놀리며 최고 속력으로 운전하는 사람처럼 스페인어를 구사했다. 문법적으로 틀릴까 하는 걱정이나 체면 때문에 말을 조심하는 일이 전혀 없었다. 어떤 단어가 떠오르지 않을 때면 입술을 깨물었다. 그러고는 "제기이갈."이라고 하면서 위조 여권으로 국경을 넘는 사기꾼처럼 능숙하게 다른 나라 말로 말을 돌렸다. 그는 불쑥 찾아와서 미안하다며 비랄보의 양해를 구했다. 재즈, 아트 테이텀, 빌리 스완과 레이디 버드의 조용한 분위기에 대해 열정을 표했다. 군중의 바보짓보다는 좁은 장소의 친밀감을 좋아한다고 했다. 플라멩코처럼 재즈도 소수를 위한 열정의 표현이었다. 그는 자신과 여비서의 이름을 밝히고, 자신은 베를린에서 은밀하게 골동품 사업을 하는데 잘되어 간다고 자신 있게 말했다. 정식 허가를 받으면 가게를 차리고 간판 불을 밝히는 순간 수많은 세금들을 내야 하고 그러고 나면 사업은 남는 게 하나도 없는 법이라고 조언하기도 했다. 투생 모통은 여비서의 서류철과 자신이 들고 있던 종이봉투를 모호하게 가리켰다. 비랄보는 나탄 레비 화랑에 대한 얘기를 들어 본 적이 있었다. 베를린, 런던, 뉴욕에서 투생 모통은 조각과 고서 사업에 중요한 사람이었다.

다프네는 빗소리를 듣는 사람처럼 행복하게 미소 지었다. 엘리베이터의 문이 열리자 비랄보는 8층으로 혼자 올라가려고 했다. 조금 혼란스러웠다. 오랫동안 혼자 있다 누군가와 얘길 나눌 때면 항상 그랬다. 그러자 투생 모통이 노골적으로 엘리베이터 문에 무릎을 끼워 넣어 멈춰 세우고는 담배를 문 채 미소 지으며 말했다.

"저기 베를린에서 루크레시아가 당신 얘길 참 많이 했지요. 참 절친한 친구 사이였다고 하던데. '모두가 내 곁을 떠나도 내겐 비랄보가 있을 거야.'라고 항상 말했죠."

비랄보는 아무 말도 하지 않았다. 모두 엘리베이터에 올라타 어색한 침묵을 지켰다. 투생 모통의 변함없는 미소와, 파란 눈동자로 뚫어져라 바라보는 여비서의 시선만이 그 침묵을 누그러뜨렸다. 그녀는 도시의 커져 가는 풍경과 고요한 원경을 바라보듯, 연달아 빠르게 켜졌다 꺼지는 층 숫자들을 보았다. 비랄보는 그들에게 집으로 들어오라는 말을 하지 않았다. 그들은 박물관을 방문하는 시골 사람들처럼 호기심 어린 표정으로 집 안 복도에 들어섰다. 그림들과 전등을 긍정적으로 평가하듯 대충 둘러보고 난 후 소파를 보자 바로 앉아 버렸다. 갑자기 그들 앞에 멈춰 서게 된 비랄보는 뭐라고 말해야 할지 몰랐다. 마치 집에 들어와서 부엌 소파에 앉아 말하고 있는 그들을 발견하고선 쫓아내지도, 왜 그곳에서 그러고 있는지 묻지도 못하는 상황 같았다. 오랜 시간을 혼자 지내다 보니 현실 감각이 눈에 띄게 약해진 것이다. 잠시 어떤 꿈에서처럼 길 잃은 느낌이 들었고, 자신의 소파를 차지한 정체불명의 두 사람 앞에 서 있는 자신을 보았다. 그들이 이곳에 있는 이유가 궁금하다기보다는 투생 모통의 목에 걸린 금목걸이에 새겨진 글자들로 눈길이 갔다. 그들에게 술을 마시겠느냐고 물어보고는 마실 것이라곤 아무것도 없다는 게 생각났다. 투생 모통은 기뻐하며 자신이 가져온 병을 반쯤 내보이며 굵직한 검지로 상표를 가리켰다. 비랄보는 그의 손가락이 콘트라베이스 연주자의 손가락 같다고 생각했다.

"루크레시아는 항상 그랬지요. '내 친구 비랄보는 최상의 버번만 마시는데.' 이 술 정도에 당신이 만족할까 걱정이군요. 다프네가 이 술을 발견하고는 '투생, 꽤 비싼 거예요. 테네시에서도 이보다 더 좋은 건 찾지 못할 거예요.'라고 말했죠. 재미있는 것은 다프네가 술을 마시지 못한다는 것 아니겠습니까. 담배도 피우지 않고 야채나 삶은 생선 말고는 안 먹는답니다. 다프네! 네가 말해 봐. 이분은 영어를 하시거든. 하지만 그녀는 수줍음이 많아요. 내게 '투생, 어떻게 그 많은 언어를 다 할 수 있어요?'라고 말하면 나는 '그거야 네가 할 말을 내가 다 해야 하니까 그렇지.'라고 대답하죠. 루크레시아가 내 얘기 하지 않던가요?"

자신의 화통한 웃음소리의 기운에 뒤로 밀려난 듯 투생 모통은 소파에 등을 기대고 커다랗고 거무스레한 손을 다프네의 새하얀 무릎 위에 얹어 놓았다. 그녀는 차분하게 바른 자세로 앉아 살며시 미소 지었다.

"이 집이 마음에 드는군요."

투생 모통은 탐욕과 행복에 찬 시선으로 거의 텅 빈 부엌을 한번 둘러보았다. 오랫동안 갈망했던 친절에 감사라도 하는 듯했다.

"저 음반들, 가구들, 그리고 저 피아노. 어릴 적 어머니는 내가 피아노를 배우길 바라셨지요. '투생, 언젠가는 내게 고마워할 거다.'라고 말씀하셨죠. 하지만 난 배우지 않았답니다. 루크레시아는 항상 이 집에 대해서 얘기했어요. 좋은 취향, 소박함에 대해서. 저번 저녁에 당신을 보고선 다프네에게 말했죠. '이 사람과 루크레시아는 쌍둥이 영혼이야.' 남자는 눈을 보면 알 수 있지만 여자는 아니지요. 다프네가 내 비서가 된 것도 이제 4년이 됐군. 내가 그녀를 안다고 생각하나요? 미국 대통령만큼이나 알까……?"

'하지만 루크레시아는 여기 온 적이 없는데.'

비랄보는 멍하니 생각했다. 투생 모통의 웃음소리와 끊임없는 얘기 때문에 의식이 몽롱해지는 것 같았다. 그는 그때까지도 앉지 못하고 서 있었다. 컵과 얼음을 가지러 가겠다고 했다. 물도 원하느냐는 질문에 투생 모통은 웃음을 참지 못하겠다는 듯이 손으로 입을 막았다.

"물론 원하지요. 바에서 다프네와 난 항상 위스키와 물을 시켜요. 물은 그녀를 위해서, 위스키는 날 위해서."

비랄보가 주방에서 돌아왔을 때 투생 모통은 피아노 옆에

서서 책을 뒤적이다 탁 덮었다. 미소를 띠며 미안한 척했다. 비랄보는 잠시 그에게서 연극으로 숨길 수 없는 너무나 철저한 검시관의 차가운 시선을 느꼈다. 커다랗지만 생기 없는 눈, 눈동자의 가장자리는 붉게 물들었다. 그의 여비서 다프네는 펼친 두 손을 모아 손바닥을 아래로 향하게 하고서 손톱을 살폈다. 길고 분홍빛이 돌았지만 광택은 없었다. 자신의 피부보다 좀 더 창백한 분홍빛이었다.

"내가 하지요."

투생 모통이 말했다. 그는 비랄보의 손에서 쟁반을 받아 들고 술잔 두 개에 버번을 채웠다. 다프네의 잔 위로 병을 기울이다가 그녀가 술을 마시지 않는다는 것이 갑자기 기억나기라도 한 듯 행동했다. 그는 첫 모금을 요란하게 마시고는 잔을 전화 탁자 위에 올려놓았다. 소파에 좀 더 깊이 몸을 묻고는 편안해했고 거의 호의적이기까지 했다. 그러고는 한껏 행복에 넘쳐 담배에 불을 붙였다.

"난 알았지요. 당신을 보기 전에도 당신이 어떤 사람인지 알았어요. 다프네에게 물어봐요. 항상 난 그녀에게 이렇게 얘기했습니다. '다프네, 말콤은 루크레시아에게 어울리는 사람이 아니야.' 베를린에서 루크레시아가 당신 얘기를 얼마나 많이 했던지…… 물론 말콤이 없을 때였죠. 그 둘이 헤어졌을 때 다프네와 내가 그녀의 가족이 되어 주었어요. 다프네도 말할 수 있을 겁니다. 우리 집엔 항상 루크레시아를 위한 침대와 음식이 준비되어 있었어요. 그녀에겐 즐거운 시기가 아니었지요."

"말콤과 언제 헤어졌지요?"

비랄보가 말했다. 그러자 투생 모통은 비랄보가 잔과 얼음을 들고 식당에서 돌아왔을 때 지었던 표정으로 바라보면서 웃음을 터뜨렸다.

"다프네, 알겠어? 이분, 전혀 모르는 소식인 것처럼 말씀하네. 친구, 그럴 것 없어요. 적어도 내 앞에선 말이지. 두 사람 관계를 더 이상 숨기지 않아도 됩니다. 루크레시아가 쓴 편지를 우체국으로 배달한 사람이 가끔 나였다는 사실을 모르는 것 같군요. 말콤은 그녀를 사랑했습니다. 말콤이 내 친구이긴 하지만 난 루크레시아가 당신에게 폭 빠졌다는 것을 알았지요. 다프네와 난 그 일에 대해서 많은 얘길 나누었고, 나는 이렇게 말했답니다. '다프네, 말콤이 내 친구고 동업자이기도 하지만 저 아가씨는 자기가 원하는 사람과 사랑할 권리가 있어.' 난 그렇게 생각했어요. 다프네에게 물어봐요. 그녀에게 비밀은 없으니까."

비랄보는 투생 모통의 말을 들으며 버번위스키에 취했을 때와 같은 느낌이 들었다. 그도 모르는 사이에 그들은 벌써 반병 이상을 마셔 버렸다. 투생이 퍼붓듯 거칠게 술을 따라 쟁반과 탁자를 적시고는 마법사 것처럼 길고 색이 화려한 손수건으로 닦아 내는 것을 멈추지 않았기 때문이다. 애초부터 그가 거짓말한다고 의심하던 비랄보는, 이제 장물을 사려고 협상 장소에 나왔지만 양심을 완전히 버리지도 않은 보석상처럼 조심스럽게 그의 말을 듣기 시작했다.

"루크레시아에 대해선 아는 것이 없어요. 그녀를 못 본 지도 벌써 3년이 됐습니다."

비랄보가 말했다.

"의심하잖아."

투생 모퉁은 우울하게 고개를 움직이며 마치 배은망덕한 일을 당하고 나서 위로를 받으려는 것처럼 다프네를 바라보았다.

"알겠어, 다프네? 루크레시아와 똑같잖아. 선생, 선생이 그렇게 나올지 내 이미 알았습니다."

비랄보를 향한 태도는 다시 위엄과 엄숙함을 되찾았다. 하지만 그의 눈은 여전히 게임이나 연극을 바라보는 듯했다.

"그녀 역시 우리를 믿지 않았지. 다프네, 그녀가 우리에게는 한마디도 없이 베를린을 떠났다고 말해 줘."

"이젠 베를린에 살지 않는다고요?"

하지만 투생 모퉁은 대답하지 않았다. 살짝 입을 벌려 담배를 물고 거친 숨을 내쉬면서, 아주 힘들게 소파 등받이에 기댄 채 일어섰다. 여비서 또한 아이를 안듯 서류철을 안고 가방을 들며 자동적으로 그를 따라 일어섰다. 그녀가 움직일 때면 향수 냄새가 공간을 덮었고 그 안에는 담뱃재와 연기의 자취가 남았다.

"좋소, 선생."

상처받은 서글픈 표정을 짓고서 투생 모퉁이 말했다. 일어선 그를 보며 비랄보는 새삼 그가 거구임을 느꼈다.

"알겠소. 루크레시아가 우리에 대해 아무것도 알고 싶어 하지 않는다는 것으로 이해하겠소. 요즘은 옛 친구란 아무 의미가 없지요. 하지만 투생 모퉁이 여기 왔었다는 것은 알려 주쇼. 그리고 내가 보고 싶어 한다는 것도 꼭 전해 주시고."

사과해야 한다는 터무니없는 생각에 사로잡혀 비랄보는 루크레시아에 대해 아는 것이 없다는 사실을 다시 밝혔다. 그녀는 산세바스티안에 없고, 스페인에 돌아오지도 않았을 거라고 말했다. 투생 모통의 차분하고 몽롱한 눈은 뻔한 거짓 증거나 불필요한 배신에 대한 증거를 앞에 둔 듯 움직이지 않았다. 엘리베이터를 타기 전, 그러니까 엘리베이터에 들어가기 직전에 그는 비랄보에게 명함을 건넸다. 아직은 베를린으로 돌아가지 않고 스페인에서 몇 주간 더 머물 생각인데, 루크레시아가 생각을 바꿔 그들을 보고자 할 경우를 대비해 그곳에 마드리드의 전화번호를 남기겠다고 했다. 비랄보는 복도에 홀로 남았다. 그리고 다시 집으로 들어갔을 땐 문에 자물쇠를 채웠다. 이미 엘리베이터 소리는 들리지 않았지만 투생 모통의 담배 연기와 여비서의 향수 냄새는 마치 덩어리처럼 진하게 허공에 남았다.

7

"저 사람 좀 봐. 저 웃는 모습을 좀 봐."

비랄보가 말했다.

나는 비랄보에게 다가가 거리를 보려고 창에 쳐진 커튼을
약간 들췄다. 반대편 보도에 투생 모통이 꼼짝하지 않고 서 있
었다. 그의 주위를 지나다니는 사람들보다 더 큰 키를 자랑하
며 다 괜찮다는 듯 그들을 내려다보면서 미소 짓고 있었다. 추
운 마드리드의 밤, 여인들이 그의 근처에서 담배를 피우며 움
직이지 않은 채, 보도의 도로 표지판이나 전화국 건물 벽에 기
대서 있었다.

"우리가 여기 있다는 것을 알고 있는 건가?"

나는 발코니에서 멀어졌다. 투생 모통의 시선이 그 멀리서도
나에게 미치는 것 같았다.

"분명 내가 자길 보길 바라지. 자기가 나를 발견했다는 것
을 알리고 싶어 해."

비랄보가 말했다.

"왜 올라오지 않을까?"

"자존심이지. 내가 겁먹길 바라는 거야. 저기에 있는 게 이틀째야."

"여기서는 보이지 않네."

"어쩌면 메트로폴리타노에 보냈을 거야. 내가 다른 문으로 나갔을 경우를 대비해서. 저자를 잘 알지. 아직은 날 붙잡고 싶지 않은 거야. 내가 그에게서 도망치지 못하리라는 것 정도만 알리려는 거지."

"불을 끄게."

"마찬가지야. 우리가 여기에 있다는 걸 저잔 알 거야."

비랄보는 커튼을 완전히 젖혔다. 그러고는 권총을 쥔 채 침대에 앉았다. 탁자 위의 지저분한 불빛 아래 방은 더 작고 어두워 보였다. 바로 그때 전화기가 울렸다. 오래된 모델로, 검은색의 아주 각진 모양은 장례식 분위기를 자아냈다. 단지 불행만을 전하기 위해 마련된 것 같았다. 비랄보는 손이 닿는 곳에 전화기를 두었다. 처음에는 그냥 바라보기만 했다. 계속 전화벨이 울리자, 날 쳐다보고 수화기를 들진 않았다. 나는 매번 울리는 벨 소리가 마지막이기를 바랐다. 하지만 잠깐 간격을 두고 되풀이해서 울렸고 점점 더 요란스럽고 집요해져, 마치 몇 시간을 계속해서 울리는 것 같았다. 끝내는 내가 수화기를 들었다. 누군지 물었지만 아무도 대답하지 않았다. 그러곤 뚜뚜하는 고음의 통화 중 신호음만 들렸다. 비랄보는 침대에서 움직이지 않았고 담배만 피웠다. 날 보지도 않았다. 연기를 내뿜으며 휘파람으로 느린 노래를 불렀다. 나는 발코니로 다가갔다. 투생 모퉁도 이젠 전화국 쪽 보도에 없었다.

"돌아올 거야. 항상 돌아오지."

비랄보가 말했다.

"자네에게서 뭘 원하지?"

"내가 가지지 않은 것."

"오늘 저녁 메트로폴리타노에 갈 건가?"

"연주하고 싶지 않아. 나 대신 자네가 전화 좀 해 주겠나. 모니카를 찾아서, 내가 아프다고 말해 줘."

방 안은 덥고 해로운 공기가 가득했고, 난방기에서 뜨거운 바람이 윙윙거렸지만 비랄보는 외투를 벗지 않았다. 정말 아픈 것 같았다. 최근 며칠에 대한 기억 속에 그는 항상 그 외투를 입었다. 침대에 누워 있든 발코니 뒤에서 담배를 피우든, 오른손은 외투 주머니 속에 찔러 넣고 있었다. 담배를, 아니 어쩌면 권총 손잡이를 찾고 있었는지도 모른다. 그는 옷장에 위스키 두 병을 보관했다. 우리는 세면대에 있던 불투명한 컵에 술을 따라 아무것도 신경 쓰지 않고 음미할 것도 없이 그냥 마셨다. 얼음을 넣지 않은 위스키가 입술을 태웠지만 계속 마셔 댔고, 나는 거의 아무 말 없이 비랄보가 하는 얘기를 들었다. 가끔 그란비아 거리의 맞은편 보도를 향해 눈길을 돌려 키 큰 투생 모퉁의 모습을 찾았다. 그러다 저녁 무렵 거리 모퉁이에 서 있는 검은 피부의 남자들을 투생 모퉁으로 착각하고서 소스라치게 놀라기도 했다. 멀리서 들려오는 사이렌 소리처럼 거리로부터 공포가 올라왔다. 집 밖에 있는 느낌, 겨울의 고독과 차가운 바람의 느낌이었다. 호텔 벽들과 꼭꼭 닫힌 문들도 이젠 나를 보호하지 못할 것 같은 느낌이었다.

하지만 비랄보는 두려워하지 않았다. 아니, 두려워할 수가 없었다. 외부에서, 거리 저편에서, 어쩌면 그것보다 훨씬 더 가까이 호텔 복도나 문 뒤에서, 조용히 걸어와 가까운 자물쇠에서 열쇠 돌아가는 소리를 내고 바로 다음에 옆방에서 기침소리를 내는 낯선 투숙객에게 일어나는 일은 자신에게 중요하지 않았기 때문이다. 비랄보는 구두 광을 내는 사람처럼 여유롭게 자주 권총을 청소했다. 총신에 새겨진 표식을 아직도 기억하고 있다. "콜트 트루퍼 38." 방금 날을 세운 칼처럼 야릇한 아름다움이 있는 총이었다. 번뜩이는 모습엔 비현실적인 분위기가 있었다. 마치 갑자기 쏘아 사람을 죽일 수 있는 권총이 아니고 옷장에 보관된 독약 병처럼 그 자체로 움직이지 않아도 두려운 치명적인 상징이었다.

그것은 루크레시아가 베를린에서 가져온 권총이었다. 다시 나타난 그녀에게 따라붙은 부속품이었다. 긴 머리카락과 짙은 색 안경, 그리고 끊임없이 숨고 도망치고 싶어 하는 감춰진 의지도 그러했다. 비랄보가 더 이상 기다리는 것을 포기하려던 순간에 그녀는 돌아왔다. 과거에서 돌아온 것이 아니었다. 수많은 엽서와 편지가 얽힌 상상의 베를린에서 돌아온 것도 아니었다. 그녀는 아무것도 없는 완전한 빈 공간에서 불쑥 튀어나왔다.

그녀의 얼굴은 변함없었지만, 다른 사람의 신분으로 나타났고 몇몇 단어 속에서는 이국적인 억양이 느껴졌다. 그녀는 11월 어느 날 아침에 돌아왔다. 전화기 소리에 비랄보는 깼고 처음에는 그 목소리를 알아차리지 못했다. 루크레시아의 목소리도 그녀의 정확한 눈 색깔처럼 잊고 있었기 때문이다.

"1시 30분. 마리티모 거리의 그 바에서. '라 가비오타'* 기억
하지?"

그녀가 말했다.

비랄보는 기억하지 못했다. 전화를 끊고 꿈에서 돌아온 듯
자명종을 쳐다봤다. 직장에 가지 않은 데다 루크레시아의 목
소리까지 들어 이중으로 낯선, 몽롱하고 잿빛을 띤 12시 30분
이었다. 아직 생소했다. 돌아왔지만 그녀의 정체는 여전히 불
분명했다. 몇 년의 세월이 흘렀고 그 긴 시간을 넘어 마침내
현실의 확실한 시점에, 미래지만 다가갈 수 있는 시간적 공간
에 그녀가 머물고 있었다. 1시 30분이라고 했다. 그다음엔 바의
이름을 말했고, 이젠 만날 약속을 할 수 있는 거리, 전화 한
통이면 실제 인물과 말을 할 수 있는 거리, 상상할 필요가 없
는 얼굴들의 거리에 들어왔음을 확인해 주는 어렴풋한 인사를
전했다. 이제 산티아고 비랄보에게 시간은 그가 경험해 보지
못한 속력, 그를 서투르게 만들어 버릴 속력으로 흘러가기 시
작했다. 마치 그가 함께하기엔 너무 빠른 음악가들과 연주하
는 것 같았다. 자신의 둔함이 다른 것들에도 전염되었다. 샤워
기 히터는 절대 켜지지 않을 것 같았고, 깨끗한 옷은 항상 있
던 옷장에서 사라져 버린 듯했으며, 엘리베이터는 올라오는 데
몇 시간이 걸렸고, 동네에도 도시 어느 지역에도 택시가 없었
으며, '두더지' 역에는 기차를 기다리는 사람이 아무도 없었다.

조금씩 어긋난 시간들 모두가 루크레시아를 생각하는 그를
괴롭혔다. 3년 동안의 부재가 끝나기 15분 전, 비랄보가 택시를

---

* '갈매기'라는 뜻.

잡는 동안 루크레시아는 그의 생각에서 그 어느 때보다 더 멀리에 있었다. 택시에 타서 목적지를 말하고 나서야 두려움에 떨며 그녀와의 약속이 현실임을 알았고, 뒷거울에 비친 자신의 놀란 두 눈을 보듯 그녀를 보게 될 것이라고 생각했다. 하지만 그가 보던 얼굴은 자신의 얼굴이 아니었다. 부분적으론 기이하게 느껴지는 생김새의 얼굴이었다. 루크레시아는 그의 얼굴을 살펴볼 것이고, 판단할 것이고, 비랄보만이 느낄 수 있는 시간의 표식들을 찾으려고 질문할 것이다.

루크레시아와 만나기 전이었지만, 그녀를 만나려고 하니 성급함과 두려움이 생겨났고, 보이지 않는 그녀의 존재는 그를 자석처럼 끌어당겼다. 그리고 만나서 30분 동안 은밀하게 목숨을 걸 약속에 갔던 과거처럼, 택시의 속력에 맞춰 빠져들어 가는 느낌도 그를 끌어당겼다. 아무런 불빛 없이 평야를 지나는 밤 여행길처럼 지난 3년이라는 시간은 정지되어 있었던 것 같았다. 그 기간을 루크레시아가 보내는 편지들 간의 간격으로 재었다. 그의 인생에서 그 밖에 행동들은 마치 쓸데없는 기억 속에 부조한 형상들 같았다. 누워 잠이 오지 않을 때면 뚫어져라 쳐다보던 벽에 흠집이나 자국 같았던 것이다. 이제 이 택시 안에서, 조그만 그 무엇도 유일무이하지 않은 것이 없었고 모든 것이 이제 또다시 분 심지어 초 단위로 재어야 하는 위력적인 시간 안에서 무너져 버렸다. 바로 자신 앞 운전대 옆에 붙어 있는 시계 속, 1시 20분에 지나쳤던 성당의 시계 속, 그리고 루크레시아가 손목에 찼을 거라 상상하는 시계, 즉 그녀의 피에 흐르는 심장박동처럼 비밀스럽고도 정확한 시계 속 시간 안에서. 루크레시아가 존재한다는 상상하기조차 힘든 확신이 들자 늦게 도착할까 봐 두려워지기 시작했다. 또한 자신이 살찌고 활기를 잃었다는 것, 그녀의 기억에 남을 만한 가치가 없어져 버렸을 수도 있다는 것, 그녀가 상상하던 모습과 다를 수도 있다는 것에 겁도 났다.

택시는 도심으로 들어서서 강줄기 가로수 길을 따라가다가 타마린도 거리와 구시가지의 습한 골목들을 지나, 가랑비 사이로 갈매기들이 죽음을 무릅쓰고 낙하하여 가르는 잿빛의 무한한 한낮을 앞두고, 마리티모 산책로로 갑작스럽게 튀어 올랐다. 한 남자가 무관심하게 홀로 짙은 색 외투를 걸치고 중간 크기의 모자를 쓰고는 세상의 끝을 주시하듯 바다를 바라보았다. 그 사람 앞쪽으로 난간 너머에선 파도들이 거품을 품고 암초들 위로 높이 치솟았다. 비랄보는 그 남자가 바람으로부터 담배를 보호하려고 손바닥을 오므려 감싸는 것을 본 듯했다.

'내가 딱 저 사람이군.'

비랄보는 생각했다. 루크레시아가 만나자고 한 곳은 바다로 내리뻗은 절벽 위에 있었다. 한 굽이 돌아서자 반짝이는 유리창들이 보였다. 갑자기 비랄보의 모든 인생이 택시가 멈추기까지 남은 2분으로 압축될 수 있을 것 같았다. 갈매기들이 파도의 잿빛 물마루 위에 멈춰 흐느적거렸다. 차창에서 갈매기들을 바라보며 비랄보는 짙은 색 외투의 남자를 생각했다. 그는 저 녀석들과 마찬가지로 재앙 앞에서 무관심했다. 하지만 그 생각은 몇 초 후면 루크레시아를 만난다는 두려운 사실을 생각하지 않으려는 핑계였다. 택시 운전사는 도로 한쪽으로 차를 세우고 뒷거울로 비랄보를 바라보았다.

"라 가비오타입니다."

운전사는 거의 엄숙하다고 할 수 있는 억양으로 말했다.

한구석에 커다란 창문들이 있었지만 라 가비오타에는 허락되지 않은 만남, 부적절한 시간의 위스키, 완전히 취하지 않을 정도의 음주를 위한 어둠이 있었다. 자동문이 비랄보 앞에서 조용히 열렸다. 체크무늬 탁자보가 덮인 깨끗하고 빈 탁자들이 있었고 기다란 바에는 아무도 앉아 있지 않았다. 유리창 저편에는 등대가 우뚝 서 있는 장엄한 섬이 보였고 먼 절벽의 회색빛 그림자와 바다, 낮게 깔린 구름 사이로 드문드문 언덕의 짙은 녹지도 보였다. 마치 다른 사람이라도 된 듯 차분히 그는 「폭풍의 날씨」라는 노래를 떠올렸다. 그녀를 떠올리게 해 주는 노래였다.

늦게 도착했다고 생각했다. 또 약속 시간과 장소를 착각했다고도 생각했다. 그때 거품이 튀겨 흐려지는 저 먼 경관 뒤로 한 여자의 옆모습이 보였다. 넓고 반투명한 잔을 앞에 두고 담배를 피우고 있었으며 잔에는 입을 대지 않은 채였다. 아주 긴 머리카락과 짙은 색 안경으로 얼굴을 가렸다. 그녀가 일어서서 탁자에 안경을 내려놓았다.

"루크레시아."

아직 움직이지 않은 채 비랄보가 말했다. 그 여자를 부른 것은 아니다. 확신 없는 목소리로 그저 이름을 불러 본 것이다.

내가 이런 일들을 상상한 것이 아니다. 비랄보가 해 준 이야기에서 세세한 것들을 찾아낸 것도 아니다. 의지나 기억에 의존하는 것은 아무것도 없다. 모든 게 그저 저 멀리 보이는 듯하다. 나는 라 가비오타의 창문들 뒤편으로 느린 포옹이 진행되는 것을 본다. 산세바스티안의 그날 한낮 즈음 마치 내가 창백한 기운 속에 마리티모 산책로를 걸으며 텅 빈 바에서 한 남자와 여자가 부둥켜안는 것을 곁눈질로 보는 것처럼 말이다. 그날 이후 시간이 흘러 어느 곳, 비랄보의 호텔에서 불안과 알코올의 밤을 보내며 지내는 나날로부터 난 그것을 본다. 비랄보는 대수롭지 않은 일인 듯 그녀의 귀환을 얘기했지만 그의 눈빛과 침대 탁자에 보관하던 권총은 그 반대라는 것을 더욱 분명하게 했다.

루크레시아를 껴안자 그녀의 머리카락에서 생소한 냄새가 느껴졌다. 비랄보는 그녀를 잘 보기 위해 몸을 뗐다. 그가 본 것은 지난 3년 동안 부정했던 얼굴이 아니었고, 과거에도 정확하게 무슨 색깔인지 말할 수 없었던 색깔의 눈들도 아니었다. 진정한 시간의 자취였다. 그때보다 훨씬 말랐고 길고 짙은 머리카락과 피곤에 지친 양 볼은 그녀의 얼굴을 더욱 각지게 했다. 한 사람의 얼굴은 항상 언젠가는 이루어지는 예언이다. 루크레시아의 얼굴은 그 어느 때보다 낯설면서도 더욱 아름다웠다. 3년 전에는 징후만 보이던 충만함의 표시들이 이제 겉으로 드러났기 때문이며, 그렇게 충만함이 실현되자 비랄보에 대한 사랑이 그 여인 위로 퍼졌기 때문이다. 예전에 루크레시아는 화려한 색의 옷을 자주 입었고 머리는 항상 어깨선에 맞추어 자르곤 했다. 지금은 몸에 꼭 붙는 검정 바지로 가냘픔을 강조했고 짧은 잿빛 파카를 입었다. 미국 담배를 피웠으며, 남자들처럼 한 번에 잔을 비우고 비랄보보다 빠르게 술을 들이켰다. 자신의 짙은 색 안경 유리알 뒤에서 모든 것을 살폈다. 비랄보가 버마가 무슨 뜻이냐고 묻자 그녀는 웃음을 터뜨렸다. "아무것도 아냐, 리스본의 한 장소일 뿐이야."라고 말했다. 그에게 무엇인가를 쓰고 싶었는데 종이를 찾자 못해 그 지도를 복사한 종이 뒷면을 사용했다는 것이다.

"그 후론 더 이상 쓰고 싶지 않았나 봐."

비랄보가 말했다. 자신의 목소리에서 느껴지는 부질없는 불만과 비난을 웃음으로 가라앉히려 했다.

"매일……."

루크레시아는 이마에 대고 있던 두 손으로 머리카락을 뒤로 치웠다.

"매일매일 매시간 당신에게 편지 쓰는 생각만 했어. 결과적으론 쓰지 않았지만 편지는 계속 썼어. 나에게 일어나는 모든 일을 당신에게 얘기했지. 모든 일, 정말 최악의 일들까지도 모두 다. 나조차 알고 싶지 않았을 것 같은 일들도 말이야. 당신도 내게 편지 쓰는 것을 그만두었잖아."

"편지 한 통이 되돌아왔을 때였어. 그때부터였지."

"베를린을 떠났어."

"1월에?"

"어떻게 그걸 알았지?"

루크레시아가 미소 지었다. 그녀는 불을 붙이지 않은 담배와 안경으로 장난치고 있었다. 그녀의 관심 어린 눈길에는 만안에 펼쳐진 도시, 저 언덕들과 바다 안개 뒤쪽으로 흩어진 도시의 거리보다 더욱 확실하고 짙은 잿빛의 거리감이 존재했다.

"그때 빌리 스완이 당신을 봤잖아. 기억해 봐."

"당신은 모든 것을 기억해. 당신의 기억력이 난 항상 무서웠지."

"말콤과 헤어지겠다는 말은 없었잖아."

"그러려고 생각하지 않았어. 어느 날 아침에 일어나서 그냥 그렇게 해 버린 거야. 그는 아직도 인정하지 않지만."

"아직도 베를린에 있어?"

"아마도 그럴 거야."

루크레시아의 시선에는 처음으로 의심과 두려움 없는 확고함이 있었다. 그러나 관용은 없었다. 비랄보가 보기에 그 시선은 이렇게 말했다. '하지만 그때 이후로는 그에 대해 아무것도 몰라.'

"어디로 갔었어?"

비랄보는 묻는 것이 두려웠다. 어떤 한계에 도달하려는 듯한 느낌이었다. 그 한계를 넘으면 더 이상 나아가지 못할 것 같았다. 루크레시아는 그의 눈길을 피하지 않은 채 침묵했다. 안 된다는 말을 하지 않고도, 고개를 움직이지 않고 단지 두 눈을 뚫어져라 보는 것만으로 무엇인가를 거절할 수 있었다.

"그 사람 없는 어떤 곳으로라도 가고 싶었어. 그 사람도 그 사람의 친구도 없는 곳으로 말이야."

"그 친구들 중 한 명이 이곳에 왔었어……. 투생 모통."

비랄보는 천천히 말했다.

그 말이 그녀의 눈빛과 얇고 불그스레한 입술을 동요시키지는 못했지만 그녀는 잠깐 경계의 몸짓을 취했다. 한순간 투생 모통이 그의 짧은 담배에서 내뿜는 연기 뒤로 미소 지으며 가까운 탁자에 앉아 있거나 바에 팔꿈치를 기대고 있다는 듯 주위를 둘러보았다.

비랄보가 말을 이었다.

"이번 여름, 7월에 말이야. 네가 산세바스티안에 있다고 생각하더군. 네가 그들의 친한 친구라고 했어.”

“그자는 그 누구의 친구도 아니야. 말콤조차도 그의 친구는 아냐.”

“내가 너와 같이 산다고 확신하던데.”

비랄보는 우울하면서도 조심스럽게 말하고는 즉시 억양을 바꿨다.

“그 사람이 말콤하고 동업해?”

“혼자 일해. 그 여비서, 다프네하고 말이야. 말콤은 일종의 보수를 받고 일하는 사람이었어. 말콤은 늘 스스로 생각하는 자신의 반 정도밖에 되지 않는 사람이었지.”

“널 위협했어?”

“말콤이?”

“네가 떠난다고 말했을 때.”

“아무 말 안 했어. 믿지 못했지. 여자가 자길 버린다는 것을 믿을 수 없었어. 아직 날 기다릴 거야.”

“네가 빌리 스완을 보러 갔을 때 뭔가를 무서워하고 있었던 것 같다던데.”

“빌리 스완은 너무 술을 많이 마셔.”

루크레시아는 비랄보가 알지 못했던 모양새로 미소 지었다. 그 미소는 그녀가 술을 재촉하는 모습이라든지 담배를 들고 있는 모습과 같았다. 그것들은 시간의 표시들, 즉 불확실한 생소함의 표시, 예전의 모습은 허공 속으로 사라져 버렸다는 표시였다.

“그가 베를린에 있다는 것을 알았을 때 내가 얼마나 기뻤는지 당신은 알 수 없을 거야. 그 사람의 연주를 듣고 싶었던 게 아니야. 당신 소식을 듣고 싶었어."

"지금은 코펜하겐에 있지. 전에 나한테 전화했더군. 벌써 6개월째 술을 마시지 않는대."

"왜 그 사람과 같이 있지 않아?"

"널 기다려야 했어."

"난 산세바스티안에 계속 있지는 않을 거야."

"나도 마찬가지야. 이젠 떠날 수 있어."

"내가 돌아올 줄 알지도 못했잖아."

"어쩌면 돌아온 것이 아닐 수도 있지."

"지금 여기 있잖아. 난 루크레시아고 당신은 산티아고 비랄보야."

루크레시아는 탁자 위로 팔을 뻗어 비랄보의 손에 자신의 손을 얹었다. 그들의 두 손은 움직이지 않았다. 보는 것만으로는 확신이 들지 않는 듯 그의 얼굴과 머리카락을 만졌다. 어쩌면 그녀를 움직인 것은 애정이 아니라 서로가 혼자라는 감정이었을 것이다. 2년이 지나 리스본에서 어느 겨울날 밤부터 해뜨기 전까지 비랄보는 그것이야말로 두 사람을 연결하는 유일한 것임을 깨달을 터였다. 그 감정은 욕구도 추억도 아닌 바로 버림받았다는 느낌, 혼자 있다는 확신, 실패한 사랑을 용서받을 수조차 없다는 확신이었다.

루크레시아는 시계를 봤다. 아직 떠나야 한다는 말을 하지는 않았다. 그것이 그가 알아볼 수 있었던 유일하게 과거와 같은 그녀의 행동이었고 변함없이 남은 불안감이었다. 하지만 이제 말콤은 없었다. 비밀을 지켜야 한다든가 서둘러야 할 이유는 없었다. 루크레시아는 담배와 라이터를 집어넣고 안경을 썼다.

"아직도 레이디 버드에서 연주해?"

"거의 안 해. 하지만 원한다면 오늘 저녁 연주할게. 플로로 블룸도 널 보면 좋아할 거야. 늘 네 소식을 묻거든."

"레이디 버드에 가고 싶지 않아."

이미 일어서서 파카의 지퍼를 올리며 루크레시아가 말했다.

"옛날 일들을 생각나게 하는 장소는 아무 데도 가고 싶지 않아."

작별 인사를 하면서 서로 입을 맞추진 않았다. 3년 전처럼 비랄보는 그녀가 탄 택시가 멀어져 가는 것을 지켜봤지만, 이번에 루크레시아는 뒷유리로 그를 바라보려고 몸을 돌리지 않았다.

8

암초에 부서져 만들어진 차가운 물거품이 가끔씩 튀기는 마리티모 산책로의 난간을 끼고 걸어서 그는 천천히 도시로 돌아왔다. 어두운 색 코트에 모자를 쓴 남자는 아직도 그 장소에 서 있었다. 어쩌면 날아다니는 갈매기들을 바라보았을 것이다. '아쿠아리움'*의 계단을 따라 항구로 내려갔다. 몽롱한 정신에, 허기지고, 술기운도 약간 있었다. 행복이나 불행 같은 것과 동떨어진, 그런 것들보다 더 앞서거나 아니면 그런 것과 무관한 심적 흥분에 밀려 걸어 내려갔다. 뭔가를 먹고 싶다거나 담배라도 피워야겠다는 욕구 같은 것이었다. 걸으면서 이전에 루크레시아가 항상 좋아했고, 그녀와 말콤이 레이디 버드에 들어설 때면 연주하기 시작했던 노래의 몇 구절을 나지막이 읊조렸다. 그것은 암호이자 거침없는 사랑 고백으로 전부는

---

* 산세바스티안에 있는 해양 박물관.

아니고 확실한 몇 소절을 다른 멜로디에 섞어 그 노래를 암시했다. 그러나 이제 더 이상 그 음악이 자신의 마음을 움직이지 않는다는 것, 더 이상 루크레시아나 과거, 자기 자신조차도 말하지 않는다는 것을 깨달았다. 빌리 스완이 해 준 얘기가 떠올랐다.

"음악에게 우리는 중요하지 않아. 음악을 연주하거나 들을 때 우리가 쏟는 고통이나 열정 같은 것은 그것들의 안중에도 없어. 여자를 차갑게 내버려 두는 연인처럼 우리를 이용하지."

그날 저녁에 루크레시아와 식사를 함께할 계획이었다. 그녀는 "새로운 곳으로 데려가 줘. 한 번도 가 본 적이 없는 곳으로."라고 말했다. 마치 식당을 요구하는 것이 아니고 미지의 나라를 요구하는 듯했다. 하지만 그것은 그녀의 일상적인 말투로, 그녀의 삶에 가장 평범한 에피소드 속에 일종의 영웅심과 불가능한 희망 같은 것을 내비쳤다. 9시에 그녀를 다시 만날 것이다. 산타마리아 델 마르 성당의 종탑에서 막 3시를 가리키는 종소리가 울렸다. 다시금 비랄보에게 시간은 숨 막히는 장소가 되어 버렸다. 3년 전 루크레시아와 만났던 호텔들의 여러 방들처럼 숨이 막혔다. 그녀가 흐트러진 침대 앞에, 그리고 창문에서 보이던 움직임 없는 바다 앞에 그를 혼자 두고 가 버린 방들 같았다. 겨울 해 질 녘에 산세바스티안의 바다는 멀리서 보니 직각으로 세운 칠판 같았다. 그는 주변의 잿빛 기운으로 연해진 집들의 색깔, 파란 담벼락들과 녹색이나 불그스레한 덧창들 그리고 높은 지붕들이 저쪽 끝 언덕을 향해 연이어 펼쳐지며 만든 선에서 희미한 위로를 얻으며 그물 더미와 빈 생선 상자들 사이, 아케이드를 돌아다녔다. 마치 그녀가 없는 동안

엔 그의 눈동자에 거의 존재하지 않았던 도시를 루크레시아의 귀환이 다시 볼 수 있게 허락해 준 것 같았다. 그의 발걸음 소리를 더 크게 들리도록 하는 고요함, 다시 느껴지는 항구 냄새까지도 루크레시아가 가까이 있음을 확인시켜 주었다.

그는 그날 우리가 같이 식사했던 것도 기억하지 못했다. 구도심에 있는 바에서 나는 플로로 블룸과 같이 있었는데, 그가 천천히 그리고 멍하게 젖은 머리로 들어와 안쪽 깊숙한 곳의 탁자에 가서 앉는 것을 보았다. 플로로 블룸이 우리를 보지 못한 그를 향해 큰 소리로 한마디 했다.

"바티칸의 하인이 이제 세상의 버림받은 이들과는 상대도 하기 싫은가 보네."

비랄보는 맥주잔을 들고 와서 우리와 같이 앉기는 했지만 식사하는 동안 거의 아무 말도 하지 않았다. 플로로가 정말 아프냐고 물었을 때 그가 얼굴을 약간 붉혔기에 나는 바로 그날이었던 것을 기억한다. 그날 아침 플로로가 그와 얘기하려고 학교로 전화했는데 누군가가 성직자다운 목소리로 "산티아고 비랄보 님은 오늘 준비가 안 돼 있어서 수업에 결근하셨습니다."라고 하였다. "준비가 안 돼"라는 말을 플로로 블룸이 강조하며 말했다.

"수녀가 아니면 요즘 누가 그런 말을 쓰겠나?"

비랄보는 허겁지겁 자기 음식을 먹어 치우고는 일어나며 같이 커피를 못 마셔서 유감인데 4시에 첫 수업이 있어서 가 봐야 한다고 했다. 그가 바를 나서자, 플로로 블룸은 곰 같은 머리를 무겁게 저으며 말했다.

"저 친구 아니라고 하지만, 분명 수녀들이 묵주기도를 강요했을 거야."

그날 오후에도 비랄보는 일터에 가지 않았다. 그 시절 그는 음악가로서 자신의 앞날에 대한 믿음이 약해지고 기초 음악이나 가르치는 모욕적인 상황에 적응하면서 순종과 나약함을 기꺼이 받아들이는 자신을 발견했다. 그런데 이 모든 것이 갑자기 몇 시간 만에 사라져 버렸다. 학교에서 쫓겨나는 것이 두렵기는 했다. 하지만 루크레시아를 본 이후부터, 학교에서 쫓겨날 위험에 처한 이가 마치 다른 사람인 듯했다. 매일매일 조용히 새벽에 일어나 제자들과 함께하는 성가 연습 시간에 맞추어 나오던 사람도 다른 사람인 듯했다. 학교에 전화를 걸었다. 어쩌면 플로로 블룸의 마음속에 숨어 있는 선천적 본능, 즉 수도원이라는 것은 더럽혀야 한다는 선천적 본능을 새롭게 상기시켜 주었던 것이 바로 성직자의 목소리일 수도 있었다. 그녀의 목소리 역시 빨리 완쾌하기 바란다면서도 의심 서린 냉랭한 어조였다. 상관없었다. 코펜하겐에서 빌리 스완이 아직도 그를 기다리고 있었다. 곧 새로운 삶을 시작할 시간이 될 것이다. 다른 삶, 진정한 삶, 루크레시아, 그녀의 불타오르는 두 눈이 자신에게 밝혀 주고 나서야 확실히 알 수 있었던 무엇인가의 징조로서, 음악이 항상 그에게 알려 주었던 삶이었다. 그러자 그는 오직 그녀가 듣기 원하도록 피아노를 배워 왔다는 생각이 들었다. 만약 완벽의 경지에 이르는 영광을 얻는다면 그것은 오직 레이디 버드에서 루크레시아가 그의 피아노 연주를 처음 들었던 날 밤에 그에게 예견되었던 미래가 현실이 되었기 때문일 것이다. 그땐 자기 자신도 언젠가는 진정한 음악가인 빌리 스완을 닮는 게 가능할 것이라고 생각지도 못했다.

"그녀가 날 만들었지."

최근 어느 날 저녁 비랄보가 말을 꺼냈다. 이제 우리는 메트로폴리타노에 가지 않았다.

"나는 루크레시아가 생각하던 것처럼 그렇게 잘 치진 못했어. 그녀의 관심을 받을 만한 자격은 없었어. 누가 알아? 어쩌면 내가 사기꾼이라는 것을 루크레시아가 절대로 알아차리지 못하게 하려고 노력했을지도."

"그 누구도 우리를 만들어 내지는 못해."

난 이렇게 말하면서 어쩌면 나 자신이 불행한지도 모르겠다고 생각했다.

"그녀를 알았을 때, 이미 오랜 시간 동안 피아노를 쳐 왔잖아. 플로로가 항상 그랬어. 자네가 음악가라는 것을 알게 한 사람은 바로 빌리 스완이었다고."

호텔 침대에 기대어 있던 비랄보는 추웠는지 어깨를 움츠렸다.

"빌리 스완이든 루크레시아든 상관없어. 그땐 누군가가 내 생각을 해야만 내가 존재했지."

만약 그것이 사실이라면 난 지금까지 한 번도 존재한 적이 없었다는 생각이 머리를 스쳤지만 아무 말도 하지 않았다. 난 비랄보에게 그날 루크레시아와 함께한 저녁 식사에 대해 물었다. 어디로 갔는지, 무슨 얘기를 했는지. 하지만 비랄보는 그 장소의 정확한 이름을 기억하지 못했다. 고통이 그의 기억에서 그날 저녁을 거의 모두 지워 버렸고 단지 그의 기억 속에는 최후의 외로움과 짙은 안개 사이로 자신을 집으로 데려온 긴 택시 여정, 헤드라이트에 비쳐진 도로, 적막, 자신의 담배 연기,

언덕 위 외로운 건물들에 불 켜진 창문들만 남아 있었다. 그의 삶에서 루크레시아와 관련된 부분은 항상 그랬다. 도망과 택시들의 체스 게임, 아무 일도 일어나지 않는 빈 공간을 향한 야간 여행이었다. 그날 저녁의 일은 오래전부터 실패의 느낌과 허기진 빈속 때문에 모두 예견된 것이었다. 홀로, 자신의 집에서 이제는 행복의 확신을 안겨 주지 않는 음반을 들으며, 마치 루크레시아와 약속한 사람이 자기가 아닌 것처럼, 사실은 그녀가 돌아오지 않은 것처럼 거울 앞에서 머리를 빗거나 넥타이를 골랐다.

그녀는 역 맞은편에 집 하나를 빌려 지내고 있었다. 방 두 개는 거의 비어 있었고, 그 방들의 창을 통해서 가로수 길에 둘러싸여 흐르는 강줄기와 강어귀에 있는 다리들이 보였다. 8시, 비랄보는 이미 정문 근처에 있었지만 올라갈 생각을 하지 않고 잠시 영화 포스터를 살피다가 1분 1분이 지나기를 쓸데없이 기다리며 산텔모 수녀원의 어둑한 회랑을 거닐었다. 그렇게 있는 동안 아주 가까이, 거리 건너편 어둠 속에서 파도들이 마리티모 거리의 난간 위로 타들어 가는 성냥불의 불꽃처럼 솟구쳤다.

파도를 바라보며 그는 왜 이와 비슷한 저녁을 보낸 적이 있다는 느낌이 들었는지 알았다. 이런 꿈을 꾼 적이 있었던 것이다. 야경의 도심에 대한 많은 꿈들 중 하나에서 이렇게 걸었다. 루크레시아가 없던 시간 동안에 일어났던 그 무엇인가가 신기하게도 이제 이루어지려 하고 있었고 그것을 멈춰 세울 수 없었다.

마침내 올라갔다. 여러 번 벨을 누르고서야 반대편에서 그녀가 문을 열었다. 그녀는 집 안이 너저분하고 세간이 별로 없노라 양해를 구했다. 그는 안락의자 하나와 타자기 한 대만 놓인 부엌에서 오랫동안 그녀를 기다렸다. 샤워 소리를 들으며 벽에 붙여 가지런히 바닥에 나열한 책들을 살폈다. 종이 상자들과 담배꽁초로 가득한 재떨이, 불 꺼진 난로가 있었다. 난로 위에는 검정 핸드백이 반쯤 열려 있었다. 빌리 스완에게 건네준 편지를 보관하던 핸드백이리라 생각했다. 루크레시아는 아직 샤워 중이었고 비닐 커튼에 부딪히는 물소리가 들렸다. 비랄보는 약간 부끄러웠지만 핸드백을 완전히 열어젖혔다. 티슈, 립스틱, 그에게는 가슴 아프게도 다른 남자들의 주소라 생각되는 독일어 메모가 빼곡히 채워진 수첩, 권총 한 자루, 사진들을 담은 자그마한 지갑 하나가 들어 있었다. 한 사진에는 노란 나무들의 숲 앞에 짙은 남색의 긴 재킷을 입은 루크레시아가 아주 키 큰 남자에게 안겨 있었고, 허리를 감싼 그의 두 손을 그녀가 허리춤에서 잡고 있었다. 왠지 낯선 자신의 글씨를 담은 편지도 한 장 있었고, 조심스럽게 접힌 사진 한 장, 즉 그림 사진이 있었다. 그 사진에는 집과 길, 여러 그루의 나무들 사이로 솟은 푸른 산이 있었다. 샤워 소리가 멈추었다는 것을 알아차렸지만 너무 늦었다. 루크레시아는 문턱에 맨발로 젖은 머리를 하고서 무릎 위까지 오는 목욕 가운을 두른 채 모든 것을 바라보고 있었다. 그녀의 두 눈과 피부는 눈부셨고 더 말라 보였다. 오로지 부끄러움 때문에 그는 욕망을 가라앉힐 수 있었다.

"담배 찾고 있었어."

그는 아직 핸드백을 손에 쥐고서 말했다. 루크레시아는 몇 걸음 다가와 핸드백을 챙기고는 타자기 곁에 있던 담뱃갑을 가리켰다. 비누와 목욕용 향수, 목욕 가운의 파란 천 아래 촉촉한 맨살 냄새가 진하게 났다.

"말콤이 그랬지. 내가 샤워하고 있으면 내 핸드백을 뒤지곤 했어. 한 번은 그 사람이 잠들기를 기다렸다가 당신에게 편지를 쓰고 나서 아주 잘게 찢어 버리고 잠들었어. 그 사람이 어떻게 했는지 알아? 일어나서는 쓰레기통이랑 바닥을 온통 뒤져 조각들을 하나하나 모두 모아 다시 하나로 만들어 놓았어. 그날 밤 내내 말이야. 쓸데없는 일이었지. 엉뚱한 편지였어. 그래서 찢어 버렸거든."

"빌리 스완이 네가 권총을 갖고 있다고 알려 줬어."

"그리고 세잔의 이 그림 사진도. 그것도 얘기했어?"

루크레시아는 사진을 접어 핸드백에 넣었다.

"그 권총은 말콤 것이었지?"

"빼앗았어. 내가 떠나면서 유일하게 가져온 거야."

"그러니까 정말로 그를 무서워했다는 것이군."

루크레시아는 대답하지 않았다. 잠깐 동안 특이하게도 애정을 가득 담아 그를 바라보았다. 마치 그녀도 아직 그가 여기에 있다는 것이 익숙하지 않은 듯했고, 둘 다 이곳을 낯설어하는 모습이었다. 방 안의 유일한 전등은 바닥에 있었고 그것이 그들의 그림자를 비스듬하게 늘어뜨렸다. 루크레시아는 핸드백을 들고 침실 문 뒤쪽으로 사라졌다. 비랄보는 그녀가 열쇠로 문 잠그는 소리를 들은 것 같았다. 창문에 팔꿈치를 기대고서 강줄기와 도시의 불빛을 바라보았다. 이렇게 몇 걸음만 내디디면 바로 닫힌 저 문 뒤로, 루크레시아가 향수 냄새를 풍기며 실오라기 하나 걸치지 않은 채 스타킹을 신기 위해, 은은한 불빛에 분홍빛 하얀 피부를 더욱 강조하는 짧고 은밀한 속옷을 입기 위해 침대에 앉아 있을지도 모른다는 사실을 상상에서 떨쳐 버리고 싶었다.

그 창문에서 바라본 도시는 다른 곳 같았다. 지난 3년 동안 꿈속에서 보아 왔던 베를린처럼 화려하고 어두웠고, 불빛 없는 저녁과 바다의 하얀 선에 둘러싸여 있었다. "우리는 같은 도시를 꿈꾸지." 루크레시아가 보내온 마지막 편지에는 이렇게 쓰여 있었다. "하지만 난 산세바스티안이라 부르고 자긴 베를린이라고 부르지."

이제는 리스본이라 불렀다. 항상, 베를린으로 떠나기 한참 전, 비랄보가 그녀를 알았을 때부터 이미 루크레시아는 자신의 진정한 삶이 다른 도시에서, 모르는 사람들 사이에서 자기를 기다리고 있다는 혼돈과 의식 속에 살았고 그것은 그녀가 있는 곳에 대해 은밀한 불만을 품게 하였다. 언젠가 그 도시들로 가면 자신의 운명이 분명히 이뤄질 것이라며 그 도시들의 이름을 간절히 희망에 차서 말했다. 몇 년 동안은 프라하, 뉴욕, 베를린, 비엔나에서 살 수만 있다면 그 무엇이라도 주었을 것이다. 이제 그 이름은 리스본이었다. 그녀는 컬러 책자들, 신문 스크랩, 포르투갈어 사전, 큰 리스본 지도를 가지고 있었는데 그 지도에서 비랄보는 "버마"라는 단어를 찾아볼 수 없었다. 그날 저녁 루크레시아는 그에게 얘기했다.

"가능한 빨리 가야 해. 이 세상의 끝 같아. 생각해 봐! 옛날 바다를 누비던 사람들이 먼바다로 항해해 가서 육지가 보이지 않을 때 느꼈던 것을 상상해 봐."

"너랑 같이 가겠어. 기억 안 나? 예전에 항상 해외 도시로 함께 도망치자고 얘기했잖아."

"하지만 당신은 산세바스티안에서 떠나지 않았어."

"난 약속을 지키려고 널 기다린 거야."

"그렇게 오래 기다릴 수는 없어."

"난 할 수 있었어."

"당신에게 그래 달라고 부탁한 적 없어."

"나도 그렇게 마음먹었던 것은 아니야. 하지만 그것하고 내 의지는 별개야. 마침내, 요 몇 달은 내가 더 이상 너를 기다리지 않는 것 같았어. 하지만 그건 사실이 아니었지. 지금 이 순간도 난 널 기다리고 있어."

"그러지 마."

"그러면 왜 돌아왔는지 얘기해 봐."

"지나가는 길이야. 리스본에 갈 거야."

나는 이 이야기에서 실제로 존재하는 것은 단지 이름들뿐이라는 것을 깨달았다. 리스본이라는 이름, 루크레시아라는 이름, 내가 아직까지 계속 듣고 있는 저 어둑한 노래의 제목 말이다. 한번은 비랄보가 진을 서너 잔 마시고 나서 기분 좋게 취해 내게 말했다.

"이름들은 음악처럼 그것들이 암시하는 존재와 장소들을 시간에서 분리하고, 소리에서 나오는 신비로움이라는 무기는 그것들이 현재가 되도록 만들어."

그래서 그가 리스본에 가 보지 않고도 작곡을 할 수 있었던 것이다. 그 도시는 그것을 아직 보지 못한 나에게 지금 존재하듯 그가 방문하기 전에도 이미 존재했다. 한낮에 분홍색

과 황토색이 감도는 도시, 바다의 광채에 대비해 가벼운 안개
가 잦은 도시, 리스본, 어두운 기운처럼 그 음절에서 향기가
묻어나는 도시, 루크레시아 이름의 음정 같은 도시이다. 하지
만 이름에서도 벗어나야 한다고 비랄보는 말했다. 이름들 안에
도 기억의 은밀한 가능성이 있기 때문이고, 자유로이 살며 카
페에 가고 그러기 위해서는 모두 다 뽑아 버려야 한다고 그는
말했다.

　하지만 그것 역시 루크레시아가 돌아온 후에야 습득하기 시
작한 여러 가지 중 하나였다. 대화와 술로 장식한 그 느릿했던
밤, 그는 갑자기 모든 것을 잃어버렸음을 알았고, 이미 존재하
지 않는 것에 대해 기억하는 권리조차 박탈당했다는 것을 알
았다. 그들은 외진 술집들을 돌아다니며 마셨다. 3년 전 말콤
의 눈길을 피해 찾았던 술집들에서 진과 백포도주는 흉내와
아이러니의 옛 놀이들을 되살려 주었다. 그들은 말이 없는 듯
하다가도 얘기를 나누었고, 루크레시아는 마치 부부처럼 비랄
보의 팔짱을 끼고 걸어갈 때나 어느 술집의 조용한 바에서 그
를 바라보며 말없이 눈길만 주거나 웃으며 고마워했다. 웃음은
항상 그들을 구해 주었다. 자기 자신을 웃음거리로 만드는 자
학적인 우아함, 그것은 각자가 쓰고서 서로 이해해 주는 가면
이었다. 절망에 대한 가면이자 두 배의 두려움에 대한 가면이
었다. 그 두려움 속에서 그들은 저마다 한없이 혼자이고 버림
받고 방황했다.

　마치 호수처럼 잔잔하고 조용한 작은 만을 감싸며 마주 보
는 쌍둥이 산의 한쪽 경사면에서 둘은 도시를 바라보았다. 촛
불과 은식기가 있고 종업원들이 긴 앞치마 위로 양손을 모으

고 어둑한 불빛 아래 조용히 서 있는 음식점이었다. 루크레시아가 같이 있기만 하다면 비랄보도 그런 곳을 아주 좋아했다. 난생처음으로 자기 앞에 꿈꿔 보지도 못한 많은 시간과 금전을 얻은 사람처럼 차분한 탐욕으로 순간순간을 충실하게 사랑했다. 창문들 너머 저 건너편의 도시처럼 밤 전체가 한없이 자신에게 제공된 것 같았다. 그렇다고 모든 것이 좋지는 않고 약간은 쓸쓸하고 어두운 밤이었다. 루크레시아의 얼굴처럼 현실적이고 손끝에 닿을락 말락 하고 알아볼 수 있으면서도 그렇게 맑지 않은 밤이었다. 그들은 다른 사람들이었다. 그 사실을 받아들였다. 마치 처음 보는 사람들인 양 서로를 바라보았고 옛날의 열정적이고 부패한 사랑을, 그 감정을 다시 떠올리지 않았다. 어쨌든 시간이 그들을 성숙시켰다는 것과 그들의 충실함이 헛되지 않았다는 것은 사실이었다. 냉혹하게도 비랄보는 그중 그 어느 것도 그를 구제하지 못한다는 것을 알았다. 서로에 대한 간절한 탐색전이 외로움의 냉혹한 징표를 없애지는 못했다. 없애기는커녕 그 사실을 더욱 확고히 하였다, 서글픈 진리인 양. 그는 그녀를 너무나 원하기에 그녀를 잃을 수는 없다고 생각했다. 그녀를 리스본으로 데리고 가겠다고 다시 한 번 언급한 것도 그때였다.

"하지만, 아직도 모르는구나."

루크레시아는 마치 촛불들과 주위의 은은함이 그녀의 목소리를 진정시킨 듯 부드럽게 말했다.

"나 혼자 가야 해."

"거기서 누가 널 기다리고 있어? 말해 봐."

"아무도 없어. 하지만 그건 상관없어."

"버마가 무슨 술집 이름인가?"

"투생 모통이 그 얘기도 했어?"

"자기가 날 아직도 사랑하기에 말콤을 떠났다고 얘기해 줬어."

루크레시아는 마치 세상의 반대편 끝에서 보듯 푸른 잿빛 담배 연기 뒤에서 그를 바라보았다. 마치 비랄보 안에 있으면서 그의 눈동자를 통해 자기 자신을 보는 것 같았다.

"아직 레이디 버드가 열려 있을까?"

그렇게 말했지만 어쩌면 그녀가 하려던 말은 그것이 아니었을지도 몰랐다.

"거기 가기 싫다면서."

"지금은 가고 싶어. 자기가 연주하는 걸 듣고 싶어."

"집에 피아노도 있고 버번위스키도 한 병 있어."

"레이디 버드에서 듣고 싶어. 플로로 블룸이 있을까?"

"지금 이 시간이라면 이미 문 닫았을 거야. 하지만 내게 열쇠가 있지."

"레이디 버드에 데려가 줘."

"리스본에 데리고 갈게. 내일 당장, 오늘 밤, 언제든 네가 원할 때. 학교도 그만두지. 플로로가 옳아. 나에게 여학생들을 미사에 데리고 가는 일이나 시킨다고."

"레이디 버드에 가자. 「모든 것은 당신」, 그 노래를 쳐 줘."

새벽 2시, 택시는 그들을 레이디 버드 앞에 내려 주었다. 당연히 문은 닫혀 있었다. 플로로 블룸과 나는 비랄보가 오길 쓸데없이 기다리다 1시에 바에서 나왔다. 어쩌면 루크레시아도 시간의 협박에 묶여 있었나 보다. 보도에서 움직이지 않은

116

채 습기와 이슬비를 피하려고 푸른색 긴 재킷의 옷깃을 세우며 비랄보에게 간판의 네온등을 몇 분간만 켜 달라고 부탁했다. 네온등은 분홍색과 파란색으로 반짝이며 젖은 도로와 저녁 불빛 아래 더욱 창백해 보이는 루크레시아의 얼굴을 물들였다. 어둠 속에서 레이디 버드는 차고나 지하실 냄새가 났고 담배 연기도 느껴졌다. 과거의 놀이는 아무런 죄책감 없이 마치 빈 극장의 무대에서처럼 지속되었다. 비랄보는 잔을 채우고 조명을 정리한 후 피아노 단상에서 루크레시아를 바라보았다. 기억으로 정화한 듯 과거의 모든 일이 분명하면서도 추상적으로 일어나고 있었다. 그는 연주를 시작하려 했고 그녀는 그 아득한 밤처럼 바에서 한 손에 잔을 들고 감상하려 했다. 하지만 어느 꿈의 일그러진 기억처럼 그들 외엔 그 무엇도 그 누구도 없었다. 그들은 태어나면서부터 도망자였고 항상 영화를 사랑했고 음악과 외국 도시들을 사랑했다. 루크레시아는 바에 팔을 기대고 위스키를 맛보았다. 그러고는 자신과 비랄보를, 막 하려던 말을 비웃었고 그 무엇보다 그에게 사랑을 느끼며 말했다.

"한 번 더, 나를 위해 다시 한 번 연주해 줘."

그녀가 얼마나 분위기에 취해 웃고 있는지 보면서 그가 말했다.

"삼…… 삼티아고 비랄보."

손가락이 차가웠다. 너무 많이 마셨는지 손이 거의 굳어서 머릿속 음악의 속도를 따라가지 못했다. 마치 손가락이 겁을 먹은 듯했다. 건반 위로, 반짝이는 검은 표면 위로 나타난 외로운 두 손, 자동으로 움직이는 다른 사람의 손, 아무에게도 속하지 않은 손이었다. 망설임 속에 몇 음을 쳐 내려 갔지만 멜로디를 형성하지는 못했다. 루크레시아가 잔을 들고 다가왔다. 하이힐을 신어 더 커 보였고 몸짓은 더욱 느릿했다.

비랄보가 말했다.

"난 항상 널 위해 연주했어. 우리가 알기 전에도. 자기가 베를린에 있을 때에도, 네가 돌아오지 않을 것이라고 확신했을 때에도. 내가 치는 이 음악도 네가 듣지 않으면 내겐 아무 의미가 없어."

"그것이 바로 자기의 운명이었어."

루크레시아는 계속 피아노 단상 앞에서 비랄보와 한 걸음을 두고 서 있었다. 당당하게 그리고 먼 곳을 바라보는 것처럼 서 있었다.

"난 단지 핑계였을 뿐이야."

비랄보는 루크레시아의 눈에서 본 무서운 진실을 받아들이지 않으려고 반쯤 눈을 감으며 아직 그 음악이 자신을 보호할 수 있다는 듯이, 자신을 구할 수 있다는 듯이, 「모든 것은 당신」의 첫 부분을 다시 치기 시작했다. 하지만 루크레시아는 계속해서 얘기했다. 그에게 더욱 가까이 다가가 잠깐 멈추라고 했다. 차분한 몸짓으로 손을 건반 위에 얹어 놓으며 자신을 보라고 말했다.

"아직도 날 바라보지 않잖아. 바라보려고도 하지 않잖아."

그녀가 말했다.

"네가 전화했을 때부터 아무 일도 못 했어. 널 보기 전부터 이미 너를 상상하고 있었다고."

"날 상상하기를 원하는 것이 아니야."

루크레시아는 입에 담배를 물고서 그가 불을 권하기를 기다리지 않고 스스로 불을 붙였다.

"날 보기를 원하는 거야. 날 봐. 난 그때의 내가 아니야. 베를린에 있던 내가 아니야. 그곳에서 당신에게 편지를 쓰던 내가 아니라고."

"지금의 네가 더 좋아. 그 어느 때보다 더욱더 현실적인걸."

"아직 깨닫지 못한 거야."

루크레시아는 마치 환자를 보는 사람처럼 우울하게 그를 바라보았다.

"시간이 지났다는 것을 모르는 거야. 한 주도 아니고 한 달도 아닌 자그마치 3년이라는 세월이 흘렀어. 산티아고, 내가 떠났던 것이 이미 3년 전이란 말이야. 말해 봐, 도대체 우리가 며칠이나 같이 있었는지. 말해 보라고."

"자기가 말해 봐. 그럼 왜 레이디 버드에 오고 싶어 했는지."

하지만 그 질문에는 대답하지 않았다. 루크레시아는 천천히 돌아서서 마치 추운 것처럼 두 손을 긴 재킷의 주머니 속에 푹 찔러 넣고는 전화기 쪽으로 걸어갔다. 비랄보는 그녀가 택시를 부르는 소리를 들었다. 그녀가 레이디 버드 문간에서 작별 인사를 하는 동안 움직이지 않고 바라보기만 했다. 그 술집의 한쪽 끝에서 다른 쪽 끝까지, 그들 두 시선 사이의 공간, 그 텅 빈 공간에서 심연의 어둠을 처음으로 가늠할 수 있었다. 아주 느릿하게 따귀를 맞는 것 같았다. 그날 밤까지 그리고 그 대화가 있기까지는 신경조차 쓰지 않은 어둠이었다. 그는 피아노 뚜껑을 덮고 개수대에서 잔들을 닦고는 불을 껐다. 거리로 나와 레이디 버드의 철제 셔터를 내리면서 그때까지도 아픔을 느끼지 못하는 것이 이상할 뿐이었다.

9

"유령들이야."

마치 성체 도유식*이라도 하는 듯한 몸짓으로 재떨이를 살펴보면서 플로로 블룸이 말했다.

"입술에 립스틱까지 칠했군."

다른 손으론 잔 하나를 들고 고개를 떨어뜨린 채 중얼거리며 창고로 들어갔다. 미사 후 제의실로 들어가는 듯이 움직이는 두 다리 사이에서 옷자락 소리가 요란했다. 그는 재떨이와 잔을 책상 위에 내려놓고 성직자처럼 포근하고 부드럽게 두 손을 비볐다.

"유령들이라고."

묵직한 검지로 빨간 자국이 선명한 담배꽁초 세 개를 가리키며 나에게 다시 말했다. 면도도 하지 않고 앞가슴을 풀어 헤

---

* 병을 낫게 하거나 귀신을 쫓기 위해 몸에 기름을 바르는 의식.

친 신부복. 그는 방탕한 성당지기 같았다.

"여자 유령. 무척 급한 성격이야. 담뱃불은 많이 붙이는데 반도 안 피우고 버리는군.「팬텀 레이디」. 자네, 그 영화 봤어? 개수대에 잔이 두 개라. 양심적인 유령들이군."

"비랄보?"

"아님 누구겠어. 어둠의 방문객."

플로로 블룸은 재떨이를 비우고 예를 갖추어 신부복의 단추를 채우고는 위스키 한 모금을 들이켜며 말했다.

"그것이 바로 술집을 오랫동안 운영하게 되면 겪는 단점이지. 유령들로 가득 차거든. 화장실에 들어가면 그놈의 유령이 손을 씻고 있지. 지옥에서 고통받는 영혼들이지."

그는 공화국 국기를 향해 잔을 높였다가 다시 들이켰다.

"사람들의 혼령들이라고."

"신부복 입은 자네를 보고 놀라는 걸지도 몰라."

"최고의 천이지."

플로로는 힘들이지 않고 병들로 가득한 큰 상자를 들어 바로바로 가져갔다.

"신부복하고 군복을 만드는 재단사가 만든 거야. 내가 언제부터 이 신부복을 가지고 있었는지 알아? 18년 전부터야. 맞춤이지. 신학교에서 쫓겨날 때 유일하게 챙겨 나온 것이지. 작업복이나 집에서 입는 가운으론 제격이야. 몇 시야?"

"8시."

"그럼 이제 슬슬 열어야겠군."

플로로는 슬픈 한숨 속에 신부복을 벗었다.

"우리의 젊은 비랄보 군이 오늘 저녁 연주를 하러 올지 궁금하네."

"어제 누굴 데려왔을까?"

"유령이긴 한데 정숙한 숙녀 분이군."

플로로 블룸은 커튼을 들쳐 플로로와 내가 가끔 썼던 낡은 간이침대를 가리켰다.

"그녀와 자진 않았어. 적어도 여기서는 말이야. 그러니까 한 가지 가능성밖에 없지. 아리따운 루크레시아."

"그러니까 자네들은 이미 알았다는 얘기군."

비랄보가 말했다. 넘치는 열정에 파묻혀 살아온 사람은 자신의 내면세계를 다른 사람들이 안다는 사실을 발견하면 놀라곤 한다. 오래전 기억을 바꾸도록 강요당했기 때문에 비랄보의 놀라움은 더욱 컸다.

"하지만 그때 플로로는 내게 아무 말도 하지 않았는데."

"속상했으니까. 내게 '배신자들'이라고 했어. '어려운 시절에 내가 제삼자 역할을 해 주었는데 이제 와서 날 피해 숨어?' 하면서 말이야."

"우리가 숨은 게 아니었네."

마치 그때의 아픔이 스쳐 지나가기라도 하는 듯 비랄보가 얘기했다.

"그녀가 숨은 거지. 나 역시 그녀를 볼 수 없었어."

"하지만 여행을 같이 갔잖나."

"난 끝내지 못했지. 나는 1년이 지나고서야 리스본에 갔네."

나는 아직도 그 노래를 듣는다. 누군가가 여러 번 들려준 이야기처럼 그 음악은 내게 세세한 부분 하나하나, 처절한 슬픔과 함정 하나하나를 펼쳐 보여 준다. 동시에 울리는 트럼펫과 피아노를 구분해서 안내할 수 있을 정도이다. 매 순간 바로 다음에 울릴 것이 무엇인지 알기 때문이다. 느리고 평안한 음악을 들으며 내 자신이 그 노래와 이야기를 만들어 가는 것 같다. 문 뒤에서 엿듣는 대화 같고 산세바스티안에서 보낸 마지막 겨울의 추억 같다. 그렇다. 도시에 대한 기억은 사람의 얼굴처럼 즐거운 것과 잊어버리고 싶은 것으로 나뉜다. 갖지 못했던 것, 그럴 가치가 있었던 것, 그 어느 것도 우리는 다시 기억하지 못한다.

비랄보가 말했다.

"갑자기 잠에서 깨어나는 것 같았어. 정오에 잠들었다가 해질 녘에 일어나서 빛을 찾을 수 없고 어디에 있는지 자신이 누군지도 모를 때처럼 말이야. 병원에서 환자들이 그러지. 빌리 스완이 리스본의 요양소에 있으면서 그러더라. 깨어나서는 자기가 죽은 줄 알았대, 살아 있다고 꿈꾸는 줄 알았다더군. 자기가 아직 빌리 스완이라고 꿈꾸는 줄 알았다는 거야. 왜 플로로 블룸이 그렇게 좋아하던 에페수스의 잠꾸러기들 얘기*처럼. 기억나나? 루크레시아가 떠나고 나서 나는 레이디 버드의 불을 끄고 거리로 나왔네. 그리고 그 마지막 5분 동안에 갑자기 3년이 지나 버린 거야. 집으로 가면서 난 그녀의 목소리를 듣고 또 들었어. '3년이 지났어.' 아직도 눈을 감으면 들려."

그녀의 말은 아픔이나 고독보다는 벽에 방음장치를 한 집에

---

* 로마 데시우스 황제 시대에 박해를 피해 동굴로 피신했던 일곱 명의 기독교 신자들이 하룻밤을 보내고 나니 200년이 흘러 있었다는 이야기.

서 살아가는 것같이 공명 없는 세상과 시간의 놀라움을 생각하게 했다고 그는 말했다. 도시, 음악, 자신의 기억, 자신의 삶은 루크레시아를 알았을 때부터 재즈밴드의 악기들처럼 둘 사이에 민감하게 지속적으로 오갔던 편지들, 상징 놀이 안에서 얽히고설켰다고 했다. 빌리 스완은 음악에서 중요한 것은 기교가 아니라 공명이라고 그에게 자주 말했다. 빈 공간에서, 목소리와 연기로 가득 메워진 장소에서, 누군가의 영혼에서의 공명이라고 했다. 빌리 스완과 비랄보가 「버마」나 「리스본」을 함께 연주하는 것을 들었을 때 내 안에서 일어난 것, 그것은 순수한 공명, 시간과 예지의 본능이 아니었을까?

갑자기 침묵이 비랄보를 덮쳤다. 자기 안에서 인생의 최근 몇 년들이 무너져 내리는 폐허처럼 바닷속 깊은 곳으로 사라지는 것을 느꼈다. 앞으로 이 세상은 더 이상 루크레시아를 암시하는 상징의 체계가 아니리라. 각각의 움직임과 욕구, 자신이 연주하는 노래는 재도 남기지 않고 사라지는 불꽃처럼 스스로 소멸할 것이다. 며칠 아니 몇 주가 지나 비랄보는 그 소리 없는 사막에 포기 또는 고요함이라는 이름을 부여할 수 있는 권한을 받았다고 생각했다. 자존심과 익숙한 고독이 그를 도와주었다. 그가 하는 모든 행동은 필연적으로 루크레시아를 향한 간구를 포함할 것이기에 더 이상 그녀를 찾지 않고, 편지도 쓰지 않고, 집 근처의 술집에서 술을 마시려고 하지도 않았다. 그는 매일 아침 정확하게 시간에 맞춰 학교에 도착했으며, 오후 5시면 어김없이 '두더지'에 몸을 싣고 신문을 읽거나 조용히 빠르게 지나가는 바깥 풍경을 바라보며 집으로 돌아왔다. 음반은 틀지 않았다. 그가 들었던 음악들, 사랑했던 음악들,

눈 감고도 칠 수 있었던 음악들은 이제 사기극의 고백이었다. 술을 많이 마셨을 때는 끝내 쓰지 않았던 길고 긴 편지를 상상하거나 고집스럽게 전화기를 바라보며 시간을 때웠다. 몇 년 전의 어느 날 밤을 기억했다. 루크레시아를 안 지 얼마 안 되었고 그녀와 잘 수 있을지도 모른다는 희미한 기대를 했지만 실제로는 그녀와 레이디 버드에서, '비엔나'라는 카페의 탁자에서 서너 번 얘기를 나눈 것이 전부였다. 그런데 누군가 문을 두드렸다. 늦은 시각이었는지라 이상했다. 문을 열었을 때 루크레시아가 바로 눈앞에 서 있었다. 전혀 생각지도 못했던 그녀가 와서 양해를 구하며 책인가 음반인가를 주었다. 그에게 약속했지만 비랄보는 기억 못 하던 것이었나 보다.

그러나 루크레시아가 돌아온 이후 그는 자신의 뜻과 달리 전화기나 문의 벨 소리가 울릴 때마다 전율을 느꼈고, 그다음에는 자신의 정신적인 나약함을 경멸하면서도, 부르는 사람이 어쩌면 루크레시아일 거라는 상상을 했다. 하루는 저녁에 플로로 블룸과 내가 그를 보러 갔다. 우리에게 문을 열어 주었을 때 난 그의 눈빛에서 홀로 오랜 시간을 보낸 사람이 내보이는 것 같은 놀라움을 느낄 수 있었다. 복도를 걸어 들어가며 플로로 블룸은 종소리를 흉내 내면서 두 손으로 아일랜드산 위스키 한 병을 엄숙하게 들어 올렸다.

술을 따르며 플로로가 말했다.

"'이것은 나의 몸이요, 나의 성스러운 피니라.' 이거 몰트위스키야, 비랄보. 아일랜드에서 방금 가져온 진짜배기라고."

비랄보는 음악을 틀었다. 몸이 아팠다고 말했다. 그리고 안심한 표정을 지으며 얼음을 가지러 부엌으로 갔다. 그는 익숙지 않게 친절한 모습을 보이며 조용히 움직였다. 이미 흔들의 자에 편안히 자리 잡고 앉아 안주와 카드를 가져오라고 소리치는 플로로 블룸의 농담에 미소로 답했다.

플로로가 말했다.

"비랄보, 그럴 줄 알았어. 오늘은 술집 문을 닫았네. 그래서 자네한테 자선을 베풀려고 왔지. 목마른 자에게 마실 것을 주고, 잘못된 자를 고쳐 주고 병자를 방문하며 무지한 자를 가르치고 조언이 필요한 자에게 충고하고……. 비랄보, 조언이 필요하지 않으신가?"

그날 저녁 일은 정확히 기억나지 않는다. 나는 좀 불편했고 금방 술에 취했으며 포커에서 졌다. 자정이 다 되어 연기 자욱한 방에 전화가 울렸다. 플로로 블룸은 위스키로 붉게 달구어진 내 얼굴을 곁눈질했다. 많이 마실수록 그의 눈은 더욱 작고 파래지는 것 같았다. 비랄보는 전화를 받지 않고 잠시 뜸을 들였다. 우리 셋은 잠시나마 마치 그 전화를 기다리던 것처럼 서로를 바라보았다.

"천막은 세 개를 치자."

비랄보가 전화기 쪽으로 다가가는 동안 플로로가 말했다. 꽤 오랫동안 울렸기에 막 꺼질 것 같았다.

"하나는 엘리야를 위해서, 다른 하나는 모세를 위해서……."

"나야."

비랄보는 두려운 듯 우리를 보았고 우리가 몰랐으면 하는 그 무엇인가에 동의하며 말했다.

"그래. 지금 당장. 택시 타고 갈게. 15분쯤 걸릴 거야."

"소용없군. 도대체 나머지 하나가 누구를 위한 것이었는지 기억나지 않아······."

플로로가 말했다. 비랄보는 수화기를 내려놓고 담뱃불을 붙였다.

"나는 나가 봐야 해."

비랄보는 주머니를 뒤지며 돈을 찾았고 담배를 챙겼다. 우리가 그곳에 있다는 것은 신경 쓰지 않았다.

"자네들은 내키면 여기 있어. 부엌에 맥주가 있네. 어쩌면 늦게 올 거야."

"사랑의 병."

나 혼자만 들을 수 있게 플로로 블룸이 말했다. 비랄보는 이미 재킷을 걸치고 복도 거울 앞에서 서둘러 머리를 빗었다. 우리는 소란스럽게 문 닫는 소리를 들었다. 다음엔 엘리베이터 소리가 들렸다. 전화벨이 울리고 1분도 채 지나지 않아 플로로 블룸과 나, 둘만 남았다. 갑자기 우리는 다른 사람 집에 그리고 그 사람의 삶에 침입자가 되었다.

"순례자에게 머물 곳을."

플로로는 우울하게 자신의 잔에 빈 병을 기울여 마지막 한 방울이라도 챙기려 하였다.

"저 봐, 부르니까 강아지처럼 냅다 달려가는 것 좀 보라고. 나가기 전에 머리는 빗네. 절친한 친구들은 다 내팽개치고 말이야······."

우리는 창문으로 비랄보가 도망치는 그림자처럼 이슬비를 맞으며 택시의 녹색 불빛들이 줄지어 있는 곳으로 걸어가는 것을 보았다. 어느 곳에선가 루크레시아가 비랄보가 몰랐던 목소리로 부르고 있었다. 겨울에 휩싸인 머나먼 도시에서 길을 잘못 들어선 사람처럼, 눈물 또는 두려움 때문에 갈라진 목소리로, 죽음의 암흑에서. "빨리 와. 될 수 있는 대로 빨리." 비랄보는 택시 안의 어두운 불빛에 몸을 맡긴 채 내가 그의 집에서 계속 바라보았던 창문들과 잠들지 않는 불빛들을 뒤로하고서 사라져 갔다. 어쩌면 사랑보다 더 큰 힘, 애정이 아니라 욕망이나 고독 같은 힘이 그의 의지와 이성에 반하여, 모든 희망에 반하여, 계속해서 그를 루크레시아에게 연결시키고 있을지 모른다는 것을 나는 이해했다.

택시에서 내리며 비랄보는 어두운 건물 정면 가장 높은 곳에 홀로 켜진 불빛을 보았다. 그가 거리의 불빛 아래 혼자 남자, 창문에 있던 누군가가 물러났다. 끝나지 않을 것만 같은 계단을 뛰어 올라갔다. 숨이 차 헐떡거렸다. 초인종을 누를 때는 두 손이 떨렸다. 아무도 문을 열러 오지 않았다. 문이 완전히 닫혀 있지 않다는 것을 알기까지는 시간이 좀 걸렸다. 낮은 목소리로 루크레시아를 부르며 문을 밀었다. 복도 저편에 불투명한 유리 뒤쪽에서 불빛이 비쳤다. 담배 연기와 여자 향수 냄새가 진동했다. 루크레시아의 것은 아니었다. 비랄보가 불 켜진 방의 문을 열었을 때 총소리처럼 요란하게 전화벨이 울렸다. 커다란 구두 발자국으로 더럽혀진 책들과 종이들이 어지럽게 널려 있고 그 사이로 타자기와 전화기가 바닥에 있었다. 비랄보가 흐트러진 침대가 놓인 아직 따뜻한 빈 침실과 루크레시아의 파란 목욕 가운이 있는 욕실, 씻지 않은 잔이 가득한 어둠침침한 부엌을 둘러보는 동안 전화벨이 시종일관 잔인하게 울렸다. 식당으로 다시 들어갔다. 잠시나마 전화벨이 더 이상 울리지 않는 것 같았다. 그런데 더 길고 더 날카로운 벨 소리가 다시 울리자 소름이 끼쳤다. 전화를 받으려고 몸을 굽혔을 때 발자국에 더럽혀진 종이들 중 하나가 예전에 루크레시아에게 썼던 편지라는 것을 알아차렸다. 그녀의 목소리가 들렸다. 수화기를 손으로 막고 애기하는 것 같았다.

"왜 이리 오래 걸렸어?"

"최대한 빨리 왔어. 어디 있는 거야?"

"당신이 올라오는 거 누가 봤어?"

"밑에서 보니까, 누군가 창문 곁에 있는 것 같았는데."

"확실해?"

"그런 것 같아. 종이랑 책이랑 땅바닥에 널려 있어."

"빨리 그곳에서 나와. 감시하고 있을 거야."

"무슨 일인지 말해 봐, 루크레시아."

"나는 구시가지에 있어. 트리니다드 광장 옆 여관에. 이름은 쿠바나야."

"지금 당장 갈게."

"한 바퀴 돌아서 와. 아무도 당신을 뒤쫓지 않는다는 것이 확실할 때까지는 가까이 오지 마."

비랄보는 무언가를 물어보려 했지만 그녀는 이미 전화를 끊었다. 잠시 전화의 삐 소리를 멍청하게 듣고만 있었다. 흙 묻은 편지를 보았다. 2년 전 10월의 날짜가 찍혀 있었다. 사랑의 감정이 사라져 희미해졌다. 그래서 그 편지를 읽지 않고 챙기고는 불을 껐다. 창문 곁으로 갔다. 누군가가 어느 현관 그림자에 몸을 숨기고 담뱃불을 켜는 것을 본 듯했다. 그러나 지나가던 자동차의 전조등에 안심했는데 그 현관에는 아무도 없다는 것을 밝혀 주었기 때문이다. 천천히, 아주 천천히 문을 닫고 자신의 발자국 소리가 울리지 않도록 애쓰며 조심스럽게 계단을 내려갔다. 마지막 계단쯤에서 사람들의 대화 소리에 멈춰 섰다. 마치 누군가 문을 열었다 닫은 것처럼 잠시 음악 소리가 울렸다. 그리고 여자 웃음소리가 들렸다. 비랄보는 어둠 속에서 움직이지 않고 있다가 고요가 다시 찾아오자 계속 내려갔다. 불안한 평온 속에 그는 거리에서 들어오는 달빛처럼 창백하고 차가운 빛줄기를 향해 걸어갔다. 그 빛줄기 속에 갑자기 한 그림자가 막아섰다. 순간적으로 현관의 어슴푸레한 빛이 비랄보를 혼란스럽게 했다. 손 내밀면 건드릴 수 있을 정도로 가까이 자기 앞에서 미소 짓는 남자의 검은 얼굴이 보였다. 황소 같은 눈과 이상할 정도로 느리게 뻗쳐 오는 큼지막한 손을 보았다. 멀리서 부르는 것 같은 자신의 이름을 들었다.

"나의 친애하는 비랄보."

자신도 놀랄 정도로 강하게 그 몸뚱어리를 밀치고 거리로 뛰쳐나가며 순간적으로 긴 금발 머리와 권총을 든 손을 보았다.

어깨가 아팠다. 무거운 몸뚱어리가 무너져 내리며 울렸던 굉음과 불어로 내뱉은 흉측한 욕이 뇌리를 스쳤다. 구시가지 골목길들을 찾아 헤매며 뛰었다. 소금기 섞인 바다의 차가운 바람이 얼굴을 때렸다. 그러자 자신이 있는 곳이 어딘지 어리둥절했다. 자신의 발걸음 소리가 젖은 포장도로 위에서 울렸다. 빈 거리에서 그 소리가 되울렸는데, 어쩌면 자기를 쫓아오는 남자의 발걸음 소리였을지도 몰랐다. 상상 속에 본 루크레시아 얼굴이 이상하게도 선명했다. 숨이 찼지만 계속 뛰었다. 궁전과 시계가 있는 불 켜진 광장을 지나갔다. 우르굴 산의 비탈에서 풍겨 오는 축축한 흙과 양치류 냄새가 느껴졌다. 뛰는 것을 멈추지 않으면 정신을 잃고 쓰러질 것 같았다. 빨간 불빛이 퍼져 나오는 대문을 스쳐 지났는데 담배를 피우던 여자가 그를 바라보았다. 그는 우물에서 솟아 올라온 듯 입을 크게 벌리고 눈을 감은 채 매끄러운 돌의 한기를 등에 느끼며 어느 담벼락에 기대어 섰다. 눈을 떴다. 쏟아지는 빗물이 눈을 가렸고 머리는 흠뻑 젖었다. 산타마리아 델 마르 성당이었다. 성당 앞으로 펼쳐진 거리에는 아무도 보이지 않았다. 그의 머리 위로, 종루들과 지붕들보다 더 높은 곳에서 노란 잿빛의 물안개 사이로 조용히 빗방울이 떨어지며 보이지 않는 갈매기들이 날개를 퍼덕였다. 어두운 거리 저 끝에 대로변의 높은 건물들이 저녁 탐조등에 비친 것처럼 밝게 빛났다. 피로와 추위에 비랄보는 몸을 떨었다. 담벼락과 문 닫은 술집들의 덧문에 바짝 붙어 걸으며 어두운 곳을 벗어났다. 가끔은 지나친 곳으로 되돌아왔다. 그날 밤은 마치 버려진 어느 도시를 혼자 헤매고 다니는 것 같았다.

쿠바나 여관은 그 이름이 풍기는 느낌답게 몹시 지저분했다. 복도에서는 땀에 약간 전 듯한 침대 커버 냄새와 습기 찬 벽 냄새, 오랜 시간 닫혀 있었던 듯한 옷장 냄새가 났다. 프런트 뒤편으로는 한 꼽추가 고정된 헬스 자전거의 페달을 밟고 있었다. 그가 천천히 조심스럽게 비랄보를 훑어보며 지저분한 수건으로 얼굴의 땀을 닦고 나서 말했다.

"아가씨가 당신을 기다리고 있습니다. 복도 끝 21호실이에요."

그는 안경 때문에 더 커 보이는 눈을 하고 칙칙한 불빛에 어둑한 모퉁이를 가리켰다. 비랄보는 추위 때문에 거의 파랗게 부어오른 자신의 두 손이 가볍게 떨리는 것을 보았다.

복도에 이미 들어선 순간 그가 비랄보를 불렀다.

"저기요, 우리가 이런 일을 항상 눈감아 주는 것은 아녜요."

닫힌 방문들 뒤에서는 몸뚱어리들의 알 수 없는 소리와 만취한 이들의 코 고는 소리가 들렸다. 비현실이 다시금 비랄보를 지배했다. 손마디로 21호실 방문을 가볍게 두드리면서도 정말 루크레시아가 문을 열까 의심스러웠다. 암호를 따르듯 조심스럽게 세 번 두드렸다. 처음엔 아무 일도 일어나지 않았다. 이번에도 문을 열고 들어가면 문 건너편에 아무도 없을 것 같았다. 그는 길을 잃었고, 다시는 루크레시아를 못 만나게 될 것이라 생각했다.

침대 스프링 소리가 났고 고르지 않은 바닥 타일 위로 맨발의 발걸음 소리가 들렸다. 아주 가까이 누군가 기침을 했다. 그리고 빗장이 열렸다. 다시 오래된 땀 냄새와 습한 벽 냄새를 맡았지만 그것들을 며칠 만에 루크레시아의 흑갈색 두 눈을 바라본다는 불변의 즐거움에 비교할 수 없었다. 풀어헤친 머리카락, 짙은 색 바지, 몸에 딱 붙는 연한 자줏빛 티셔츠는 그녀를 더 날씬하고 더 커 보이게 했다. 문을 닫았다. 그녀는 문에 기대어 비랄보를 오랫동안 포옹했지만 권총은 놓지 않았다. 무서움 때문이었는지 추위 때문이었는지 모르지만 그녀는 떨고 있었다. 마치 욕구에 동요된 듯했다. 침대와 스탠드 등이 놓인 침대 탁자의 볼품없는 광경을 지켜보며 그는 사라져 버린 화려함과 사랑에서 그녀가 늘 동경했던 고급 호텔들을 떠올렸다.

'이건 거짓이야. 우리는 여기 있는 게 아니야. 루크레시아가 날 껴안고 있는 게 아니야. 그녀는 돌아오지 않았어.'

비랄보는 생각했다.

"미행당했어?"

심지어 그녀의 얼굴조차 예전 얼굴이 아니었다. 세월이었는지 고독이었는지 범인이 누군지는 몰라도 그녀의 얼굴에 몹쓸 짓을 했다. 어쩌면 이젠 아름답지 않은지도 모르겠다. 하지만 그것은 비랄보에게 중요하지 않았다.

"뛰어나왔어. 날 따라잡진 못했지."

"담배 하나 줘. 여기에 갇히고 나서는 한 대도 못 피웠어."

"투생 모통이 왜 당신을 찾는지 말해 봐."

"그를 봤어?"

"밀쳐서 땅에 팽개쳤어. 진작에 여비서의 향수를 맡았거든."

"푸아종. 절대로 다른 것은 쓰지 않아. 그 사람이 사 주지."

루크레시아는 침대 위에 길게 누워 버렸다. 담배 연기를 성급히 빨아들이면서도 계속해서 떨었다. 비랄보는 잘 신지 않는 하이힐 때문에 그녀의 맨발에 남은 빨간 자국을 끝없이 사랑스럽게 바라보았다. 몸을 숙여 그녀의 뺨에 가볍게 입 맞추었다. 비랄보처럼 그녀도 도망쳤던 것이다. 머리는 축축했고 손은 차디찼다.

그녀는 눈을 감은 채 길고 긴 오한에 이가 부딪는 소리를 비랄보가 못 듣게 하려고 가끔씩 입술을 깨물며 아주 천천히 말했다. 그러면서 비랄보의 손을 잡아 가슴에 끌어안고는 그가 떠나갈까 봐 두려운 듯, 마치 그의 손을 놓으면 자신이 이 공포심에 무너질까 봐 두려운 듯 핏기 없는 손톱으로 그의 손가락 마디마디를 파고들었다. 몸이 떨려 두서없이 말들이 나오기도 했다. 열병에 가까운 흥분 상태여서 그녀의 말들은 종잡을 수가 없었다. 침대에 일어나 앉아 비랄보가 그녀의 입술 사이에 물려 주는 담배를 받으며 움직이지 않았다. 그 입술은 이제 예전처럼 분홍빛이 아니었다. 까칠하게 변했고 가끔 예전의 미소를 띠었다. 고집과 고독의 두 줄 선으로만 남는 미소로, 비랄보는 이제 거의 그것을 잊어버리고 있었다. 오래전 루크레시아가 비랄보에게 키스하기 직전에 그렇게 미소 지었다. 그것은 자신에게 향한 것이 아니고, 꿈에서 반복되는 어린 시절의 행동 같아 보였다.

그녀는 베를린에서의 생활에 대해 처음으로 얘기했다. 추위와 불확실한 내일, 쿠바나 여관보다 더 불결했던 월세 방들, 말콤에 대해서 말했다. 말콤은 그녀가 끝내 알 수 없었던 이유로 윗사람들의 신임을 잃고 아무도 본 적 없는 의심스러운 미술 잡지사에서 일자리를 잃었다. 할 수 없이 그녀는 아이를 돌보고 무수한 독일의 가정집과 사무실을 청소하며 몇 달을 지냈다. 그러던 어느 날 말콤이 함박웃음을 짓고 술 냄새를 풍기며 돈을 조금 가지고 와서 머지않아 자신의 불운도 끝날 것이라고 장담했다. 그 후로 한두 주쯤 지나서 그들은 다른 아파트로 이사했으며 투생 모통과 그의 여비서 다프네가 나타났다고 했다.

"맹세코 도대체 우리가 무슨 일을 하며 살았는지 모르겠어."

루크레시아는 말을 이었다.

"하지만 상관없었어. 적어도 그때부턴 불을 켜도 개수대 위로 바퀴벌레들이 지나다니는 것을 보지 않아도 되었으니까. 말콤과 투생은 평생 서로 알고 지낸 듯이 굴었지. 농담도 잘했고 크게들 웃어 댔어. 그 여비서와 함께 틀어박혀 사업에 대해 얘기했고 그러고 나면 그들이 얘기한 대로 여행을 떠나서 일주일쯤 있다 돌아오곤 했어. 돌아오면 말콤은 달러나 스위스 프랑 돈뭉치를 보여 주며 말하곤 했지. '루크레시아, 내가 약속했지. 당신 남편이 큰일을 할 거라고……' 그런데 어느 날인가 갑자기 투생과 다프네가 사라져 버렸어. 말콤은 아주 긴장했지. 우린 그 아파트를 떠나야 했고 이탈리아 북쪽 밀라노로 갔어. 그 사람은 한숨 돌리기 위해서라고 말했지……"

"경찰이 그들을 찾고 있었어?"

"우리는 다시 바퀴벌레 방으로 돌아갔어. 말콤은 종일 침대에 누워 투생 모통을 저주했고 그놈을 잡으면 자기를 기억하게 해 주겠노라 맹세했지. 하루는 우체국에 우편물을 받으러 갔는데, 샴페인 한 병을 들고 와서는 베를린으로 돌아가자는 거야. 그게 작년 10월이었지. 투생 모통하고는 다시 절친한 친구가 되었어. 그 사람에게 해 주겠다던 욕설들은 모두 까맣게 잊었더라고. 말콤은 다시 바지 주머니에서 돈다발을 꺼내 보이기 시작했어. 수표라든지 은행 계좌 같은 것은 좋아하지도 않았어. 잠들기 전에 항상 돈을 세고는 침대 탁자 안에 보관하고 그 위에 권총을 놓아두었지……"

루크레시아가 멈췄다. 몇 초 동안 비랄보는 그의 손바닥 아래 그녀의 가슴이 갑작스레 경련하는 것을 느꼈고 그녀의 불규칙한 숨소리만 들렸다. 입술을 깨물며 루크레시아는 열병 발작처럼 강하게 떨려 오는 것을 참아내려 했다. 약한 전등 불빛, 섬뜩하게 빛나는 권총. 그녀는 침대 탁자를 향해 눈길을 돌렸다. 그러고 나서 마치 병자가 병문안 온 사람에게 보내는 어색하면서도 고마워하는 표정으로 비랄보를 바라보았다.

"거의 매일 투생과 다프네는 우리와 식사를 같이하려 했어. 아주 값비싼 포도주와 가짜였겠지만 캐비아, 훈제 연어, 그런 것들을 가져왔어. 투생은 냅킨을 목에 둘러매고는 항상 건배하자고 했지. 우리 네 명은 한 가족이라고…… 말했어. 일요일에 날씨가 좋으면 우리 모두 시외로 놀러 나갔고, 말콤과 투생은 즐겁게 아침 일찍 일어나 음식을 준비했어. 식탁보와 술병이 가득한 바구니들로 자동차 트렁크를 채웠지. 하지만 떠나기도 전에 이미 그들은 취해 있었어. 적어도 말콤은 말이야. 생각건대 딴 쪽은 한 번도 술에 취한 적이 없었던 것 같아. 말도 많이 하고 웃기도 많이 했지만 말이야. 언제나 우리가 무슨 행복한 부부들이라도 되는 양 연극하는 것 같았어. 다프네는 항상 무관심했지. 미소만 짓고 내게는 거의 말도 없었어. 항상 날 살폈어. 날 믿지 않았지만, 텔레비전을 보는 것처럼, 너무 지겨운 것처럼 행동하며 항상 믿는 척했지. 어떤 때는 뜨개질바늘하고 털실 뭉치를 꺼내서 뜨개질도 했어…… 투생과 말콤은 술을 마시고 불 지필 장작도 패고 서로에게 재미있는 장난도 치고 우리가 듣지 못하도록 낮은 목소리로 야한 농담도 하면서 우리에게서 떨어져 있었어. 성탄절에는 숲에 있는 호숫가에 오두막집을 빌렸으니 그곳에서 연말을 보내자고 그러더라고. 몇몇 사람들만 초대해서 조용한 잔치를 벌이자고. 그런데 끝내는 달랑 한 명만 나타났어. '포르투갈 사람'이라고 불렀지. 하지만 벨기에나 독일 사람처럼 보였어. 키가 아주 컸고 양팔에는 문신이 새겨져 있었어. 맥주에 취해 사는 사람이었지. 깡통 맥주를 들이켜고 나서는 손가락 사이에서 찌그러뜨려 아무 곳에나 던져 버렸어. 그날이 생각나네. 12월 31일 아침. 그사람이 술을 마시다가 다프네 곁으로 다가갔어. 그녀를 건드렸

던 것 같아. 그러니까 그 여자가 뜨개질하던 바늘을 움켜쥐고
는 그 사람 목에 들이댔지. 그 사람은 움직이지도 못하고 얼굴
이 창백해졌어. 그러고는 방에서 나가 버렸어. 그 뒤로 그는 아
무도, 다프네도 나도 쳐다보지 못했어. 그날 저녁 투생에게 목
이 졸릴 때에야 우리를 바라보았지. 그 사람이 맥주를 마시며
기댔던 바로 그 소파에서 말이야. 그 사람 눈이 얼마나 휘둥그
레졌던지 아직도 생각나. 검붉고 시퍼런 얼굴 그리고 그의 두
손……. 그들의 일생에서 가장 큰일을 그 포르투갈 사람하고
함께할 계획이었대. 그 일을 하고 나면 돈도 많이 벌어 우리 모
두 은퇴해서 리비에라에 정착할 수 있을 거라고 말이야. 어떤
그림이랑 관련된 것이라고 말콤이 말했지. 그날 아침 내내 그
들 셋은 호숫가를 거닐었어. 눈이 많이 내렸지만 난 그들이 가
끔 멈춰 서서 다투는 듯한 몸짓을 하는 것을 보았어. 그러고
는 다프네와 내가 음식을 준비하는 동안 다른 방으로 들어가
문을 닫아 버렸어. 서로 소리를 질러 댔지. 하지만 다프네가 라
디오 소리를 높이는 바람에 난 무슨 얘기를 하는지 알 수 없
었어. 그들은 아주 늦게 나왔어. 음식은 이미 다 식었고 그들
은 아무 말도 하지 않았지. 셋 모두 아주 심각했어. 투생은 가
끔 다프네를 보고 빙그레 웃으며 손짓하고는 아무 말 없이 말
콤을 바라보았어. 그러는 동안 포르투갈 사람은 큰 소리를 내
며 먹어 댔어. 그 추위에도 티셔츠만 입고 있었지. 알코올중독
자가 되기 전에는 육상 선수나 뭐 그와 비슷한 일을 했던 사람
의 외모였어. 그때 그 사람 팔에 있던 문신을 보았지. 인도차이
나나 아프리카에서 용병이었을 거라 생각했어. 피부가 햇볕에
아주 그을려 있었거든. 밖에는 눈이 많이 내렸고 날도 이미 저

물어 있었어. 아주 이상한 침묵이 흘렀지. 눈 속의 고요. 무슨 일인가 일어날 듯한 느낌이 들었고 포도주를 많이 마신 탓에 난 얼굴이 달아올랐지. 그래서 긴 재킷을 걸치고 밖으로 나갔어. 호수를 향해 숲 속을 잠시 걸었어. 그런데 갑자기 너무 멀리 와 버려 길을 잃어버릴 것 같은 느낌이 들었어. 앞으로 나아가지도 못한 채 눈 속으로 빠져들기만 했고 발은 얼어붙고 있었어. 이미 밤이었어. 창문의 불빛을 따라 오두막으로 향했지. 가까이 갔을 때 나는 그들이 포르투갈 사람에게 하는 짓을 봤어. 그는 바로 내 앞에 있었지. 창문 너머 있는 나를 바라보면서 말이야. 하지만 정적 때문에 모든 게 아주 멀리 느껴졌어. 아니 거짓처럼 느껴졌어. 투생이 좋아하는 흉내 내기 중 하나라고, 누군가의 목을 조르는 놀이를 하는 거라고 말이야. 하지만 실제 상황이었어. 포르투갈 사람의 얼굴은 시퍼렇게 변했고 그의 두 눈은 나를 바라보았어. 투생은 그 사람 뒤에 서서 그의 어깨 위로 몸을 기울여 귀에 무언가 속삭이는 듯했고 말콤은 한 손으로 그의 한 팔을 등 뒤로 꺾은 채 다른 손으로는 그의 가슴 한복판에다 권총을 누르고 있었어. 하얀 티셔츠가 푹 들어갈 정도로 말이야. 그리고 포르투갈 사람 목에는 핏줄이 선명했어. 반짝이는 아주 가는 것이 그 목을 짓누르고 있었는데, 나일론 끈이었어. 가끔 투생의 손에서 그것을 본 기억이나. 그것을 자기 손가락 사이에 휘감고 놀았지. 길고 긴 이쑤시개로 손톱 소제를 할 때처럼 말이야. 다프네도 거기 있었어. 하지만 등을 돌리고 있었어. 뜨개질하거나 텔레비전을 볼 때처럼 움직이지 않고 가만히 있었어. 포르투갈 사람은 조금 발버둥을 쳤어. 경련에 가까웠지. 청바지에 군화를 신었던 것으로 기억해. 나무 바닥을 두드리는 그의 몸부림 소리는 내게 들리지 않았어. 그리고 하늘에서 내리던 눈이 내 두 눈을 가렸지. 그때 투생하고 말콤이 나를 봤어. 난 움직이지 않았어. 다프네도 창문 쪽으로 몸을 돌렸어. 포르투갈 사람의 눈은 내 쪽으로 계속 고정되어 있었지만 이미 날 볼 수 없었지. 발이 조금 떨렸지만 곧 움직임을 멈췄고 말콤은 가슴에서 권총을 거두었어. 포르투갈 사람은 여전히 날 바라보고 있었어……"

그녀는 도망치지 않았다. 말콤이 찾으러 나갔을 때 그녀는 떨고 있었다. 움직이지도 못하고 추위에 거의 기진맥진한 상태였다. 그다음에 일어난 일은 마치 김 서린 유리창 뒤에서 본 것처럼 흐릿했다. 말콤은 그녀를 부드럽게 오두막 안으로 끌어 옮겼다. 젖은 재킷을 벗겼다. 다음 순간, 그녀는 소파에 앉아 있었고 그녀 앞에는 브랜디 잔이 놓였다. 말콤은 죄지은 남편처럼 조심스럽고 비열하게 그녀를 대했다.

그녀는 그들이 하는 행동을 무감각하게 바라보았다. 투생은 차고에서 텐트 만드는 데 쓰는 거친 리넨 천과 밧줄을 가지고 돌아와서는 어깨에서 눈을 털고 포르투갈 사람 앞에 무릎을 꿇었다. 말콤이 어깨로 그를 들어 올렸고, 다프네가 루크레시아의 발 옆에서 리넨 천을 펼치는 동안 투생은 아직 마취에서 돌아오지 않은 환자를 대하듯 죽은 이에게 말을 건네며 두 다리를 잡아당겼다. 그 몸뚱어리는 아주 무거웠다. 바닥의 나무 단상에 떨어졌을 때는 큰 소리가 났다. 마디마디가 굵은 두 손은 배 위에 모아져 있었고, 팔의 문신과 왼쪽 어깨 위로 수축된 것처럼 이상하게 돌아가 버린 얼굴이 보였다. 투생이 손으로 눈꺼풀을 쓸어내려 두 눈은 이미 감겨 있었다. 그는 거칠지만 익숙한 간호사처럼 주검 주위를 돌아다니며 천으로 둘둘 말았고, 말콤은 머리를 들어 밧줄로 잘 조인 다음 그냥 놓아 버렸다. 그들은 두 발과 허리를 묶었다. 리넨 천으로 감싼 그것은 더 이상 몸뚱어리라고 할 수 없었다. 짐 꾸러미였다. 거무스름하고 무거운 물건으로, 그들은 그것을 들고 여러 문짝과 가구의 모서리에 부딪히며 밖으로 향했고 그러면서 헐떡이고 욕설을 내뱉었다. 다프네가 앞장섰다. 장화를 신고 분홍 우비를 입고 오른손에는 석유등을 켜 들었다. 바깥에 호수로 향하는 길이 꽉 막힌 지하실처럼 어두웠기 때문이다. 그 어둠 아래 눈송이들이 반짝거렸다. 루크레시아는 오두막 문간에서 그들이 어둠 속으로 사라지는 것을 보았다. 마치 피를 많이 흘린 것처럼 너무나 당황스러웠고 힘이 빠졌다. 눈발에 부딪혀 약해진 목소리가 들렸다. 투생의 욕지거리, 말콤의 끊어지는 비음 섞인 영어가 들렸고 거의 그들의 숨소리까지 들릴 듯했다. 호수 수면이 얼었기 때문에 잠시 후 도끼를 내려치는 둔탁한 소리가 들렸다. 드디어 마치 큰 돌덩이가 물속에 빠지듯 커다란 물소리가 들렸고 그것이 끝이었다. 적막. 나무들 사이로 바람이 흩뜨려 버리는 목소리들만 들렸다.

다음 날 그들은 도시로 돌아왔다. 변함없이 잔잔한 호수 위로 얼음이 얼어붙었다. 며칠 동안 루크레시아는 환각제를 먹고 죽은 듯이 잠에 빠져 있었다. 말콤은 그녀를 간호했다. 선물도 가져오고 커다란 꽃다발도 가져다주었다. 낮은 목소리로 그녀에게 얘기했지만 투생 모통과 다프네에 대해선 언급하지 않았다. 그들은 또다시 사라져 버렸다. 아주 빠른 시일 내에 더 큰 아파트로 이사하리라는 것을 알렸다. 일어날 수 있게 되자 루크레시아는 도망쳤다. 아직도 도망치고 있다. 거의 1년이 지난 지금도 언제 이 도피가 끝날지 짐작할 수 없었다.

"그런 일들이 벌어지는 동안 난 여기 있었군."

비랄보가 말했다. 허무함과 죄의식에 빠졌다. 매일 아침 학교 수업에 참석하고, 고통과 실패에 대한 의구심을 숙연히 받아들이며 철없는 어린아이처럼 오지 않는 편지들을 기다렸다. 헛되이 기다리며 고통스러워하고, 진정한 인생과 잔혹함을 무시한 채 루크레시아에게서 멀리 있었다. 그는 루크레시아 위로 몸을 숙이고 어둑한 불빛에서 물에 빠진 여자의 얼굴처럼 솟아오른 각진 뺨들을 어루만졌다. 그러는 동안 부드러운 손가락 끝에서 촉촉한 눈물을 느꼈다. 그리고 그 손가락이 턱 끝을 스치고 지날 때는 물에 떨어진 돌멩이가 만들어 내는 물결처럼 곧 그녀 전체를 뒤흔들 여린 떨림이 시작되는 게 느껴졌다. 눈을 감은 채 루크레시아는 그를 끌어당겼다. 그를 껴안고는 그의 허리와 허벅지에 바짝 몸을 붙였고 손톱으로 목덜미를 눌렀다. 한 남자가 천천히 목 졸려 숨지고 창문에 그녀의 입김이 서렸던 그날 밤처럼 그녀는 공포와 추위에 휩싸여 있었다.

"나한테 약속했지."

비랄보의 가슴에 얼굴을 파묻고 그녀는 말했다. 그를 잃을까 봐 두려운 듯 딱딱한 골반 아래 그의 복부를 가두고 양 팔꿈치에 기대어 몸을 일으켜 그의 입술을 찾았다.

"리스본으로 데려다 줘."

10

그는 두려움과 속력에 도취되어 운전했다. 이번은 다른 때와 달랐다. 택시에 아무 생각 없이 기대고, 버번위스키 앞에 가만히 있고, 밤 기차에 그냥 몸을 실어 여행하는 지난 몇 년간의 맥 빠진 삶이 아니었다. 마치 피아노를 칠 때처럼 스스로 시간의 파성추(破城椎)를 움직였다. 다른 연주자들과 음악을 듣던 이들은 그의 상상력, 규칙, 어지러울 정도의 빠른 리듬에 미래와 공허를 향해 끌려갔다. 건반을 누를 때 움직이는 그의 두 손은 음악을 길들이거나 자기의 활력을 억제하는 게 아니라, 피아노에 빠진 채, 마치 기수가 고삐를 당기면서 동시에 박차를 가하는 모습 같았다. 시속 100킬로미터의 속력으로 질주하는 동안 흥분돼 시간이 멈춘 듯한 충만함을 느끼면서, 더 이상 기억과 체념에서 비롯된 환영이 아닌 자신의 한계와 삶의 정점에 이른 사람의 자세로 차분하게 플로로 블룸의 자동차를 몰았다. 누구도 다시 돌아보는 유혹에 빠지지 못하게 이제 도시는 언덕들과 안개 뒤로 사라져 버렸다. 그들은 매 순간 산세 비스티안에서 멀어지는 것에 감사했다. 그 도시에서 멀어질수록 저주받은 도시의 도망자들인 그와 루크레시아는 구원을 받고 과거를 떨쳐 버리는 느낌이 들었다. 불 켜진 계기판의 반짝이는 바늘은 속도를 측정하는 게 아니라 그의 용기를 재고 있었다. 와이퍼의 긴 막대기들은 규칙적으로 빗물을 훑어 내며 리스본으로 향하는 도로를 보여 주었다. 고개를 들어 뒷거울을 보면 루크레시아의 얼굴을 똑바로 볼 수 있었다. 그녀가 불붙인 담배를 입술에 물려 줄 때는 그녀의 옆모습을 보기 위해 몸을 약간 틀었다. 라디오를 조작하다가 현실이 된 그 노래들이 울려 퍼지자 볼륨을 높이는 그녀의 두 손을 곁눈질로 보았다. 그녀는 최고의 전성기를 누리던 레이디 버드에서 아직 그들이 서로 몰랐을 때 녹음한 노래의 테이프들을 발견했다. 빌리 스완과 비랄보가 함께 연주하고 마지막에 그녀가 다가가 아직 한 번도 비랄보처럼 피아노를 잘 치는 사람을 본 적이 없다고 말했던 그때 녹음한 테이프들 말이다. 물론 플로로가 일부러 그곳에 놓아두었을지도 몰랐다.

말콤이 루크레시아를 내게 소개해 준 날 밤 녹음했던 테이프, 그러니까 부딪치는 술잔과 대화의 소음 위로 빌리 스완의 트럼펫 소리가 높아지는 와중에 내 목소리의 일부도 남아 있을 테이프를 들었으리라 생각하고 싶다.

그들은 오른편에 계속 절벽과 바다를 끼고 해안도로를 따라 서쪽으로 여행하는 동안 그 음악을 들었다. 그들이 서로를 알기 전부터 그들끼리 만들어 놓은 은밀한 찬가를 알아들을 수 있었다.

이후, 둘이서 함께 들을 때면 이 음악들은 자신들의 과거 같았고, 그들이 만날 수 있도록 모든 것을 준비한, 우연 같지만 예정된 무엇처럼 느껴졌다. 심지어 1930년대 발라드 음악인 「나를 달에 데려다 주오」까지도 그랬다. 자동차가 산세바스티안의 마지막 도로를 뒤로하고 그곳을 빠져나오자 루크레시아가 말했다.

"나를 달에 데려다 줘. 리스본에."

오후 6시경, 이미 해가 질 무렵 그들은 도로에서 조금 떨어진 모텔에 차를 세웠다. 도로에서는 나무들 뒤로 반짝이는 창문들만 보였다. 자동차 문을 닫으면서 비랄보는 썰물의 느릿하고 웅장한 소리를 가까이서 들었다. 루크레시아는 여행 가방을 어깨에 메고 체크무늬의 긴 외투 주머니에 손을 파묻은 채 이미 현관 불빛 앞에서 그를 기다리고 있었다. 비랄보에게 일상의 시간 개념은 또다시 사라졌다. 그녀와 함께 있을 때면 시간을 계산할 다른 방식이 필요했다. 전날 저녁, 플로로 블룸과 내가 그와 만났던 것, 루크레시아가 그를 부르기 전에 일어났던 모든 일은 먼 옛날의 일부였다. 모텔에 도착했을 때는 이미 대여섯 시간을 운전한 후였지만 몇 분같이 짧은 시간이었다고 흐릿하게 기억했다. 바로 그날 아침 자신이 산세바스티안에 있었다는 것, 그 도시가 계속 저 멀리, 어둠 속에 존재한다는 것이 불가능해 보였다.

그러나 우리는 그 자리에 존재했다. 나는 동시에 일어난 과거사들을 확인하는 것을 좋아한다. 어쩌면 비랄보가 빈 방 하나를 요구하는 시각에 난 플로로 블룸에게 비랄보에 대해 물었을지도 모른다. 플로로는 신부복 단추를 채우며 재난을 피하지 못해 허탈한 슬픔에 빠진 표정으로 나를 바라보았다.

"아침 8시에 우리 집에 왔어. 술에 취해 사는 나 같은 놈한테나 일어날 법한 일이지. 나는 일어나서 거의 쓰러질 뻔했어. 라틴어로 욕을 해 대며 복도로 걸어 나갔지. 그놈의 초인종은 거침없는 자명종 소리처럼 계속 울려 대더군. 문을 열어 보니 비랄보였어. 눈은 이렇게 둥그렇게 떠 가지고 저녁에 한숨도 못 잔 것 같았지. 얼굴은 면도를 안 해 터키 놈 같았고. 처음에는 무슨 말을 해 대는지 도대체 알 수가 없었어. 그래서 '선생, 우리가 자는 동안 밤을 새우며 기도라도 하셨어?'라고 말했는데 아무 소용 없더군. 농담할 시간도 없더구먼. 찬물에 내 얼굴을 집어넣게 하더니만 커피 준비할 시간도 주지 않았어. 자기 집에 가 달라고 하더라고. 종이 한 장을 주더군. 자기에게 갖다 주어야 할 물건 목록이었어. 신분증, 수표책, 깨끗한 와이셔츠, 내가 알게 뭐야. 아! 그리고 침대 탁자에 넣어 둔 편지 상자도 말이야. 누구 편지인지 상상해 봐. 아예 사람을 궁금하게까지 하더라고. 그 시각에 내가 무슨 신기한 것을 바라기라도 했다는 듯이 말이야. '플로로, 아무것도 묻지 마. 아무 대답도 할 수 없거든.' 거리로 나서니 날 부르는 소리가 들리더군. 열쇠 주는 걸 잊었다며 뛰어오는 거야. 돌아오니까 날 마치 황제의 사신인 양 반겼지. 커피를 반 리터 정도는 마셨더라고. 담배 두 개비는 동시에 피울 수 있을 것 같았어. 심각한 표정을 짓더니 내게 마지막 부탁이 있다더군. 그래서 내가 '그러려고 친구가 있는 거지. 이용할 대로 다 이용하고는 아무 얘기도 해 주지 않으려고 말이야.'라고 말했지. 그런데 내 차를 빌려 달라는 거였어. '어디 가는데?'라고 물었더니 '때가 되면 말할게.'라며 또다시 사람을 궁금하게 하더라고. 나는 열쇠를 건네주고 '편지해.'라고 말했지만 내 얘기는 듣지도 않았어. 벌써 가 버린 뒤였거든."

그들이 들어간 방은 바다를 향해 있지 않았다. 방은 컸지만 '아늑하다'라든지 '적당하다'라는 수식어는 어울리지 않았고, 은밀한 불륜을 생각나게 하는 엉성하게 화려한 방이었다. 그녀에게 다가가면서 비랄보는 어떤 깨지기 쉬운 행복이 그를 떠나간다고 느꼈고, 그래서 두려웠다. 그런 느낌을 떨쳐 버리기 위해 생각했다.

'항상 원하던 일이 내게 일어나는 거야. 그건 루크레시아와 한 호텔에 있는 거고 그녀가 한 시간 후에도 떠나가지 않는 거야. 내일 아침 눈을 뜨면 그녀는 나와 함께 있을 거야. 우리는 리스본에 가는 거야.'

방문을 열쇠로 잠그고 그녀를 향해 돌아섰다. 외투의 두꺼운 천 아래 그녀의 가는 허리를 찾으며 입을 맞추었다. 방이 너무 밝아 루크레시아는 침대 탁자의 전등 하나만 켜 두었다. 3년 만에 처음으로 동침한다는 사실을 잊어버리려 애쓰는 듯 어색한 격식을 갖추고 약간은 냉정하게 행동했다.

투박한 화장대 밑에 음료들로 차 있는 냉장고가 숨겨진 것을 발견했다. 그들은 아는 사람이 아무도 없는 축제에 초대받은 사람들처럼 나란히 침대 위에 앉아 술잔을 무릎 사이에 두고 담배도 피워 가며 가만히 있었다. 그들의 행동 하나하나는 아직 일어나지 않은 일을 예견하는 것이었다. 루크레시아는 베개에 기대어 자신의 술잔을 바라보았다. 얼음에서 빛나는 금빛 모서리를, 그러고는 비랄보를 침묵 속에서 바라보았다. 피로와 불신으로 그늘진 그녀의 두 눈에서 그는 예전의 정열을 확인했다. 순진함은 아니었지만 상관없었다. 그런 그녀가 더 좋았다. 더욱 지혜롭고 두려움에서 벗어났으며 연약하고 여신의 동상처럼 매혹적이었다. 아무도 그들을 찾아낼 수 없을 것이다. 그들은 세상에서 사라졌다. 한 모텔에, 밤늦은 시각 창을 때리는 폭우 속에 그들이 있었다. 이제는 그가 권총을 보관했다. 그녀를 보호할 수 있으리라 생각했다. 그녀에게 조심스럽게 기대려는 그때 그녀가 둔탁한 소리에 잠이 깨기라도 한 듯 창문 쪽을 바라보며 몸을 바로 했다. 자동차 엔진 소리, 길에 깔린 자갈 위에서 고무바퀴 소리가 들렸다.

"우릴 쫓아왔을 리 없어. 주도로도 아닌데."

비랄보가 말했다.

"산세바스티안까지도 날 쫓아왔어."

루크레시아는 창문께로 다가섰다. 아래 모텔 현관 앞에 나무들 사이로 자동차 한 대가 서 있었다.

"여기서 기다려."

비랄보는 권총의 안전장치를 확인하고 방에서 나갔다. 위험은 두렵지 않았다. 이 공포가 루크레시아를 다시금 이상하게 만들어 버릴 수 있다는 것이 불안했다.

현관에서 어떤 여행객이 프런트 직원과 농담을 주고받고 있었다. 비랄보가 나타나자 입을 다물었다. 분명 여자 얘기를 하고 있었으리라. 그는 권총을 자동차 사물함에 넣고 나서 네온사인 간판이 패스트푸드와 보카디요*를 팔고 있음을 알려 주

---

* 샌드위치의 일종.

는 근처 음식점까지 자동차를 몰아갔다. 돌아올 때 본 주유소 불빛들은 인상적이었다. 저녁 시간, 모르는 나라에 도착해서 얻은 첫 이미지로서, 외딴 정류소들, 철문 닫힌 어두운 도시 등의 상징적인 의미를 가진 불빛들이었다. 타이어 아래 젖은 풀들이 길게 짓눌리는 소리를 들으며 나무 사이에 차를 숨겼다. 모텔 쪽으로 걸어가며 창문에서 흘러나오는 빛을 보았다. 그중 어느 창문의 뒤에서 루크레시아가 그를 기다리고 있었다. 버리고 온 모든 것들이 희미하게 떠올랐지만 고통스럽지는 않았다. 산세바스티안, 지난 삶, 학교, 이젠 불을 켜 놓았을 레이디 버드.

모텔 현관에 들어섰을 때 프런트 직원이 여행객에게 낮은 소리로 뭐라고 속삭였다. 그리고 두 사람은 비랄보를 쳐다보았다. 비랄보는 열쇠를 달라고 했다. 여행객은 약간 취한 것처럼 보였다. 마른 체구에 창백한 직원은 열쇠를 건네며 크게 미소 짓고는 좋은 저녁 시간 보내라고 인사했다. 엘리베이터로 향하면서 킥킥대는 웃음소리를 들었다. 불안했지만 그것을 스스로 인정하려고 하지 않았다. 플로로 블룸이 절친한 친구들을 위해 레이디 버드에서 가장 비밀스러운 벽장에 보관하던 진짜배기 버번위스키 한 잔이 필요했다. 방문에 열쇠를 꽂으며 생각했다.

'언젠가는 내 삶이 이 행동으로 요약된다는 것을 알게 되겠지.'

"오랜 감금 생활을 견뎌 내기 위한 양식들이야."

보카디요 봉지를 루크레시아에게 보이며 말했다. 이제야 그녀를 보았다. 그녀는 브래지어를 한 채 침대에 앉아 이불 끝자락으로 허리까지 덮었다. 그리고 베를린에서 비랄보에게 쓴 편지들 중 하나를 읽고 있었다. 빈 봉투들과 손으로 쓴 글씨가 담긴 종이들이 책상다리를 하고 앉은 그녀 곁에 그리고 침대 탁자 위에 흐트러져 있었다. 그것들을 모두 챙기고는 맥주와 종이컵을 가지러 가려고 침대에서 가볍게 뛰어내렸다. 비단 같은 광택의 가볍고 짙은 색의 속옷이 그녀의 음부를 조이며 엉덩이 위로 가는 선을 남겼다. 얼굴 양옆으로 향기로운 생머리가 물결쳤다. 맥주 캔 두 개를 따자 거품이 손등으로 쏟아져 내렸다. 쟁반 하나를 찾아서 컵과 보카디요를 놓았다. 맥주를 한 모금 마시고는 얼굴에 있던 머리카락을 넘기며 젖은 입술로 그에게 미소 지었다.

"이렇게 오래된 편지를 읽으니까 정말 이상해."

"왜 그 편지들을 가져오라고 했어?"

"내가 그땐 어땠는지 알고 싶었어."

"하지만 그 편지에선 내게 어떤 진실도 알리지 않았잖아."

"그것이 유일한 진실이었어. 내가 당신에게 얘기했던 것. 내 현실은 거짓이었어. 당신에게 편지를 쓰면서 난 자신을 구원했던 거야."

"아니야, 나야. 나를 구한 거야. 난 당신의 편지만 기다리며 살았어. 편지가 끊긴 이후부터 난 더 이상 존재하지 않았어."

"우리가 어떤 과거를 살았는지 한번 봐."

루크레시아는 추운지 자신을 감싸 안기라도 하듯 팔짱을 꼈다.

"편지를 쓰면서 또 기다리면서, 약속을 위해 살면서, 그 오랜 시간을 그렇게 멀리 떨어져서 말이야."

"널 보진 못했지만 넌 항상 내 곁에 있었어. 거리를 걸으며 본 것을 너에게 얘기했고 라디오에서 나오는 음악을 들으며 감동했지. '들을 수 있었다면 루크레시아도 분명 좋아했을 거야.'라고 생각했지. 하지만 아무것도 기억하고 싶지 않아. 이젠 우리가 여기 있잖아. 저번 저녁 레이디 버드에서 네가 한 말이 맞았어. 기억한다는 것은 거짓이지. 3년 전에 있었던 일을 다시 반복하는 것은 아니야."

"무서워."

루크레시아는 담배를 들고 그가 불을 붙여 주기를 기다렸다.

"어쩌면 이미 늦었을지도 몰라."

"어떤 것도 다 감당해 냈잖아. 그걸 잊지 말자고."

"누가 알겠어? 이미 우리가 잊었는지."

그녀의 입술 양 끝의 움직임, 시간이 루크레시아의 눈빛 안에 정화시킨 조용한 용서와 체념의 표정을 그는 알았다. 하지만 이젠 몇 년 전과 같이 잠시 지나가는 체념의 징조가 아니라 그녀의 영혼에 완전히 자리 잡은 습관이었다.

의지와 관계없이 그들은 기념식의 수순을 하나씩 이어 나갔다. 비랄보의 기억 속에선 그날 저녁도 첫날밤처럼 현재 자신의 행동보다 더 생생했다. 루크레시아는 불을 끄고 침대 시트로 쏙 들어갔다. 첫날밤과 마찬가지로 그는 어둠 속에서 담배를 끄고 술잔을 비우고 급한 마음에 서투르게 더듬더듬 옷을 벗으며 그녀 옆에 누웠다. 첫 애무를 하기 전까지 어쩌다 보니 침묵하는 상황이 되었다. 그때까지 절대 떠오르지 않는 것이 있었다. 그녀 입술의 느낌, 그 허벅지의 섬세하고 긴 짜릿함, 그녀와 잠자리를 할 때면 그가 빠져 들어간다고 느꼈던 행복과 욕망의 현기증이었다.

그렇지만 비랄보는 자기 정신의 한 부분은 이 열기에서 벗어나 있었노라 말했다. 입맞춤에 흔들리지 않고 불신과 고독으로 인해 깨어 있었다고 했다. 마치 자신이 방 안의 어둠 속에 가만히 담뱃불을 붙여 들고 앉아 꺼지지 않게 지키면서, 루크레시아를 껴안은 자신에게 귓속말하는 듯했다. 현재 일어나는 일들은 현실이 아니라고, 오래전에 잃어버린 충만함이라는 선물을 되찾은 것이 아니라고. 눈을 감고 루크레시아의 차가운 허벅지에 모든 것을 맡긴 채 달라붙어서, 기억에서 사라져 상상 속에만 존재하는 어느 날 밤의 모의를 준비하고 지속하려 한다고.

그는 입맞춤을 하며 서로의 슬픔, 그의 고독한 욕망, 어둠이 주는 안도감을 느꼈다. 그 어둠 속에서 아직은 자신의 손이 느끼는 것을 받아들이려 하지 않으며 약간은 적의를 품은 다른 육신의 존재를 가까이 느꼈고 사랑을 거부하는 조심성도 느껴졌다. 그의 귀에 속삭이는 목소리가 떠나질 않았다. 무관심한 스파이가 방 한구석에서 담배를 피우며, 두 몸뚱어리가 자아내는 부질없는 소리, 땅을 긁듯 숨 쉬는 두 그림자의 소란을 살펴보는 듯했다.

잠시 후 전등을 켜고 담배를 찾았다. 루크레시아는 베개에 얼굴을 묻고는 불을 꺼 달라고 했다. 비랄보는 전등을 끄기 전, 헝클어진 머리카락 사이로 반짝이는 두 눈을 바라보았다. 그녀는 맨발로 걸을 때처럼 가볍게 화장실로 향했다. 비랄보는 수도꼭지와 배수구에서 소용돌이치는 물소리가 모욕처럼 들렸다. 그녀는 냉장고 불빛처럼 창백한 전등을 켜 놓은 채로 욕실에서 나왔다. 발가벗은 몸뚱어리를 가볍게 숙인 채 걸어오더니

떨면서 침대로 들어와 그에게 안겼다. 얼굴엔 아직 물기가 있고 턱이 파르르 떨렸다. 하지만 그런 애정 표현들은 더 이상 비랄보의 기운을 자극하지 못했다. 그녀는 이제 확연히 다른 사람이었다. 그녀가 돌아왔을 때부터, 아니 어쩌면 그보다 훨씬 전 그녀가 떠나가기 전부터 그 거리감은 거짓이 아니었다. 그것을 극복할 수 있을 것이라 생각했던 무분별한 상상과 어떤 이야기도 이제 소용없음을 깨달은 이상, 그것을 모르는 척하며 나누는 대화와 담뱃불을 붙여 주는 행동은 거짓이었다.

비랄보는 그 뒤 잠을 이룰 수 있었는지 기억하지 못했다. 욕실에서 비스듬히 비치는 불빛의 어둠 속에서 오랜 시간 그녀를 껴안고 있었다는 것과 그 어느 순간도 그의 욕망이 줄어들지 않았다는 것은 알았다. 가끔 루크레시아가 잠결에 그를 쓰다듬고 그가 알아들을 수 없는 얘기를 하며 미소 지었다. 그녀는 악몽을 꾸었다. 몸을 떨며 깨어났고 비랄보는 그의 얼굴을 찾는 손톱을 막느라 두 손을 붙잡아야 했다. 루크레시아는 잠에서 깨었다는 것을 확인하려는 듯 전등을 켰다. 높은 난방 열기에 잠들기가 더욱 힘들었다. 비랄보는 몽롱한 꿈 세계에 다시 빠져들었다. 방과 창문, 가구들뿐 아니라 바닥에 널린 자신의 옷가지들도 보았다. 하지만 그는 산세바스티안에 있었다. 루크레시아는 곁에 없었다. 아니면 다른 여자를 꼭 껴안고 있었다.

누군가 방 안에서 움직이는 것을 느끼고 놀랐을 때 자신이 깜짝 잠들었다는 것을 알았다. 한 여자가 빨간 가운을 입고 돌아앉아 있었는데 루크레시아였다. 아직은 자신이 자고 있다고 생각하기를 바랐다. 그녀는 조심스럽게 냉장고 문을 열어 술을 따랐다. 그리고 그녀가 침대 탁자 위에서 담배 한 개비를 꺼내기 위해 몸을 기울이자 그는 눈을 감았다. 라이터 불빛이 그의 얼굴을 환히 비추었다. 그녀는 아침이 오기를 기다리는 듯 창문 앞에 앉았다. 바닥에 잔을 내려놓고 머리를 숙였다. 창 너머 무엇인가를 또렷하게 보려는 것 같았다.

그가 다가가자 그녀가 말했다.

"좀 잘해 보지. 안 자는 거 알고 있었어."

"서로 마찬가지잖아."

"그러길 바랐던 거야?"

"당신을 처음 건드렸을 때 그냥 알았어. 하지만 확인하고 싶진 않았지."

"우리만 있는 것 같지가 않았어. 불을 끄니까 얼굴로 가득 차 버렸어. 옛날에 여기서 묵었던 사람들의 얼굴, 당신 얼굴, 지금 당신 얼굴이 아니라 3년 전 얼굴 말이야. 또 말콤의 얼굴도. 말콤이 내 위를 덮치는 데 거부할 수 없었어."

"그러니까 말콤이 우릴 지켜본다는 것이군."

"우리 곁에 아주 가까이 있는 것처럼 느껴졌어. 바로 옆방에서 우리 소리를 엿들으며 말이지. 꿈에서 그 사람을 봤어."

"넌 내 얼굴을 할퀴려고 했어."

"자기를 알아봐서 살았지. 그때부턴 그런 것들을 더 이상 꾸지 않았거든."

"하지만 다시 깨어났잖아."

"당신은 내가 거의 잠이 없다는 걸 몰라서 그래. 제네바에서는 돈이 약간이라도 생기면 밸륨*과 담배를 사고, 남는 돈으

---

* 신경안정제의 일종.

로 먹을 것을 해결했지."

"제네바에서 살았다는 얘기는 안 했잖아."

"3개월, 베를린을 떠나서. 배고파 죽는 줄 알았어. 하지만 그곳에선 개도 배고픈 걸 모르지. 제네바에서 돈이 없다는 것은 개나 바퀴벌레가 되는 것보다도 못한 것이었어. 바퀴벌레는 수백 마리 봤지, 사방에 있었어. 흑인들을 위한 호텔의 침대 탁자에서까지도 말이야. 당신에게 편지 썼다가 버렸어. 거울로 나자신을 보고는 만약 당신이 날 본다면 뭐라 할지 궁금했어. 굶주린 채 자야 할 때 거울에 비치는 얼굴을 당신은 몰라. 그런 방들이나 길 한가운데에서 죽을까 봐, 누군지도 모르는 이가 날 땅에 묻어 버릴까 봐 무서웠어."

"사진 속 남자는 그곳에서 알았어?"

"누굴 말하는지 모르겠어."

"알잖아. 숲에서 널 안고 있던 남자."

"내 가방을 뒤졌던 거 아직 용서할 수 없어."

"알아. 말콤이 그렇게 했었지. 누구였어?"

"질투하는구나."

"그래, 맞아. 그 사람하고 잤어?"

"복사 가게를 하는 사람이었어. 나한테 일을 주었지. 그 사람네 문 앞에서 거의 기절했었어."

"그 사람이랑 잤어?"

"그게 무슨 상관이야."

"내겐 중요하지. 그 사람 얼굴을 어둠 속에서 보지 않았어?"

"당신은 아무것도 이해하지 못해. 난 혼자였어. 도망치고 있었고. 그들은 날 죽이려고 찾고 있었어. 그 사람 안엔 선함이 있었어. 당신에게도 나에게도 없는 그것 말이야. 친절하고 너그러웠지. 어떤 질문도 하지 않았어. 내 지갑에서 당신 사진을 보고도 또 내게 보내 주었던 신문 스크랩을 보고도 말이지. 병원비를 내 달라고 부탁했을 때에도 아무것도 물어보지 않았어. 자기 때문에 그렇게 됐다는 듯이 행동했어."

루크레시아는 조용히 비랄보가 하지 않은 질문을 기다렸다. 입이 말랐고 폐가 아파 왔지만 즐거움과는 완전히 동떨어진 잔인함 때문에 계속해서 담배를 피워 댔다. 저쪽 나무들 사이로 날이 밝아 왔다. 말끔하게 펼쳐진 잿빛 하늘, 아직은 그 위에 자줏빛 구름 조각들로 그어진 밤이 머물렀다. 바닷소리를 듣지 못한 것도 몇 시간 되었다. 아주 빠르게 첫 햇살이 나무 사이로 안개를 걷어 낼 것이다. 루크레시아는 유리창 앞에 선 채 비랄보를 바라보지 않고 계속 말했다. 어쩌면 그가 알아들으라고 하는 얘기거나 그와 감정을 교류하기 위해 하는 얘기가 아니라 모욕감과 창피를 주기 위해서인 듯했다.

"그날 밤 오두막에서 말이야. 당신에게 다 얘기한 건 아니었어. 그들이 수면제와 코냑을 줬어. 막 쓰러지는데 말콤이 날 침대로 데리고 갔어. 난 그의 어깨 위로 눈을 부릅뜨고 붉은 혀를 내밀고 있는 포르투갈 사람의 머리를 보았어. 말콤이 잠든 아이처럼 날 벗겼어. 그다음엔 투생과 다프네가 들어왔어. 미소 지으며 말이야, 왜 알잖아. 저녁 인사 하러 들어오는 아버지들처럼. 전에도 그러곤 했지. 투생은 항상 바짝 들이대고 말했는데 입 냄새가 풍겼어. 내게 그랬어. 착한 아이가 입 다물지 않으면 아빠 투생이 혀를 잘라 버리겠다고. 그것도 스페인어로 말했어. 아주 이상하게 들렸어. 몇 개월 동안 독어나 영어로만 말해 와서 꿈까지 그랬거든. 당신조차 꿈속에선 독어로 말했지. 그러곤 그들은 나가 버렸어. 말콤만 나와 남았지. 방을 이리저리 오가는 것을 보았지만 난 거의 잠들어 있었어. 그 사람은 옷을 벗었고 난 그가 뭘 하려는지 알아차렸지만 피할 수 없었어. 꿈속에서 쫓기는데 뛸 수 없는 것처럼 말이야. 아주 무거웠어. 내 위에서 움직여 댔지. 눈을 감은 채 신음소리도 냈어. 입과 목을 물어 대며 계속 움직였지. 난 단지 그 모든 것이 빨리 끝나 잘 수 있기만을 바랐어. 말콤은 입을 벌린 채 죽어 가는 것처럼 신음했고 내 얼굴을 침으로 뒤덮었지. 그가 움직임을 멈추자 시체처럼 무겁게 느껴졌어. 그때 그게 무슨 뜻인지 알았지. 머리와 다리를 묶어서 천 위에 펼쳐 놓았던 포르투갈 사람처럼 무거웠던 거야. 나는 제네바에서 기절하기 시작했고 아침에 일어나면 신물이 넘어왔지. 하지만 배고파서 그런 것은 아니었어. 말콤이 생각났고 그날 저녁 일도 생각났어. 그 침, 내 입술을 비비며 냈던 신음, 그 모습……."

이미 아침은 밝아 있었다. 비랄보는 옷을 입고 커피 두 잔을 가지러 갔다. 커피를 가지고 돌아왔을 때도 루크레시아는 창문을 바라보고 있었다. 하지만 이젠 빛줄기가 그녀의 얼굴선을 더욱 선명하게 비추었고, 몸을 둘러싼 빨간 비단에 대비되어 그녀의 피부는 더욱 창백했다. 품이 넉넉하고 허리를 조인 중국이나 중세기 풍 옷을 입었는데 사진 속 남자가 선물해 준 옷일 거라는 생각에 유감스럽고 울분이 치밀어 올랐다. 루크레시아가 커피를 마시려고 침대 위에 앉았을 때 그녀의 무릎과 허벅지가 빨간 천 사이로 드러났다. 그토록 그녀를 원한 적이 없었다. 그는 자기 혼자 떠나야 한다는 것을 알았다. 그래서 그녀가 부탁하기 전에 자신이 먼저 말했다.

"리스본까지 데려다 줄게. 아무것도 묻지 않을 거야. 당신을 사랑해."

"산세바스티안으로 돌아가. 플로로 블룸에게 차를 돌려주고. 그를 잊지 않았다고 전해 줘."

"내게 너 말고 중요한 사람은 없어. 아무것도 너에게 요구하지 않을 거야. 내 애인이 되어 달라고 하지도 않을게."

"빌리 스완에게 가, 내일 당장 비행기를 타. 당신은 세계 제일의 흑인 피아노 연주가가 될 거야."

"너와 함께 있지 않으면 아무것도 소용없어. 네가 원하는 대로 할게. 네가 다시 나를 사랑하도록 만들겠어."

"그렇게만 된다면 나도 좋겠어. 당신은 아직도 이해하지 못해. 하지만 정말로 내가 원하는 바는 죽어 버리는 것뿐이야. 지금, 바로 여기서. 항상 그랬어."

그들이 서로 알았을 때부터 지금껏 비랄보는 그녀의 눈에서 그런 사랑을 본 적이 없었다. 슬프지만 자랑스럽기도 했고, 다른 그 누구의 눈에서도 같은 사랑을 발견할 수 없으리라고 절망 속에서도 가까스로 생각했다. 몸을 멀리하며 루크레시아는 입술을 살짝 벌려 그에게 입맞춤했다. 빨간 비단 가운을 바닥으로 떨어뜨리며 발가벗은 몸으로 욕실에 들어갔다.

비랄보는 닫힌 문으로 다가갔다. 경직된 손을 손잡이에 대고 물소리를 들었다. 그리고 재킷을 입고 열쇠를 챙긴 뒤, 투생 모통의 미소를 떠올리며 잠시 동안 주저하다가 권총을 챙겼다. 주머니 속 지갑이 주체할 수 없을 만큼 볼록 나와 있었다. 산세바스티안을 떠나기 전 은행에서 돈을 전부 찾았던 것을 떠올렸다. 지폐 몇 장만 챙기고 나머지는 침대 탁자 위 책갈피 사이에 두었다. 조용히 방문을 열고서 다시 돌아봤다. 루크레시아의 편지를 잊었던 것이다. 길게 뻗은 노란 태양이 프런트 창들에 비쳤다. 자동차로 걸어가는데 축축한 땅 냄새와 무성한 양치류 냄새가 났다. 시동을 걸고 어쩔 수 없는 이별을 받아들였을 때 루크레시아가 했던 마지막 말들, 그 말들을 할 때의 차분함이 이해되었다. 이젠 그도 자기가 원하는 방식으로, 항상 가치 있고 열정적이고 공격적이며 냉정한 방법으로 죽고 싶었다.

11

정확히 12시 정각, 메트로폴리타노에서 사람들의 대화 소리와 불빛들이 희미해졌고 붉고 푸른 조명이 연주자들의 무대를 감싸 안았다. 자코모 돌핀 트리오의 멤버들은 금발 웨이트리스나 나만 접근할 수 있는 바의 한 귀퉁이에 팔로 머리를 괴고 앉아서, 노련한 악당들이 거사를 앞두고 여유를 부리듯 술과 담배를 즐기며 그들만의 신호를 주고받았다. 콘트라베이스 연주자는 우아한 흑인 아가씨 같은 자태를 뽐내며 움직였다. 얼굴엔 미소를 머금고 등 없는 의자에 느긋하게 앉아 콘트라베이스의 목 부분을 왼쪽 어깨에 기대고는 정중하게 관객을 살폈다. 드럼의 부비는 몽유병 환자가 은밀한 침묵 아래 자연스럽게 움직이듯 드럼 앞에 자리 잡고서 연주라도 하는 듯했지만, 북들을 치지는 않고 채로 둥그렇게 문질렀다. 술은 한 모금도 입에 대지 않았다. 항상 오렌지 음료가 그의 손길 닿는 곳에 있었다.

"부비는 청교도인이야. 헤로인만 맞지."

비랄보가 말해 주었다. 그에 대해 말해 보자. 그는 짙은 색 안경을 쓴 채 위스키 잔을 바 위에 올려놓고 마지막으로 무대에 올랐다. 곱슬머리, 색안경, 축 늘어진 어깨에 총잡이처럼 두 팔을 양 옆구리께에서 흔들며 아무에게도 눈길을 주지 않고 천천히 피아노로 걸어가 그 앞에 앉자마자 갑작스러운 동작으로 손가락을 펼쳐 건반 위에 올려놓았다. 주위가 한순간 조용해졌다. 박자에 맞춰 손가락을 까닥거리며, 발로 바닥을 두드리는 것이 들렸다. 그는 아무런 사전 사인 없이 연주를 시작했다. 마치 실제로는 오랫동안 이미 연주하고 있었던 것처럼, 단지 때가 되어서야 우리가 들을 수 있게 해 준 것처럼, 아무런 전주도, 어떤 강조도, 처음도 끝도 없이, 거리로 나섰을 때나 어느 겨울 저녁 창문을 열었을 때 갑자기 들리는 빗소리 같았다.

그의 움직이지 않는 시선과 재빠른 손놀림, 눈에 보이듯 리듬을 표현하는 몸동작 하나하나에 나는 특히 더 매료되었다. 머리, 어깨, 뒤꿈치 모두가 수족관에서 물고기가 아가미와 지느러미를 팔딱거리듯 본능적으로 동시에 움직였다. 음악을 연주하는 것 같지 않았다.

그들은 음악에 완전히 빠진 정도가 아니라 아예 사로잡힌 것 같았다. 그들조차도 정복하지 못한 지혜, 맥박이 뛰는 생명, 어둠 속 두려움과 욕망처럼 음악 안에 쉬지 않고 어느 것에도 구애받지 않는 현자같이 집착하지 않는 모습으로 공기 속 파장을 통해 우리의 귀와 마음에 음악을 들려주는 것 같았다. 피아노 위에는 비랄보가 연주해야 할 곡명을 적은 종이가 위스키 잔 옆에 놓여 있었다. 시간이 지나자 난 그 노래들을 알아들을 수 있었다. 홍수로 범람한 강물이 다시 원래 강줄기를 찾아가듯, 그 노래들이 혼란스럽게 멜로디를 뒤엎었다가 다시 원래 멜로디로 찾아가는 침착한 격정을 나는 기다릴 줄 알게 되었다. 그 노래들을 들으며 노래 하나하나에서 내 삶의 의미를 찾을 수 있었고 내 기억의 의미뿐 아니라 내가 태어나서부터 부질없이 바라기만 한 것들, 내가 가지지 못할 모든 것과 거울에 비친 내 얼굴의 형태처럼 확연하게 음악에서 인지할 수 있었던 모든 것이 의미하는 것까지도 알게 되었다.

그들은 연주를 시작하자마자 곧 유리 가루처럼 무너져 내릴 휘황찬란한 반투명 건축물들을 쌓아 올리거나 침묵에 가까운 고요의 긴 시공간을 만들었다가 순식간에 덮쳐 올라 귀청을 찢는 잔인한 불협화음의 미로로 다시 사람들을 감싸 버렸다. 그들은 순진함을 가장하듯 반쯤 뜬 눈으로 미소 지으며 조용한 귓속말 같은 평온을 되찾았다. 박수 소리가 터져 나오기 전에는 항상 아무것도 느낄 수 없는 짧은 침묵이 있었다.

짙은 색 안경 너머, 비랄보는 신비스럽고 고독하고 냉소적이며 전혀 부끄러움 없이 행복해 보였다. 메트로폴리타노의 바에서 그의 변함없는 우아함, 그의 몸짓과 전혀 상관없는 우아함을 지켜보면서 난 저 노래들이 아직도 루크레시아를, 버마를 암시하는 것이 아닌가 하고 자신에게 물었다. 「나를 달에 데려다 주오」, 「저런 것들 중 하나일 뿐이야」, 「앨라배마 송」, 「리스본」. 이 노래 제목들을 반복하는 것만으로도 모든 것을 이해하는 데 충분하리라 생각했다.

그제야 어느 날 저녁 그가 했던 말을 이해할 수 있었다.

"자서전이란 연주하는 도중 음악가가 저지를 수 있는 가장 더러운 추태이지."

이제 그는 더 이상 산티아고 비랄보가 아닌 자코모 돌핀이라는 것을 상기해야 했다. 여러 이유가 있었지만 그가 다른 사람들 앞에서 그렇게 해 달라고 주의를 주었기 때문이다. 아니다. 그것이 설명을 피하기 위한 그럴듯한 핑계만은 아니었다. 이미 1년 이상 그 이름이 그의 유일한 그리고 진정한 이름이었고 무서운 각오로 과거의 저주를 끊어 버렸음을 증명하는 표시였다.

산세바스티안과 마드리드 사이에서 그의 전기는 리스본이라는 하나의 도시 이름, 그리고 몇 집의 음반 녹음 날짜와 장소로 줄 그어진 빈 공간이었다. 그는 플로로 블룸과 내게 아무런 작별 인사도 없이 영원히 떠나가는 사람처럼 단호하게 또 조심스럽게 산세바스티안에서 사라져 버렸다. 우리가 함께 레이디버드에서 술을 마셨던 마지막 날 저녁에도 떠난다는 말은 없었다. 그리고 거의 1년을 코펜하겐에서 지냈다. 빌리 스완과의 첫 번째 음반을 그곳에서 녹음했다. 「버마」도 「리스본」도 그 음반에는 없었다. 독일과 스웨덴을 가끔씩 넘나들면서, 그때까지 자코모 돌핀이라 불리지 않았던 그를 포함하여 빌리 스완 삼중주단은 뉴욕 여러 무대에서 거의 1984년 중반까지 연주했다. 비랄보의 서류들 사이에서 발견한 한 잡지 광고로 그해 여름, 자코모 돌핀 트리오가 정기적으로 퀘벡의 여러 클럽에서 연주했다는 것을 알았다. 여권에는 아직 자코모 돌핀이라는 이름이 표기되지 않았을 때였다. (이 광고를 읽으며 난 플로로 블룸과 그가 건네는 음식을 받아먹으려고 몰려드는 다람쥐들을 떠올렸고, 감사와 망명에 대한 잊히지 않는 감정을 이해하게 되었다.)

1984년 9월, 이탈리아의 어느 축제 때 빌리 스완은 참여하지 않았다. 프랑스의 한 병원에 입원했기 때문이다. 2개월 후, 또 다른 잡지는 리스본에서 개최한 콘서트에 참석한 것을 증거로 그가 죽었을 것이라는 여론을 잠재웠다. 산티아고 비랄보가 같이 연주할 것이라고는 예정되어 있지 않았다. 물론 연주하지도 않았다. 신문에 따르면, 12월 12일 저녁 리스본의 한 극장에서 빌리 스완과 동행한 피아노 연주자는 자코모 돌핀이라는 아일랜드나 이탈리아 태생 음악가였다.

그해 12월 초 그는 파리에 있었다. 아무것도 하지 않았다. 도시를 산책하며 돌아다니지도 않았다. 파리는 그를 지겹게 했다. 호텔 방에서 범죄소설을 읽거나 연기 가득한 클럽에서 늦게까지 술을 마시기는 했지만 아무와도 얘기하지 않았다. 불어는 항상 그를 게으르게 만들었다. 다디단 술을 마시는 것처럼 불어로 이야기를 시작하면 얼마 가지 않아 피곤해진다고 했다. 다른 곳에 머물 때처럼 파리에서도 머물렀다. 혼자 막연하게 어떤 계약이 체결되기를 기다렸지만 그것이 그렇게 중요한 것도 아니었다. 그를 부르지 않고 몇 주가 그냥 지나갔으면 하고 바라기까지 했다. 그러니 전화가 울렸을 땐 마치 원하지 않던 자명종 소리를 듣는 것 같았다. 빌리 스완의 멤버들 중 한 명으로, 후에 메트로폴리타노에서 그와 함께 연주할 콘트라베이스 연주자 오스카였다. 리스본에서 거는 전화였는데, 정말 멀리서 들려오는 목소리였다. 저쪽에서 무슨 말을 하는지 비랄보가 알아차리기까지 꽤 시간이 흘렀다. 빌리 스완의 병환이 아주 심했고 의사들도 그가 죽을 것 같다고 걱정한다는 것이었다. 그는 요즘 다시 술을 마시기 시작했는데 정신을 잃을 때까지 마시고 술이 깨면 또 마셔 댄다고 오스카는 말했다. 하루는 어느 술집의 바에 있다 쓰러져서 사람들이 구급차를 불러 그를 정신병자와 알코올중독자들을 위한 시설로 데려갔다. 리스본 외곽의 오래된 요양원으로, 수풀 우거진 언덕 비탈에 있는 성 같은 곳이었다. 그는 정신을 못 차리고 비랄보를 불렀다. 비랄보가 침대 옆에 앉아 있기라도 한 것처럼 얘기하거나, 그가 어디 있는지 찾았으며, 그에게 연락해 다른 말 말고 자기와 같이 연주하러 빨리 오라고 전하라고 했다.

"더 이상은 연주를 못 할 것 같아."

오스카는 이렇게 말했다. 비랄보는 요양원 주소를 받아 적은 후 전화기를 내려놓고 깨끗한 옷과 여권, 범죄소설들과 무국적자의 여행 용품을 가방에 넣었다. 그는 이제 리스본으로 떠나려 했다. 하지만 여전히 빌리 스완이 죽음을 맞이할지도 모르는 그 도시의 이름과 비랄보 자신이 예전에 작곡했던 노래 제목을 연결하지 못했다. 그의 기억 속에 오래오래 가두어 둔 한 장소하고도 연결하지 못했다. 몇 시간이 지나 공항 로비의 전광판에서 밝게 반짝이는 리스본이라는 도시 이름을 보고서야 머나먼 옛 시간, 또 다른 인생에서 그 단어가 그에게 무엇을 의미했는지 기억해 냈다. 산세바스티안을 떠난 후 그가 살았던 모든 도시들이 어쩌면 이제야 결말을 맺을 한 여행의 지연된 에피소드였다는 것을 알았다. 그 오랜 시간을 기다리고 도망 다니다, 마침내 두 시간 후면 리스본에 도착할 것이다.

12

산세바스티안이나 파리만큼 안개가 많은 도시일 거라 상상했었다. 투명한 공기, 붉은 황토색이 뚜렷한 가옥들, 하나같이 똑같은 빨간 지붕들, 방금 내린 빗물처럼 영롱함이 감싸는 도시 언덕에 정적인 황금 빛줄기는 그를 놀라게 했다. 모두 낮은 목소리로 속삭여 대는 어둑한 골목길에 자리 잡은 호텔 창문의 똑같이 생긴 발코니에서 광장과 고집스럽게 남쪽을 가리키는 왕의 기마상 옆면이 내려다보였다. 사람들이 포르투갈어를 빠르게 구사하면 스웨덴어만큼이나 알아들을 수 없었지만 그들은 그의 말을 쉽게 알아들었다. 사람들은 그가 가려는 장소가 리스본에서 아주 가깝다고 말해 주었다. 넓고 오래된 기차역에서 기차에 오르자마자 곧 기나긴 터널로 들어갔다. 터널을 나왔을 때 이미 날이 어둑해졌다. 불이 켜지기 시작한 높은 건물들이 있는 동네들을 보았고, 오랫동안 기다렸다는 듯이 기차를 바라보면서도 올라타지는 않던 흑인들뿐인 역을 보았다. 가끔 창문으로 리스본을 향해 달리는 다른 기차들의 불빛이 지나갔다. 고독과 적막에 사로잡혀 모르는 얼굴들과 낯선 장소들을 바라보는 것은 마치 눈을 감을 때 어둠 속에서 나타나는 노란 섬광들을 보는 듯했다. 눈을 감으면 그는 리스본에 있지 않았다. 파리의 땅 밑으로 다니는 지하철이나 유럽 북부의 자작나무 숲을 가로지르는 기차에 몸을 싣고 여행하고 있었다.

역을 지날 때마다 기차는 조금씩 더 한가해졌다. 그 기차간에 혼자 남자 비랄보는 자기가 길을 벗어난 게 아닌가 걱정스러웠다. 지하철 막차를 탄 사람처럼 허전함과 불안을 느꼈고 아무것도 보이지도 들리지도 않았다. 기차가 예정된 곳에 가지 않을까, 혹 기관사실이 비어 있지는 않을까 두려웠다. 마침내 벽이 타일로 덮인 지저분한 역에서 그는 내렸다. 신호용 랜턴을 흔들며 승강장을 돌아다니던 여인이 요양원으로 가는 방법을 알려 주었다. 한 세기 전 잠수부들이 쓰던 커다란 수중 랜턴 같다고 비랄보는 생각했다. 달도 없는 습한 밤이었다. 역을 나오며 비랄보는 젖은 흙냄새와 소나무 껍질 냄새가 진동하는 것을 느꼈다. 산세바스티안에서는 겨울 저녁, 울창한 우르굴 산에서 이런 냄새가 났다.

가로등도 제대로 비치지 않는 도로를 달렸다. 빌리 스완이 이미 죽었을지도 모른다는 두려움 뒤에는 말할 수 없는 위험과 불안한 기억이 존재했다. 그 느낌은 외딴 집들의 불빛과 저녁의 숲 냄새, 아주 가까이 나무들 사이로 방울방울 떨어져서 어딘가로 흘러가는 물소리를 일종의 상징으로 만들어 버렸다. 기차역을 쳐다보는 것을 그만두었다. 도로와 저녁이 그의 등 뒤에서 끝나는 것 같았다. 랜턴을 든 여인이 했던 말을 확실히 알아들었는지 자신이 없었다. 커브를 돌자 작은 불빛이 점처럼 박힌 높은 산의 어두운 그림자와 마을 하나가 보였다. 마을의 건물들은 궁전인지 성 주위에 모여 있었다. 성은 횃불처럼 보이는 불빛 때문에 과장돼 보였는데, 아래쪽에서 비추는 조명이 높은 기둥과 아치, 그리고 이상한 탑인지 윈뿔 모양의 굴뚝인지를 밝혀 주었다.

마치 어둠 속에서 떨리는 하나의 불빛을 향해 전진하다가 길을 잃는 꿈을 꾸는 것만 같았다. 그때 도로 왼편으로 그 여자가 말해 주었던 길과 요양원 표지판을 발견했다. 무성한 잡초 속에서 희미하게 보이는 노란 가로등이 나무들 사이로 구불구불 곡선을 그리며 이어지는 길을 밝혔다. 루크레시아가 언젠가 "리스본에 들어가는 것은 세상의 끝에 도달하는 것과 같을 거야."라고 말했던 것이 떠올랐다. 전날 밤에 꾸었던 그녀의 꿈이 떠올랐다. 짧지만 증오로 얼룩진 꿈이었다. 몇 년 전, 서로 처음 알았을 때와 똑같은 그녀 얼굴을 보았다. 그 꿈에서 깨어나서야 그녀인 줄 알았다. 숲 향기 때문에 그녀에 대한 생각이 떠오르는 듯했다. 굳어진 망각의 습관을 깨어 버리고 산세바스티안으로 돌아갔다가 그다음엔 좀 더 먼 곳, 아직 알지 못하는 곳, 마치 기차 창문에서 처음 보는 이름의 기차역에 이르듯이 말이다. 리스본에 도착하고부터는 시간의 경계선이 사라져 버린 것 같았다고 나중에 마드리드에서 나에게 말했다. 음악에 대한 그의 지식처럼 오로지 훈련과 의지의 산물인, 자발적으로 과거를 잊고 현재에 임하고자 하는 태도가 사라져 버린 것 같았다는 것이다. 그 숲을 가로지르는 길 위에 그어진 두 적대국의 보이지 않는 국경을 어느 순간 통과한 것 같았다. 요양원 입구에 도착해 건물 로비의 불빛과 그 앞에 줄지어 늘어선 자동차들을 보았을 때 그는 그것을 이해했고 또 두려워했다. 산세바스티안에서 우르굴 산 등성이를 따라 걸었던 것을 기억하는 것이 아니었다. 그것은 그의 삶과 세상의 다른 시절에 루크레시아를 잃었던 악몽을 다시 일깨운 뿌연 안개와 다습한 느낌도 냄새도 아니었다. 그가 되새기던 기억은 다른 장소, 다른 밤의 것이었다. 호텔의 불빛, 소나무와 길게 자란 양치식물들 사이 어스름한 자동차 불빛, 마지막으로 루크레시아와 함께했다가 중단된 리스본으로의 여행 바로 그것이었다.

머리 주위로 하얀 날개처럼 펼쳐진 수녀모를 쓴 수녀가 면회 시간이 이미 지났다고 얘기했다. 그는 아주 멀리서 단지 빌리 스완을 보기 위해 달려왔고, 하루, 아니 한 시간이라도 지체했다가는 그를 죽은 채로 보게 될까 두렵다고 설명했다. 눈이 파란 젊은 수녀는 머리를 숙인 채 처음으로 미소를 지으며 차분한 영어로 말했다.

"스완 씨는 돌아가시지 않을 거예요. 지금은 괜찮습니다."

그녀는 빳빳한 수녀모를 흔들며 복도의 차가운 타일 바닥을 짧은 보폭으로 앞서 걸으며 빌리 스완의 방으로 안내했다. 오래된 극장처럼 먼지로 지저분해진 구형 전등이 높은 아치에 걸려 있고, 복도 모퉁이와 계단의 층계참마다 회색 제복을 입은 경비원들이 오래된 사무실에서 가져온 듯한 탁자에서 졸고 있었다. 닫힌 문 앞쪽 벤치에 콘트라베이스 주자 오스카가 튼튼한 두 팔을 엇걸고 머리는 가슴팍에 숙여 박은 채 지금 막 잠들기라도 한 것처럼 앉아 있었다.

"스완 씨를 이곳에 모셔 오고부터 저분은 여기서 움직이지 않았어요."

수녀는 소곤소곤 말했지만 오스카는 두 눈을 비비고 일어났다. 그는 피곤한 목소리로 수녀에게 감사의 말을 전하면서, 비랄보를 반갑게 맞았다.

"기운을 되찾았어. 오늘은 훨씬 괜찮아. 콘서트 날을 놓칠까 봐 걱정하고 있어."

"언제 연주할 계획인데?"

"다음 주. 저 사람은 우리가 꼭 할 거라고 확신하고 있어."

"스완 씨가 제정신이 아니군요."

수녀가 머리를 젓자 수녀모의 날개가 허공에서 흔들렸다.

"연주할 수 있을 거야. 빌리 스완은 불사신이거든."

비랄보가 말했다.

"어려워."

오스카는 끝이 하얀 굵직한 손가락으로 그때까지도 눈을 비비며 말했다.

"피아노와 드럼 연주자가 가 버렸어."

"내가 함께 연주할 거야."

"당신이 리스본에 오길 싫어한다고, 노인네가 마음 아파했어. 처음에 여기 데려왔을 땐 당신한테 연락하지 말라고 했지. 하지만 헛소리할 때 자네 이름을 부르더라고."

"들어가셔도 됩니다. 스완 씨가 깨셨어요."

약간 열린 문에서 수녀가 말했다.

그를 보기 전부터, 공기에서 병과 약품 냄새를 느꼈을 때부터 비랄보는 의리와 애착, 죄의식과 용서, 안도감같이 깊이를 알 수 없는 순간적인 감정에 사로잡혔다. 빌리 스완과 리스본에 동행하지 않았던 벌로 그를 다시 볼 수 없을 뻔한 것이다. "정말 더러운 배신이야. 사랑에 빠져 있지 않아도 친구들보다 사랑을 택할 수 있다니." 한번은 비랄보가 그렇게 얘기하는 것을 들었다. 방으로 들어갔지만, 아직 빌리 스완을 볼 수 없었다. 방이 아주 어두웠기 때문이다. 방에는 작은 창이 나 있고 검은색 트럼펫 가방이 놓인 비닐 소파와 그 오른쪽으로 높고 하얀 침대가 있었다. 그리고 유인원의 사나운 모양새를 비스듬히 비추는 전등 아래 담요와 침대 시트 사이로 부서져 버릴 것 같은 몸뚱이, 빌리 스완의 우스꽝스러운 줄무늬 파자마가 보였다. 빌리 스완은 두 팔을 곧게 편 채 양 옆구리에 붙이고 베개를 베고서 관에 누운 모습처럼 가만히 있었다. 그는 사람들 목소리를 듣고서 다시 살아나 침대 탁자 위를 더듬어 안경을 찾았다.

그가 길고 노란 검지 손톱으로 오스카를 가리키며 말했다.

"개자식! 저놈 부르지 말라고 했잖아. 리스본에서는 저놈을 보고 싶지 않다고 말했잖아. 내가 죽을 거라 생각했지, 그렇지? 빌리 스완 장례식에 옛 친구들을 초대한 거로군."

그 어느 때보다 말라서 순전히 뼈만 남은 앙상한 손이 가볍게 떨렸다. 그의 광대뼈와 이마, 경직된 턱도 시체나 마찬가지였다. 골격 또한 한때 살아 있던 사람을 흉내 낸 꼴이었다. 검은 안경테도 그 사람의 일부인 듯했다. 단지 알코올중독자의 혈관 같은 신경계와 피부만이 그가 죽고 오랜 시간이 흐른 뒤에도 유일하게 남아 있을 듯했다. 하지만 불쾌한 종이 가면에 박힌 듯한 두 눈과 거친 입술 선에는 그의 자존심과 냉소, 신을 모독하고 비난하는 어떤 신성한 힘이 변함없이 남아 있었다. 한때 실패를 이렇듯 무관심하게 바라보았고 지금은 죽음을 그렇게 바라보기에 그 힘은 어느 때보다도 더 진짜였다.

"어쨌든 오긴 왔군."

그가 비랄보에게 말했다. 비랄보를 포옹하며 반칙 잘하는 권투 선수처럼 기댔다.

"리스본에서 나와 함께 연주하지 않겠다더니, 내가 죽는 것은 보려고 왔군."

"빌리, 일을 좀 달라고 하려고 왔어요. 오스카가 그러더군요, 피아노가 없다던데."

비랄보가 말했다.

"저놈의 유다 혓바닥!"

빌리는 안경을 벗지도 않고서 다시 머리를 베개에 파묻었다.

"드럼 주자도 피아노 연주자도 없지. 아무도 죽은 사람과 연주하려 들지 않아. 너는 파리에서 뭐 했어?"

"침대에서 소설이나 읽었지 뭐. 빌리, 당신은 죽지 않았어요. 우리보다 더 활력이 있잖아."

"그것을 저 오스카한테 그리고 수녀들하고 의사한테도 좀 설명해 주겠어? 여기 들어올 때 내가 이미 관 속에 들어 있기라도 한 것처럼 서로 날 보려고 뒤꿈치를 약간씩 쳐들더라니까."

"빌리, 12일 날 같이 연주해요. 코펜하겐 시절처럼."

"지난 시절에 대해 네가 뭘 알아, 애송이. 네가 태어나기 훨씬 이전에 있었던 일들이야. 다른 사람들은 적당한 때에 죽어서 30년을 지옥이나 하느님이 우리 같은 사람들을 보내는 곳에서 연주하며 지내지. 날 봐, 난 그림자일 뿐이고 추방자일 뿐이야. 내 조국에서 추방당한 것이 아니라 그 시절에서 추방당했지. 남겨진 우리들은 죽지 않은 척 지저귀지만 그건 거짓말이야, 우린 가짜야."

"연주할 때는 절대 거짓말 안 하잖아요."

"그렇다고 진실을 말하는 것도 아니지……."

빌리 스완이 웃음을 터뜨리자, 그의 얼굴은 고통스러운 경련이 온 것처럼 수축되었다. 비랄보는 그의 첫 음반 사진이 떠올랐다. 머릿기름을 발라 윤기 나는 머리털을 두 눈 사이에 늘어뜨려 총잡이인지 악당인지 흉내 내던 그의 옆모습이 떠올랐다. 시간은 그의 얼굴에 몹쓸 짓을 했다. 그의 얼굴은 쪼그라들었고 푹 꺼진 이마 위로 그 엉클어진 머리카락 일부분이 아직 남아 있었다. 코, 입 그리고 빌리 스완이 트럼펫을 불 때면 거의 사라져 버리는 턱이 줄어들어 찌푸린 인상이 되었다. 어쩌면 죽은 거나 다름없을지도 몰랐다. 하지만 어느 누구도 그를 굴복시키지는 못했다. 어느 누구도, 그 무엇도, 술이나 망각조차도.

누군가가 문을 두드렸다. 조용한 경호원처럼 문 옆에 있던 오스카는 누군지 알아보려고 문을 조금 열었다. 문틈으로 날개 달린 수녀의 머리가 나타났고, 그녀는 은밀하게 숨겨진 위스키라도 찾는 듯 방을 살폈다. 그러면서 이제 너무 늦었고, 스완 씨가 취침할 시간임을 알려 주었다.

빌리 스완이 말했다.

"수녀님, 전 절대로 자지 않습니다. 축성 받은 포도주 한 잔을 가져다주시든가 가톨릭 교인들의 주님께 저의 이 불면증을 고쳐 달라고 부탁해 주십시오."

"내일 올게요."

어린 시절 수녀들의 하얀 모자에 대한 경외심을 간직하고 있던 비랄보는 떠나야 한다는 것을 즉시 알아차렸다.

"뭐 필요한 것이 있으면 연락해요. 언제라도 괜찮으니까. 오스카가 내 호텔 전화번호를 알아요."

"내일 오지 마."

빌리 스완의 눈동자는 안경알 뒤에서 더욱 커 보였다.

"리스본에서 떠나. 내일 당장이라도. 내가 죽는 것을 기다리며 여기 머무르는 것을 원치 않아. 오스카도 너랑 같이 떠났으면 좋겠다."

"빌리, 우리 연주해야죠, 12일 날."

"너는 리스본에 오는 것조차 싫어했잖아, 기억하지?"

빌리 스완은 오스카에게 기대어 장님이라도 된 듯 비랄보를 쳐다보지도 않은 채 몸을 일으켰다.

"겁먹어서 파리에 연주하러 간다고 거짓말했다는 것도 알고. 지금 와서 후회하지 마. 여전히 무서워하잖아. 내 말대로 뒤돌아보지 말고 떠나 버려."

하지만 그날 겁먹었던 사람은 빌리 스완이었다고 비랄보는 말했다. 죽는 것에 대한 두려움, 누군가 자기가 어떻게 죽어 갈지 보리라는 두려움, 저 세상으로 떠나는 마지막 시간에 혼자 있지 않으리라는 두려움이었다. 그의 두려움은 자신 때문만이 아니라 비랄보 때문이기도 했다. 세상의 끝인 그 요양원의 방에서 비랄보가 봐서는 안 되는 것을 어렴풋이 보았기 때문인지도 몰랐다. 조난 또는 죽음이라는 전염에서 비랄보를 구하기 위해서인 듯 빌리 스완은 그에게 떠날 것을 요구했고 그러고 나서는 베개 위로 쓰러졌다. 수녀는 침대 시트 끝자락을 끌어올리고 나서 불을 껐다.

　비랄보는 기차역에 도착했을 때 밤 9시밖에 되지 않았다는 것을 알고서 놀랐다. 요양원, 마을, 잡초 사이에 숨은 성벽과 원뿔 탑들의 성, 그 장소들은 단지 밤에만 존재하는 것 같았다. 절대 아침이 밝아 오지 않고, 태양 빛과 함께 사라지는 안개처럼 없어질 것이라 생각했다. 기차 출발 시간을 기다리며 술집에 들러 오팔 색 술 한 잔을 들이켰고 담배 한 대를 피웠다. 약간의 행복과 두려움에 스톡홀름이나 파리에서보다 길 잃은 이방인이 된 느낌이 더 많이 들었다. 적어도 그 도시들에 있는 거리 이름은 지도에 나타나기라도 하기 때문이었다. 혼자 이상한 나라에 있다는 극도의 공포감에 빨리 한 잔을 더 들이켰고, 알코올과 고독 그리고 여행이 부여하는 정신 상태를 의식하며 기차에 올랐다. 도시의 불빛이 다가오는 것을 보았을 때 키스를 퍼부으면서도 마음을 움직이지 못하는 어느 여인의 이름을 부르듯 리스본이라고 발음했다. 황량한 어느 역에서 기차는 반대 방향으로 향하던 다른 기차 옆에 멈춰 섰다. 호루라기 소리가 울렸고 금속이 불규칙적으로 부딪치는 소리를 내며 두 기차가 천천히 움직이기 시작했다. 앞으로 밀린 비랄보는 맞은편 기차의 창 너머로 절대 다시 보지 못할 뚜렷하지만 먼 얼굴들을 바라보았다. 그 얼굴들도 대칭을 이루듯 한결같이 우울하게 그를 바라보았다. 마지막 칸에, 빨간 불빛과 돌아온 어둠 앞에서 한 여인이 고개를 숙인 채 담배를 피우고 있었다. 자신에게 너무 빠진 나머지 기차가 움직이기 시작할 때도 밖을 보려 고개를 들지 않았다. 짙은 파란색 재킷을 입었는데 깃을 세웠고 머리는 아주 짧았다. 나중에 비랄보가 내게 말했다.

"머리카락 때문이었어. 그래서 처음에 그녀가 누군지 알아차리지 못했지."

헛되이 자리에서 일어나 허공에 손짓했다. 한순간 루크레시아라는 것을 알아차린 그때, 그녀가 탄 기차는 아주 재빠르게 터널 속으로 들어가 버렸기 때문이다.

13

몇 시간, 며칠, 도대체 얼마나 오랜 시간을 몽유병 환자처럼 리스본의 거리를 돌아다니고 계단을 오르내렸는지, 또 얼마나 많은 더러운 골목길과 높은 전망대 그리고 기둥들과 왕의 기마상이 있는 광장들을 돌아다녔는지 모른다. 어두운 대형 쇼핑센터와 항구의 배수로와, 빨간 다리가 끝없이 이어지는 바다 같은 강 건너로 황량한 평야 가운데 등대나 섬처럼 건물들이 무리 지어 우뚝 서 있는 변두리 마을, 그 마을 근방의 신기루 같은 역들을 얼마나 돌아다녔는지 그는 기억할 수조차 없었다. 아무리 읽어도 루크레시아를 보았던 기차역 이름이 끝내 떠오르지 않았다. 그는 불가능한 일이 우연히 되풀이되기를 바랐던 것이다. 모든 여인의 얼굴을 하나씩 바라보았다. 거리를 지나는 여인들, 전차나 버스의 창문 뒤에서 움직이지 않은 채 지나가는 여인들을 바라보았다. 택시에 깊숙이 틀어박힌 여인들이나 인적 드문 거리에서 창문에 기댄 여인들도 보았다. 나이 들고 태연한, 평범하면서도 당당한 얼굴들, 끝없는 몸짓과 시선들, 그리고 파란 재킷들. 그중에 루크레시아 것은 없었다. 이런 것들은 리스본의 교차로들, 어두운 현관들, 불그스레한 지붕들, 제일 형편없는 거리들의 미로만큼이나 서로 똑같았다. 다른 시절이었으면 절망이라고 불렀을 괴로운 집요함은 이젠 계속 헤엄칠 기력이 없는 사람을 바다처럼 밀어붙였다. 잠시 쉬고자 카페에 들어갔을 때도 거리가 보이는 곳에 자리를 잡았고, 자정 무렵 호텔로 돌아가는 택시에서는 아무도 없는 대로와 팔짱을 낀 여자들이 외로이 서 있는 네온사인이 빛나는 골목 모퉁이들을 바라보았다. 전등을 끄고 침대에 누워 담배를 피우면서 어슴푸레한 얼굴들과 거리들 그리고 마법 랜턴의 빛줄기처럼 조용히 자신의 반쯤 감은 눈 앞으로 지나가는 무수한 사람들을 계속 지켜보았다. 계속 누군가를 찾는 그의 갈급한 시선이 지친 몸을 떠나 밤새도록 도시를 헤매고 다니는 것 같았다. 너무 피곤해서 잘 수가 없었다.

하지만 이젠 루크레시아를 보았다는 확신도 없었고 사랑 때문에 그녀를 찾아다니는 것인지도 확실치 않았다. 최면 상태에 빠져 모르는 도시를 혼자 걷는 사람처럼 그녀를 찾고 있다는 것조차 모를 정도였다. 단지 저녁이고 낮이고 평안함에 무감각해졌고, 리스본의 고갯길들을 타고 오르거나 급하게 꺼져 버리는 골목길들 하나하나에 그가 거절할 수 없도록 확고하고 비밀스럽게 그를 부르는 소리가 있었다. 어쩌면 빌리 스완이 가라고 했을 때 떠나야 했고 또 떠날 수도 있었겠지만, 이제는 포위된 도시에서 막차를 놓쳐 버린 것처럼 너무 늦은 것이다.

아침마다 요양원을 방문했다. 스쳐 가는 기차들의 창문을 미친 듯 헛되이 살폈고 기차역들의 이름을 외워 버릴 때까지 읽었다. 빌리 스완은 그에게 너무 커 보이는 가운으로 몸을 감싸고 무릎에 담요를 덮은 채 창문 사이로 숲과 마을을 바라보며 거의 아무 말 없이 나날을 보냈다. 고개도 돌리지 않고서 손을 들어 담배를 청했고, 한두 번 피우다가 나머지는 혼자 타 들어 가게 내버려 두었다. 비랄보는 회색 창문에 비치는 그의 모습을 등 뒤에서 보았다. 빈 광장에 있는 동상처럼 꼼짝하지 않는 채 그는 혼자 있었다. 담배를 지탱하던 길게 굽은 손에서 연기가 수직으로 피어올랐다. 손을 슬쩍 움직여 턴 재가 그의 옆으로 떨어졌지만 그것도 모르는 듯했다. 하지만 누군가 가까이 가서 보면 그의 손가락들이 한 번도 멈추지 않고 계속 여리게 떨리고 있음을 알 수 있었다. 이슬비의 따사하고 습한 안개가 주변을 에워싸서 사물과 그 지역들이 아주 멀게 느껴졌다. 비랄보는 빌리 스완이 그렇게 차분히 가라앉은 고분고분하고 온화한 모습을 본 적이 없었다. 모든 것, 그러니까 음악과 알코올에서조차 멀어진 모습이었다. 가끔 아주 낮은 목소리로 무슨 노래를 했다. 자신의 분위기에 빠져 달콤하게 흑인들의 오래된 기도문이나 사랑 노래의 구절을 불렀다. 언제나 창문 쪽으로 향한 채 끊어진 줄 같은 목소리로 부르고는 입술을 모아 느릿느릿 트럼펫 소리를 흉내 내려 했다. 다음 날 아침, 비랄보가 그를 보러 갔을 때, 그에게 낯선 동시에 친숙한 멜로디, 「리스본」에 이상한 변화가 가미된 것을 들었다. 그는 비스듬히 열린 문 곁에 멈춰 섰다. 빌리 스완이 그의 존재를 느끼지 못하고 마치 자기 혼자 있는 듯 가만히 발로 리듬을 맞추며 흥얼거렸기 때문이다.

"그러니까, 아직 떠나지 않았군."

비랄보를 볼 수 있는 거울 앞에 있기라도 하듯 유리창을 향해 몸을 고정한 채 돌아보지도 않고 말했다.

"어제 루크레시아를 보았어요."

"누구?"

이번엔 빌리 스완이 몸을 돌렸다. 면도를 했고, 숱 적은 검은 머리털은 머릿기름으로 윤이 났다. 안경과 가운은 평온한 은퇴자의 분위기를 자아냈다. 하지만 그의 이런 모습은 반짝거리는 두 눈과 광대뼈의 특이한 긴장감 때문에 빠르게 사라져 버렸다. 방금 면도한 시체의 턱이라면 이렇게 빛날 것이라고 비랄보는 생각했다.

"루크레시아요. 그 여자를 기억 못 하는 건 아니겠죠."

"베를린의 그 여자."

빌리 스완은 유감스러운 듯 아니면 비웃는 듯 말했다.

"유령을 본 게 아니고? 난 항상 그렇게 생각했지."

"이쪽으로 오는 기차에 탄 걸 봤어요."

"날 보려고 왔었는지 물어보는 건가?"

"그럴 수도 있죠."

"이런 곳에 올 생각을 한 건 너하고 오스카 말고 아무도 없다. 복도에서 송장 냄새가 나잖아. 못 느꼈어? 알코올에 클로로포름 냄새, 그리고 무슨 뉴욕의 장례식장에서처럼 꽃 냄새가 나잖아. 저녁에는 비명이 들려. 침대에 가죽끈으로 묶인 채 다리를 타고 오르는 바퀴벌레를 보고 소리치는 거야."

"아주 잠깐이었어요."

이제 비랄보는 빌리 스완 옆에 서서 안개에 뒤덮인 진한 녹색의 숲과 계곡 여기저기 흩어진, 연기 기둥으로 꾸민 별장들, 기차역의 먼 처마를 바라보았다. 기차 하나가 역에 도착했다. 소리 없이 앞으로 나아가는 것 같았다.

"그녀를 보았다는 사실을 알아차리는 데 시간이 좀 걸리긴 했죠. 머리를 잘랐더군요."

"이 녀석, 네 상상이었을 거다. 여긴 참 괴상한 나라지. 여기선 모든 일이 다르게 일어나. 마치 이런 것들이 몇 해 전에 일어났고 이제야 그것을 기억하는 것처럼 말이지."

"빌리, 그 기차에 그녀가 타고 있었어요, 확실해."

"그런들 너와 무슨 상관이냐?"

빌리 스완은 천천히 안경을 벗었다. 누군가에게 아주 냉담한 모습을 보이려고 할 때 항상 하던 행동이었다.

"다 나았잖아. 아니야? 약속했잖아. 기억나니? 난 술 마시는 것을, 넌 개처럼 상처를 혀로 핥는 것을 그만두기로 말이다."

"술은 끊지 않았잖아요."

"지금은 끊었어. 이제 빌리 스완은 모르몬교도보다 더 맑은 정신으로 무덤에 갈 거야."

"루크레시아를 봤어요?"

빌리 스완은 다시 안경을 썼고 그를 바라보지 않았다. 빗줄기에 어두워진 성의 탑인지 굴뚝인지를 자세히 바라보며 말했다. 하인이나 보이지 않는 누군가에게 말하듯 무관심한 어조였다.

"날 믿지 않는다면 오스카에게 물어봐. 그는 너한테 거짓말하지 않을 거야. 어떤 유령이라도 날 찾아왔었는지 그에게 물어보라고."

"하지만 유령은 루크레시아가 아니라 바로 나였어."라고 비랄보는 1년이 지나고서 나에게 말했다. 우리가 본 마지막 날 밤, 마드리드에서 그의 호텔 침대에 드러누워 한 말이었다. 그는 위스키에 절었지만 당당하고 차분했고, 거울 앞에서 맑은 정신으로 말하는 것처럼 모든 것에 초연했다. 그 자신이 거의 존재하지 않는 사람, 단 한 번 본 얼굴의 기억처럼 리스본을 걸어 다니는 동안 사라져 버린 사람이었다는 것이다. 오스카 또한 빌리 스완을 찾아온 여자는 없다고 했다. 분명 그렇다고 했다. 그곳을 비운 적이 없으니 왔다면 그녀를 보았을 것이라고, 왜 그에게 거짓말을 하겠느냐고 했다. 비랄보는 숲 속 오솔길을 따라 혼자 내려왔고 리스본으로 돌아가는 기차를 기다리는 동안 기차역에서 술을 마시면서 담벼락의 분홍빛 석회와 요양원의 하얀 아치를 바라보았다. 저 창문들 중 하나의 뒤편에서 기이하게 움직이지 않고 있을 빌리 스완을 생각했다. 그가 리스본에 오기 한참 전 자신이 썼던 노랫가락을 감시와 질책이라도 하듯 중얼거리던 모습을 기억했다.

저녁마다 절대 끝나지 않을 것만 같은 음악과 버번에 빠져들었듯 도시로 돌아와 그 안에 빠져들었다. 하지만 지금은 겨울이 거리에 그림자를 입혔고 갈매기들은 지붕과 기마상들 위로 바닷가 폭풍을 피해 은신처를 찾고 있었다. 매일 어둠이 깔리기 시작하는 이른 저녁 시간은 도시가 마지막으로 겨울에 정복되는 듯한 순간이다. 강변에서 피어오른 안개가 지평선과 언덕의 높은 건물들을 가리며 주위를 감싸 안았고 잿빛 물 위로 솟은 다리의 붉은 뼈대는 허공에서 이어져 나갔다. 하지만 그때 수많은 전등과 대로변에 줄 맞춰 서 있는 가로등들, 가게 이름이나 그림을 그리며 사라지거나 깜박거리는 흐릿한 광고 전광판들이 켜졌고 네온사인의 덧없는 윤곽들이 리듬에 맞춰 리스본의 낮은 하늘을 분홍, 빨강, 파랑으로 물들였다.

이미 여러 차례 지나다녔던 장소들을 다시 가 보고 도시의 그물 같은 거리들을 다 외웠다고 확신하면서도 그는 항상 외투의 옷깃을 세우고 잠도 없이 길을 헤맸다. 수정이나 12월의 차가운 아침같이 투명한, 향기 나는 진 한 잔을 천천히 마시는 것 같았고, 이성과 두려움의 한계 너머까지 의식을 넓혀 주는 달콤한 독극물이 주입된 것 같았노라고 내게 말했다. 모든 것이 피부에 닿을 듯 차갑게 또 확실하게 느껴졌다. 이 확신 뒤로 가끔은 광기를 향해서 미끄러지는 자연스러움이 희미하게나마 보였다. 외국 도시에서 오랜 시간 혼자 지내는 사람에게는 무엇이든 환각의 첫 징후가 될 수 있다는 것을 배웠다. 커피 나르는 웨이터나 방 열쇠를 건네는 프런트 직원의 얼굴은 갑자기 나타났다가 사라진 루크레시아의 얼굴처럼, 세면대 거울에 비친 자신의 얼굴처럼 비현실적이었다.

그녀를 찾는 것을 그만둔 적은 없지만 그녀를 생각한 적도 거의 없었다. 마찬가지로 안개와 타호 강의 강물이 리스본을 세상에서 격리시켜 하나의 장소가 아닌 시간상의 풍경으로 바꾸듯이 난생처음 자신의 행동에서 절대적인 고립감을 느꼈다. 저녁 시간 호텔 방에서 그를 둘러싼 사물들로부터 멀어지듯 자신의 과거와 미래에서 점점 더 멀어져 갔다. 어쩌면 메트로폴리타노에서 비랄보가 연주하는 것을 처음 본 밤에 그에게서 발견했던 그 꽉 닫힌 신비스럽고 이유 없는 행복을 얻은 곳이 리스본이었을 것이다. 언젠가 내게 "리스본은 내 영혼의 조국이요, 외국인으로 태어난 자들의 유일한 조국이야."라고 했던 말이 생각난다.

마찬가지로 추방자로 살고 또 그렇게 죽기를 선택한 자들의 조국이기도 하다. 빌리 스완의 주장들 중 하나는 고상한 사람들은 모두 태어난 나라를 싫증내어 신발에 묻은 먼지를 털어내고 그곳에서 영원히 도망친다는 것이었다.

어느 날 오후 비랄보는 변두리 지역에서 길을 잃고 지쳐 있었다. 저녁이 되기 전까지는 호텔로 걸어서 돌아가지 못할 터였다. 붉은 벽돌로 지은 버려진 격납고들이 강을 따라 줄지어 있었다. 쓰레기장같이 지저분한 강변 덤불 사이로 멸종동물의 뼈를 닮은 오래된 기계들이 버려져 있었다. 비랄보는 멀리서 금속을 끄는 듯한 친숙한 소리를 들었다. 높고 노란 전차가 천천히 다가왔다. 레일 위에서 검게 그을린 담벼락들과 적재물 사이로 흔들거리며 움직였다. 그 전차에 올라탔다. 기관사가 설명하는 것을 이해하지 못했지만 어디로 가든 아무 상관 없었다. 저 멀리, 도시 상공에는 겨울의 태양이 흐릿하게 빛났지만 비랄보가 마주하는 풍경은 비 내리는 오후의 회색빛을 띠었다. 길게만 느껴지던 여행이 끝나고 전차는 강어귀에 맞닿은 광장에서 멈춰 섰다. 동상과 대리석 벽으로 치장한 패인 공간이 있었고 물속으로 뻗은 계단이 하나 있었다. 하얀 코끼리와 청동 트럼펫을 받친 천사들이 장식된 돌 받침대 위에는 왕이 말의 고삐를 쥐고 항구를 향해 비 냄새가 스민 바닷바람을 맞으며 영웅답게 당당하게 서 있었다. 비랄보는 끝내 그 왕의 이름을 알아내지는 못했다.

아직 날은 밝지만 습한 어스름에 하나둘씩 현관에 전등이 켜지기 시작했다. 여러 상징물과 문장이 새겨진 아치 밑을 지나갔고 비랄보는 이전에 방문했는지 확실치 않은 거리들 사이에서 길을 잃고 헤매었다. 하지만 리스본에서는 항상 그랬다. 처음 온 곳인지, 기억을 못 하는 것인지 정확히 구분하지 못했다. 길들이 더 좁고 어두운 그곳에는 내부가 깊은 상점들이 즐비했고 짙은 항구 냄새가 났다. 대리석 무덤처럼 차가운 커다란 광장을 걸었다. 광장 도로 위로 전차의 굽은 레일들이 빛났다. 또 문짝 하나 없이 철창 달린 창문만 있는 긴 황토색 담벼락 길을 걸었다. 지하실과 커피 포대 냄새가 나는 터널 같은 골목길로 접어들 때 등 뒤에서 다른 남자의 발자국 소리가 들려와 더 서둘러 걸었다.

자신을 쫓고 있을지 모른다는 두려움에 휩싸여 다시 모퉁이를 돌았다. 옆에 의족을 두고 계단에 앉아 있는 거지에게 동전 하나를 던져 주었다. 거지는 확실히 품위가 있었는데, 가죽끈과 걸쇠가 달린 의족에는 오렌지색 체크무늬 양말과, 아주 깨끗하긴 하지만 우울해 보이는 구두가 신겨 있었다. 그는 뱃사람들의 지저분한 술집과 싸구려 여관, 정확히 말해 갈봇집의 입구들을 보았다. 우물 밑으로 내려가기라도 하듯 공기가 점점 더 무거워지는 것을 느꼈다. 더 많은 술집들과 더 많은 얼굴들, 어두운 가면들과 차가운 눈동자의 찢어진 눈들, 가게 입구에서 빨간 전등 아래 움직이지 않는 창백한 얼굴들, 파란 눈꺼풀들, 담배를 물고 있는 작은 앵두 같은 미소들이 거리 모퉁이와 클럽 입구에서 그를 불렀다. 클럽 입구에는 밤을 재촉하며 깜박거리는 간판들 아래 방음을 위해 솜을 넣어 만든 문과 자주색 벨벳 커튼이 쳐져 있었다.

간판에는 어느 도시, 국가, 항구, 먼 지역의 이름들과 영화 제목들이 쓰여 있었다. 저녁에 비행기에서 내려다보이는 도시의 불빛처럼, 떼 지어 있는 산호꽃이나 얼음 결정체처럼 호기심을 불러일으키고 본 적 없는 이름들이 반짝거렸다. 텍사스, 함부르크의 지명이 쓰인 빨강, 파랑, 노랑, 연보라 색 가느다란 네온등, 아시아, 자카르타, 모감보, 고아, 이런 이름의 술집들과 여인네들 하나하나가 타락한 성자의 보호 아래 그에게 다가왔고, 그는 상상과 기억 속의 세계지도를 검지로 가리키며 돌아다니듯 걸었다. 그 이름들은 두려움과 파멸에 대한 과거의 본능을 항상 상기시켰다. 짙은 안경에 꼭 끼는 바바리코트를 입은 흑인이 다가와 말을 걸며 하얀 손바닥 위에 놓인 무엇인가를 보여 주었다. 비랄보는 고개를 저어 거절했으나 상대는 영어로 금, 헤로인, 권총 같은 여러 단어를 나열했다. 밤에 속력을 내어 차를 몰 때처럼 만족스러운 현기증과 공포를 느꼈다. 미지의 도시에 도착하면 항상 혼자서 가장 무서운 거리들을 찾아다니는 빌리 스완이 생각났다. 바로 그때 마지막 모퉁이에서 불이 밝혀진 글자를 보았다. 막 꺼져 버릴 듯한 파란 불빛이 어둠 속에서 가로등처럼 높이 걸려 있었다. 산세바스티안의 마지막 다리 위 등불 같았다. 거리 위에 걸린 그 글자들은 순간적으로 사라졌다가, 재빨리 푸른 섬광들을 쏟아 내더니 마지막에는 하나씩 밝혀지며 버마라는 이름을 만들어 냈다.

그는 눈을 감고 허공으로 몸을 날리는 사람처럼 들어갔다. 굵다란 허벅지에 끔찍이 못생긴 금발 아가씨들이 바에서 잔을 들이켰다. 남자들의 모습이 흐릿하게 보였다. 그들은 서거나 긴 의자에 앉아서 무엇인가를 기다렸다. 아니면 조심스럽게 동전을 세며 가끔씩 꺼지는 붉은 전등이 있는 박스들 앞에서 기다렸다. 박스에 남자들이 머릴 숙인 채 들어가고 나올 때마다 안쪽에서 문을 잠그는 소리가 들렸다. 한 여자가 비랄보에게 다가왔다.

"25에스쿠도짜리 동전 네 개면 돼요."

그는 서투른 포르투갈어로 왜 그곳 이름이 '버마'냐고 물었다. 그 여인은 전혀 알아듣지 못하고 미소만 지으며 박스들이 늘어선 통로를 알려 주었다. 비랄보는 그 박스들 중 하나에 들어갔다. 기차 화장실만큼이나 답답했고, 가운데 둥글고 뿌연 창문이 나 있었다. 볼록하게 튀어나온 구멍에 동전 네 개를 하나씩 밀어 넣었다. 박스의 등이 꺼지고 불그스레한 불빛이 황소 눈깔 같은 창문을 밝혔다. 비랄보는 생각했다.

'이건 내가 아니야. 난 리스본에 있는 게 아니야. 여기 이름은 '버마'가 아니야.'

유리창 건너편에선 거의 아무것도 걸치지 않은 창백한 여인이 회전무대 위에서 몸을 비틀어 대며 춤을 췄다. 두 손을 펼쳐 자기 몸을 애무하듯 움직였고 무릎을 꿇거나 드러누우며 능숙하게 몸을 흔들다 가끔은 아무런 표정 없이 줄지어 있는 둥근 창문들을 바라보았다.

서리가 내리듯 박스의 불이 꺼졌다. 나오면서 한기를 느꼈고, 그는 길을 잘못 들어섰다. 똑같이 생긴 박스의 터널은 그를 원래 장소로 바로 이끌지 않고, 전구 하나에 비스듬한 철문 하나만 열린 방으로 안내했다. 사방 벽에는 습기에 물든 자국들이 있고 음란한 그림이 그려져 있었다. 비랄보는 철제 계단을 오르는 사람들의 발자국 소리를 들었다. 몸을 숨기고 싶었지만 그럴 시간이 없었다. 한 여자와 남자가 서로 허리를 껴안고서 나타났다. 머리가 흐트러진 남자는 비랄보의 눈길을 피했다. 비랄보가 계속 앞으로 나아가자 그들이 시야에서 사라졌다. 계단은 아주 흐릿하게 불 밝힌 창고나 차고 같은 곳까지 통했다. 버려진 무도장처럼 텅 빈 공간에서 커다란 시계 앞면이 철골 사이로 유황처럼 빛났다.

고딕풍 둥근 천장과 연기에 그을린 높은 유리벽으로 된 기차역 같은 곳이었다. 희미한 어둠과 문짝들 위로 전구들이 켜져 있고 빈 공간과 계단의 금속 난간 때문에 더욱더 울리는 집요하고 격렬한 음악에 의해 거리감이 무한히 과장되어 보였다. 앉은 사람 하나 없이 길게 뻗은 바 뒤에서 창백한 웨이터가 턱시도를 입고 쟁반에 술을 준비하고 있었다. 어쩌면 전등불의 효과였을까, 그 사람의 양 볼에 분홍빛 가루가 엷게 덮여 있다는 생각이 들었다. 벨이 울렸다. 한 철제문 위에서 빨간 등이 켜졌다. 웨이터는 한 손으로 쟁반을 들고 홀을 가로질러 가 손마디로 문을 두드렸다. 문이 열리는 순간 등불이 꺼졌다. 음악에 섞인 웃음과 술잔 소리가 크게 들리는 것 같았다.

좀 더 깊숙한 문에서 한 남자가 바지를 추스르며 나왔다. 소변을 보고 나오는 사람처럼 뿌듯해하는 표정을 내비쳤다. 그곳에 또 다른 바가 있었다. 좀 외떨어져 성당 가장 깊숙한 곳의 제단처럼 불이 켜져 있었다. 담배를 피우던 웨이터와 외로이 홀로 있던 손님의 실루엣이 검은색 판지에서 잘라 낸 것처럼 뚜렷하게 구분되었다. 바지를 채우던 남자는 모자를 눈 위까지 눌러쓰고서 담배에 불을 붙였다. 그 남자의 뒤를 따라 손가락으로 금발을 가르며 한 여자가 나왔다. 콤팩트인지 거울인지를 가방에 넣으며 입술을 오므렸다. 출구 계단 쪽에 더 가까운 바에서 비랄보는 그들이 포르투갈어 음성모음을 섞어 낮은 목소리로 대화하며 자기를 지나쳐 가는 것을 보았다. 여자의 구두굽이 철제 계단에 부딪히는 소리가 울릴 때까지도 천박한 향수 냄새가 강하게 진동했다.

"혼자이신가요, 손님?"

웨이터가 빈 쟁반을 들고 돌아와 미소 없이 대리석 바 뒤에서 그를 바라보았다. 얼굴이 아주 길고 머리카락이 이마에 찰싹 달라붙어 있었다.

"버마에서는 그렇게 계실 이유가 없답니다."

"고맙네. 누굴 기다리고 있네."

비랄보가 말했다.

웨이터는 지나치게 빨간 입술로 그에게 미소를 보냈다. 그의 말을 믿지 않는 것 같았다. 당연했다. 어쩌면 기운을 북돋아 주려 했는지 모른다. 비랄보는 진을 주문하고서 바의 반대편 끝을 바라보았다. 1940년대식 옷을 입고 담배를 피우는 웨이터와 축 늘어진 어깨에 술잔을 잡은 채 움직임이 없는 손님을 바라보았다. 저쪽 손님은 담배를 피우지 않았기 때문에 자신이 거울을 보고 있는 게 아니라는 것을 알고서는 안심했다.

"여자를 기다리시나요?"

웨이터는 능숙하고 정확한 스페인어를 구사했다.

"도착하시면 25번 방을 사용하실 수 있습니다. 벨을 울리시면 제가 술잔을 가져다 드리지요."

"이곳이 좋네. 그리고 이곳 이름도……."

비랄보는 외롭고 충실한 취객처럼 미소 지으며 말했다. 저편에 저 술꾼도 다른 웨이터에게 똑같이 말하고 있지 않을까 하는 생각은 그를 불안하게 했다. 하지만 차가운 더블 진의 최고 장점은 누구든 바로 무너뜨린다는 것이다.

"버마, 왜 그렇게 부르지?"

"손님, 신문기자신가요?"

웨이터가 의심했다. 그는 유리 같은 미소를 지었다.

"책을 쓰고 있지."

비랄보는 거짓말을 할 때, 그저 침묵하지 않고 자신의 삶을 꾸며 댈 수 있어서 행복했다.

"「리스본의 밤」이라는 제목으로 쓰고 있어."

"다 얘기하시면 안 돼요. 제 상사들이 좋아하지 않을 겁니다."

"그럴 생각도 없네. 그저 대강만. 알잖나…… 한 사람이 어떤 도시에 도착하지만 원하는 것을 못 찾는다는 식의 얘기 말이야."

"손님, 진 한 잔 더 하시겠습니까?"

"내 생각을 알아맞혔군."

그 많은 날들을 아무하고도 말하지 못했던 비랄보는 대화와 거짓말을 하고 싶은 음흉한 욕망을 느꼈다.

"버마, 문을 연 지 오래됐나?"

"1년이 다 되었죠. 전에는 커피 창고였어요."

"주인들이 망했나 보군. 그때도 이렇게 불렀나?"

"이름이 없었어요. 무슨 일이 있었지요. 커피는 그들의 진짜 사업이 아니었던 것 같아요. 경찰이 와서는 동네 전체를 에워쌌지요. 수갑을 채워서 그들을 데려갔어요. 재판 내용이 신문에도 났고요."

"밀수꾼들이었어?"

"음모를 꾸미고 있었어요."

웨이터는 비랄보 앞에서 팔꿈치를 괴고 얼굴을 바짝 들이밀며 연극이라도 하듯 낮은 목소리로 말했다.

"정치에 관련된 것이었지요. '버마'는 비밀 단체였어요. 이곳에 무기가……."

벨이 울렸고 웨이터는 적당한 발걸음으로 춤추듯 홀을 가로질러 붉은 불이 켜진 문으로 향했다. 반대편 바에 있던 다른 술꾼이 천천히 몸을 떼어 출구로 향했는데 똑바로 걷지도 못했다. 그 사람의 얼굴 위로 여러 빛깔의 조명과 그림자가 플래시처럼 비쳤다. 아주 큰 키에 분명 술에 취한 상태였다. 군복스타일 재킷의 호주머니에 손을 깊숙이 넣고서 걸어왔다. 포르투갈 사람은 아니었고 그렇다고 스페인 사람도 아니었으며 유럽 사람 같지도 않았다. 커다란 치아와 짧게 자른 빨간 턱수염, 약간 눌린 얼굴에 특이한 굴곡의 이마 때문에 마치 도마뱀의 먼 친척처럼 보였다. 버클 달린 커다란 부츠를 신고서 몸을 흔들거리며 인사불성이 되어 행복하게 미소 지으며 비랄보 앞에 섰다. 그 파란 눈 앞에서 비랄보는 레이디 버드에서 행복했던 시절로, 먼 과거, 루크레시아의 사랑을 받아 거의 어린아이같이 천진난만하게 행복했던 시절로 돌아갔다.

"날 모르겠어?"

상대방이 말했고 비랄보는 그자의 웃음과 느릿하고 비음 섞인 억양을 알아챘다.

"이젠 옛 친구인 이 브루스 말콤을 기억 못 하나?"

14

"거기서 우리가 만났지."

비랄보가 말했다.

"두려움과 동정심 때문에, 더 친해지지도 못한 채 5분도 안 돼 할 얘기가 바닥난 사람들처럼 그렇게 마주 보고 있었지. 하지만 나한테는 친절하게 대했어. 그 오랜 세월 동안 미워하다가 결국엔 다시 만나 옛 시절 얘기를 나누는 것이 즐거웠지. 어쩌면 진을 마셔서 그랬는지 몰라. 어쨌든 결론은 내가 그를 보았을 때 내 심장이 뒤집어졌다는 것이지. 산세바스티안, 플로로 블룸, 모든 것을 기억나게 해 주었어. 같은 여자를 사랑했다는 것보다 두 남자를 더 통하게 하는 것은 없다고 생각했지. 또 그녀를 잃은 것도. 그 사람도 루크레시아를 잃었거든……."

"그녀에 대해 얘길 나눴어?"

"그런 것 같아. 진을 서너 잔 마신 뒤에. 그가 술집을 둘러보고서 말했지. '분명 루크레시아가 좋아할 만한 곳이군.'"

하지만 그 이름을 입에 올리기까지는 시간이 걸렸다. 막 그 이름을 말하려 할 때마다 멈췄고, 마치 빈 공간 앞에서 보지 못하는 척, 그들은 술과 대화로, 근황에 관한 질문과 거짓으로, 떼어 낼 수 없는 최고의 나날들이 있던 과거 이야기로 자신을 숨기려 했다. 그러나 그 커다란 빈 공간을 가로질러 루크레시아라는 이름을 부르는 순간 그들은 오래된 공범처럼 서로가 더욱 가깝게 느껴졌다. 말콤은 진을 더 주문하면서 항상 다음 잔이 마지막이라고 말했다. 아직도 스페인 농담 몇 개는 기억한다면서, 망각을 뛰어넘어 소환된 작은 일들에 대해 얘기하며 매번 더 오래된 일들로 거슬러 올라갔다. 꼭 정확할 필요도 없는 것들이었다. 말콤은 처음 그들이 만났을 때, 레이디 버드에서 빌리 스완의 첫 콘서트, 플로로 블룸의 드라이 마티니, 순수한 연금술 같은 것들에 대해 말했다. 생크림 없은 비엔나 카페의 커피, 산세바스티안에서의 평화로운 삶. 4년밖에 지나지 않았다는 것이 거짓말처럼 보였다. 그때부터 도대체 무엇을 했단 말인가. 아무것도……. 퇴보, 수치스러운 성숙, 불행을 피하고 그림이나 팔면서 돈 몇 푼을 더 벌기 위한, 아니면 너무나 추운 도시들의 클럽에서 피아노나 치며 생존하기 위한 영악함, 외로움에 대해 말콤이 말했다. 탁한 눈빛으로 불그스레한 털이 난 어두운 손가락들로 부숴 버릴 듯이 잔을 움켜쥐면서 영어로 "외로움"이라고 말했다. 그제야 비랄보는 두려움과 한기, 숙취를 느끼며 고뇌했다. 어쩌면 말콤이 루크레시아가 보았던 그 권총을 가지고 있을 거라는 생각이 들었다. 끓어앉힌 남자의 목을 나일론 줄로 조이며 가슴에……. 그런 이야기를 누가 믿겠는가, 소설이나 뉴스 밖에 살인자들이 존재하고 그들이 리스본의 한 지하 술집에서 누군가와 앉아 진을 마시며 서로 아는 친구들에 대해 묻는다는 것을 누가 상상할 수 있겠는가. 둘 다 똑같이 외로웠고 거의 똑같이 취해 있었다. 같은 비굴함과 향수에 묶여 있었고 유일한 차이점은 말콤이 담배를 피우지 않는다는 것이다. 하지만 그것조차도 그들이 공범이 되도록 했다. 그들은 그 시절 말콤이 항상 가지고 다니면서 비랄보는 물론이고 다른 모두에게 나눠 주던 금연 캐러멜을 기억했기 때문이다. 어느 날 저녁 비랄보는 레이디 버드의 문에서 분노와 질투심에 못 이겨 그 캐러멜을 바닥에 던져 발로 밟아 짓이겨 버렸다. 갑자기 말콤은 빈 잔을 앞에 두고 침묵에 빠지더니 머리를 들지 않은 채 눈만 치켜뜨며 비랄보를 바라보았다.

"하지만, 난 항상 자네가 부러웠네."

말콤이 어조를 바꾸어 말했다. 마치 그때까지 취한 척하고 있었다는 듯이 말이다.

"자네가 피아노를 칠 때면 난 부러워서 죽는 줄 알았지. 연주를 마치면, 우린 자네에게 박수를 보냈지만, 자넨 술잔을 들고 미소 지으며 멸시의 눈빛으로 아무한테도 관심을 두지 않았지."

"두려웠을 뿐이야. 모든 것이 다 날 당황하게 했어. 피아노 치는 것도 사람들 보는 것까지도. 날 조롱할까 봐 두려웠네."

말콤은 그의 말을 듣지 않고 계속 말했다.

"여자들이 자네를 보는 모습들이 부러웠지. 하지만 자네에겐 중요하지 않았어, 그 여자들은 눈에 들어오지도 않았지."

"그녀들이 날 본다고 믿었던 적은 없어."

비랄보가 말했다. 말콤이 자길 속인다고, 다른 사람에 대해 얘기한다고 생각했다.

"루크레시아도 마찬가지였어. 그래, 그 여자도."

말콤은 중요한 비밀을 털어놓기 일보 직전인 듯 멈추어 진한 모금을 마시고 나서 입을 닦았다.

"자넨 알아차리지 못했겠지만 그녀가 자네를 어떻게 바라봤는지 난 잊을 수 없어. 자네가 무대에 올라서 몇 소절을 연주하면, 그때부터 그녀에겐 자네 음악 말고 다른 어떤 것도 존재하지 않았지. 한번은 '남자라면 사랑하는 여인이 바로 저렇게 바라봐 주길 원하는 법이야.'라고 생각했던 것이 기억나. 자네도 알다시피 그녀는 날 버렸어. 평생을 같이했는데, 베를린에서 날 버렸다고."

'거짓말하는군.' 보이지 않는 함정과 술에 취해 정신을 잃는 사고로부터 자신을 보호하려 애쓰며 비랄보는 생각했다. '내가 모르는 것과 내가 그에게 숨겨야 할 그 무엇을 알아내기 위해 아무것도 모르는 척하는 거야, 그는 항상 거짓말만 했지, 그가 하는 말은 거짓이 아닌 게 없어, 그리워하는 것도 거짓말이고 우정, 아픔, 심지어 너무나 새파란 저 두 눈동자의 반짝임까지도 거짓이다. 저자의 냉혹함을 보여 주는 것일 뿐이지. 물론 내가 길을 잃고 혼자 있는 것처럼 그도 리스본에서 혼자 헤매며 루크레시아를 생각하고, 나도 그녀를 안다는 단순한 이유만으로 같이 얘기하고 있는 것은 사실이지만. 그런 이유에서라도 경계를 늦추면 안 되고 더 이상 술을 마셔도 안 된다.' 이제 가야 한다고 얘기하고서 늦기 전에 당장 그곳을 떠나 도망쳐야 했다. 하지만 머리가 너무 무거웠고 불빛들이 음악과 그를 어지럽혔다. '몇 분만 더, 한 잔 더 마실 동안만 기다려야지……'

"항상 물어보고 싶었던 질문이 있네."

말콤이 말했다. 너무나 심각해서인지 정신이 말짱한 것 같았다. 어쩌면 바닥에 쓰러지기 직전의 사람이 신중하게 안 취한 척하는 것 같기도 했다.

"개인적인 질문이지."

비랄보는 긴장했다. 그렇게 마셨던 것과 그곳에서 그렇게 오래 있었던 것을 후회했다.

"원하지 않는다면 답하지 않아도 돼. 하지만 대답한다면, 진실을 말하겠노라 약속해 주게."

"약속하지."

비랄보가 대답했다. 자신을 변호하기 위해 생각했다.

'이제 얘기하려는군. 자기 부인과 잠자리를 했는지 지금 물어보려는 거야.'

"루크레시아를 사랑했나?"

"지금 그건 중요하지 않아. 오래전 얘기야, 말콤."

"진실을 약속했어."

"그래도, 자네가 좀 전에 말했잖아. 여자들에게 관심을 두지 않았다고, 그녀에게조차 말이지."

"아니, 루크레시아한테는 관심을 두었지. 비엔나라는 식당으로 아침 식사를 하러 갈 때도 자네와 만났고, 레이디 버드에서도, 기억나나? 연주를 마치면 우리와 함께 자릴 했지. 둘이서 참 많은 대화를 나누었어. 서로의 눈을 마주 보기 위해서 그랬지. 책이란 책은 다 알고 모든 영화를 다 보았지, 모든 배우와 음악가의 이름을 알았어. 기억나나? 난 두 사람이 하는 말을 듣고 있었지. 항상 내가 알 수 없는 언어로 말한다고 생각

했어. 그래서 날 버렸지. 영화, 책, 그리고 노래 때문에. 아니라
고 하지 말게. 자넨 그녀를 사랑하고 있었어. 왜 산세바스티안
에서 그녀를 데리고 떠났는지 알아? 말해 주지. 자네 말이 맞
아, 이젠 중요치 않으니까. 더 이상 자네를 사랑하지 못하게 데
리고 떠난 거야. 두 사람이 서로 알게 되지 않았더라도, 서로
본 적조차 없었더라도 난 분명 질투했을 거야. 좀 더 얘기해
주지. 나는 아직도 질투한다네."

버마의 큰 홀에 그들만 있는 것이 아님을 비랄보는 어렴풋
이 느꼈다. 금발 여인들과 얼굴을 반쯤 가린 남자들이 담배 피
우는 몸짓으로 철제 계단을 오르락내리락했고 붉은 전등 불빛
은 닫힌 문들 위에서 계속 켜졌다. 그는 사막을 횡단하는 기분
으로 기나긴 홀을 가로질러 화장실로 향했다. 파란색의 차가
운 벽타일에 얼굴을 바짝 대고서 말콤과 헤어진 지 시간이 꽤
흘렀고 돌아가는 데에는 시간이 더 걸릴 것이라고 생각했다.
나가려 했지만 문을 찾을 수가 없었다. 주위의 고요함과 형광
등 불빛 때문에 몇 배나 늘어난 백색 타일의 반복적인 형태들
은 그를 혼돈스럽게 만들었다. 얼굴에 찬물을 뿌리려 성수반
만큼이나 큰 세면대에 몸을 구부렸다. 눈을 떴을 땐 거울 앞에
누군가가 있었다. 갑자기 기억 속의 모든 얼굴들이 돌아왔다.
진이나 리스본이 부른 것처럼 까맣게 잊었던 모든 얼굴들, 되
돌릴 방법 없이 완전히 잃어버렸던 얼굴들, 다시는 볼 수 없을
것이라 여겼던 얼굴들이 되돌아왔다. 세상의 끝까지 쫓아오는
데 도시에서 도망친들 무슨 소용이 있겠는가. 그는 리스본에,
버마 클럽의 비현실적인 세면대 앞에 있었다. 하지만 자신의
등 뒤에 있지만 거울에 비쳐서 자신 앞에 있는 얼굴, 그자가

총을 든 것을 보고서 뒤돌아보는 데는 시간이 좀 걸렸다. 그자 역시 과거, 레이디 버드에 속해 있었다. 투생 모통은 멈추는 법이 없는 미소를 내보이며 비랄보의 목덜미를 겨누었다. 아직도 영화 속 흑인이나 연극에서 프랑스어 어조를 흉내 내는 형편없는 배우처럼 말했다. 머리카락은 더욱더 회색빛을 띠었고 전보다 뚱뚱해졌지만 아직도 똑같은 셔츠에 금팔찌를 차고 있었고 능구렁이같이 침착한 예절도 여전했다.

"어이, 친구. 천천히 돌아보시지. 하지만 손은 들지 마시고. 부탁일세, 참 천박하거든. 나는 그걸 영화에서 보는 것도 견디지 못해. 몸에 손을 대지 않는 것만으로 족하지. 그렇게. 주머니를 좀 뒤지게 해 주겠나? 목덜미가 좀 차갑지? 내 권총이야. 재킷에는 아무것도 없군. 좋아. 이제 바지만 남았군. 이해하지? 그렇게 보지 마. 당신도 그렇겠지만 내게도 그리 달가운 일은 아니라고. 누군가 지금 들어온다고 생각해 봐. 이런 화장실에서 당신한테 착 달라붙어 있는 날 보면서 제일 지저분한 상상을 할걸. 하지만 걱정하진 마. 우리 친구 말콤이 문을 지키고 있으니까. 물론 우리의 신뢰를 받을 만한 친구가 못 되지, 당신의 신뢰도 말이야. 하지만 그자를 혼자 내버려 두는 위험한 짓을 하지는 않았다는 것을 고백해야겠지? 그자를 혼자 두는 것만으로도 우리에게 불운이 닥치는 데 충분하거든. 그래서 우리의 매력적인 다프네가 그자와 같이 있지. 다프네, 기억나시나? 내 여비서. 당신을 다시 보고 싶어 했지. 바지에도 아무것도 없군. 양말 속? 그곳에 칼을 보관하시는 분도 있지만, 당신은 아냐. 다프네가 그랬지. '투생, 산티아고 비랄보는 참 훌륭한 청년이에요. 그 사람 때문에 루크레시아가 저 짐승 같은 말콤을 버린 것은 이상하지도 않아요.' 이제 나가지. 소리칠 생각은 아예 하지도 말았으면 해. 우리가 마지막으로 보았던 때처럼 뛰지도 말고. 그때 맞은 데가 아직도 아프다면 믿을 수 있겠어? 다프네 말이 맞았어. 쓰러질 때 참 재수 없는 자세로 넘어졌지. 도와 달라고 외친다고 웨이터가 경찰을 부를 거라 생각한다면 오산이지, 친구. 누구도 아무 소리도 듣지 못할 거야. 이 도시에 보청기 가게가 얼마나 많은지 못 봤나? 이제 문을 열어. 당신 먼저, 자, 손은 그렇게 떼시고, 정면을 보고, 웃으셔야지. 머리가 흐트러졌군. 창백해. 진이 잘 안 맞았나? 누가 말콤하고 술집 같은 곳에서 만나고 다니라고 했나? 다프네에게 미소 지으시지. 당신이 생각하는 것보다 훨씬 더 당신을 존경하지. 똑바로, 부탁일세. 저쪽 끝에 불빛 보이지?"

무섭지 않았다. 단지 위 속에 있던 것들로 구역질이 났고, 과음에 대한 후회, 이것이 꿈이라고 믿고 싶은 강한 열망만 있었다. 그의 등 뒤에서 투생 모통은 말콤과 다프네와 흥겹게 대화를 나누었는데, 오른손은 밤색 점퍼 주머니에 넣고 팔은 약간 굽힌 것이 탱고 댄서가 몸을 감는 동작을 흉내 내는 것 같았다. 천장에 매달린 커다란 시계 아래를 지날 때, 그들의 얼굴과 손은 녹색으로 창백하게 물들었다. 비랄보는 눈을 들어 시계의 둥근 테를 따라 적혀 있는 문구를 보았다. "동양의 동쪽에 있는 동양."

투생 모통은 닫힌 문들 가운데 한 곳을 가리키며 멈추라고 부드럽게 말했다. 모두 철제문이었고 검은색인지 아주 짙은 청색인지 구분하기 힘든 색으로 칠해져 있었는데 벽들과 나무 바닥도 마찬가지였다. 말콤이 문을 열고는 한쪽으로 비켜서서 호텔 보이처럼 아주 공손하게 머리를 숙이고 다른 사람들이 지나가도록 하였다.

방은 작고 좁은 데다 싸구려 비누와 땀 냄새가 풍겼다. 긴 의자에 전등, 플라스틱 덩굴손, 비데가 그 방을 차지하고 있었다. 분홍빛 전등의 기운 속으로 기타와 오르간의 어설픈 배경 음악이 녹아드는 것 같았다. 길게 뻗은 얼룩과 담뱃불에 지져진 벽지와 긴 의자의 연어 살 색깔의 천을 보면서 비랄보는 무관심과 환멸감 속에 생각했다.

'어쩌면 여기서 날 죽일지도 모르겠군.'

너무나 좁은 공간이라 네 사람은 거의 움직일 수 없었다. 등뼈에 그 딱딱하고 차가운 물건을 느끼면서 목덜미로는 투생 모통의 거친 입김을 견디자니 지하철을 타고 가는 거나 다름없었다. 다프네는 긴 의자를 철저하게 살피고선 의자 거의 끝부분에 무릎을 찰싹 붙이고 앉았다. 머리를 한 번 저어 은빛이 감도는 금발 머리카락을 얼굴에서 걷어 내고서 분홍색 도자기 비데를 바라보며 움직이지 않았다. 비랄보는 그녀의 옆모습을 바라보게 되었다.

"너도 앉아."

말콤이 그에게 명령했다. 이제는 그가 총을 들고 있었다.

"이보게, 친구."

투생 모통이 말했다.

"말콤의 무례를 이해해야 할 걸세. 너무 많이 마셨거든. 그의 책임만은 아니지. 당신을 보고 나에게 전화했어. 난 당신과 시간을 보내라고 했지. 물론 저 정도까지 바란 것은 아니지만. 당신 입에서도 진 냄새가 너무 나는군."

"늦었어. 밤새 있을 수는 없잖아."

말콤이 말했다.

"저 음악, 싫어."

투생 모통은 바로크식 푸가가 은은하게 흘러나오는, 눈에 띄지 않게 숨겨진 스피커들을 찾기 위해 방 안 네 귀퉁이를 둘러보았다.

"다프네, 꺼 버려."

조용해지자 모든 것이 더 이상했다. 바깥 소리는 방음 장치가 된 벽을 뚫고 들어오지 못했다. 투생 모통은 자신의 점퍼 윗주머니에서 휴대용 라디오를 꺼내 안테나를 천장에 닿을 정도로까지 길게 뽑았다. 고음의 포르투갈어, 이탈리아어, 스페인어가 소음처럼 울렸고, 투생 모통은 헤라클레스처럼 생긴 큰 손가락으로 라디오를 조작하면서 그 목소리들을 듣고 욕을 해 댔다. 영화에 대책 없이 빠져 있는 비랄보는 생각했다.

'이제 날 때리겠군. 아무도 내 비명 소릴 듣지 못하도록 음악을 아주 크게 틀 거야.'

"난 로시니를 존경해. 베르디와 바그너에 대한 확실한 해독제지."

투생 모통이 말했다.

그는 비데 수도꼭지 옆에 라디오를 두고, 그 모서리에 앉아서는 입을 다물고 멜로디를 따라 했다. 말콤은 불편해 보였다. 어쩌면 조금은 미안한 듯, 아니면 술기운에 지친 듯 양쪽 다리로 번갈아 가며 몸을 지탱했고 비랄보에게 총을 겨누었지만 그와 눈을 마주치지는 않았다.

부성애를 한껏 담은 미소로 투생 모통이 우쭐댔다.

"친애하는 친구, 너무나 친애하는 내 친구. 이 모든 게 사실 아주 유쾌하지는 않아. 날 믿어 보시게, 우리를 위해서이기도 하지만. 그러니, 우리가 해야 할 일들을 빨리하면 할수록 더 좋을 거야. 당신에게 세 가지 질문을 할 테고, 당신은 그 세 가지 질문 중 어떤 것이라도 대답하면 돼. 그러고 나면 우리 모두 과거를 잊는 거지. 첫째, 아리따운 루크레시아는 어디 있지? 둘째, 그림은 어디에 있지? 셋째, 그림이 이미 없다면 돈은 어디에 있나? 제발 부탁이니, 날 그런 식으로 보지 말게. 지금 막 하려고 했던 대답은 하지 마시고. 당신은 신사잖아, 당신을 처음 본 순간부터 이미 알았어. 당신은 우리에게서 루크레시아를 보호할 수 있을 것이라 생각하고 거짓말해야 한다고 생각하겠지. 숙녀의 비밀을 이리저리 퍼뜨리는 것은 신사로서 적절치 않다고 생각하시겠지. 우리가 예전부터 그런 장난에는 넘어가지 않았다는 것을 상기해 주시게나. 오래전부터 그랬지, 산세바스티안에서. 기억하시나?"

"오래전부터 루크레시아에 대해서는 아무것도 아는 게 없어."

비랄보는 공식적인 질문에 대답하는 사람처럼 지겨워지기 시작했다.

"그렇다면 참 신기한 일이군. 어느 날 저녁, 산세바스티안의 당신 집에서 나간 것 말이야, 물론 아주 대충 옷을 입고서."

투생 모통은 오래된 아픔이 다시 살아나기라도 하듯 자신의 왼쪽 어깨를 만졌다.

"그다음 날 기나긴 여행을 시작했고……."

"그게 정말이야?"

갑자기 술이 깨는 것처럼 말콤이 총을 들어 올렸고, 방에 들어와서 처음으로 비랄보의 눈을 쏘아보았다. 꼼짝하지 않던 다프네의 커다란 눈이 놀란 새의 눈동자처럼 움직였다.

"말콤."

투생 모퉁이 말했다.

"참 오랜 세월이 지난 지금 이 순간에서야 자네가 마지막으로 그 사실을 알게 되었다니 유감이로군. 침착해. 로시니를 들어 봐.「도둑 까치」일세⋯⋯."

말콤은 영어로 욕을 한마디하고서 비랄보의 얼굴에 총을 좀 더 바짝 들이댔다. 방 안에 그들만 있는 듯, 다른 이의 어떤 말도 듣지 못하는 듯 조용히 서로 바라보았다. 하지만 말콤의 눈에는 증오보다 놀라움이나 두려움, 궁금증이 강했다.

"그래서 날 버렸군."

말콤이 말했다. 하지만 비랄보에 대해서 말한 것이 아니었다. 그때까지 한 번도 생각하려 들지 않았던 무엇인가를 소리 높여 되뇌었다.

"그림을 손에 넣은 다음 팔아서 너와 함께 그 돈을 쓰려던 것이었어⋯⋯."

"150만 달러지. 더 될 수도 있고, 분명 당신도 알겠지만."

투생 모퉁도 비랄보에게 다가와 목소리를 깔고서 말했다.

"그런데 조그만 문제가 하나 생겼어, 친구. 그 돈은 우리 것이란 말이지. 우리가 원하는 게 그거야. 이제 아시겠는가?"

"무슨 돈을 말하는 것인지, 또 무슨 그림을 말하는 것인지 난 몰라."

모퉁의 입김이 얼굴에 닿지 않게 하려고 비랄보는 긴 의자 뒤쪽으로 몸을 약간 젖혔다. 그는 침착했지만, 아직 진 기운에 약간 정신없는 상태였고 거의 모든 것이 낯설었다. 자신과 그 장소도 아무 관계 없는 듯했다.

"내가 아는 것이라곤 루크레시아가 무일푼이었다는 것이지. 아무것도 없었어. 산세바스티안에서 떠날 수 있도록 내가 돈을 줬으니까."

"리스본으로 갈 수 있도록. 그 얘기를 하고 싶으신 거지. 내가 틀렸나? 옛 연인이 다시 만나서 함께 긴 여행을 시작한다는……."

"어디로 가는지는 묻지 않았어."

"필요하지 않았던 거지."

투생 모통은 웃음을 멈췄다. 갑자기 한 번도 웃어 본 적이 없는 사람처럼 보였다.

"둘이 함께 떠났다는 것은 알고 있지. 당신이 차를 운전했다는 것도 말이야. 정확한 날짜도 말씀드릴까? 다프네가 분명 자기 수첩에 적어 놓았을 테니까."

"루크레시아는 당신들을 피해 도망쳤지."

조금 전부터 비랄보는 담배가 절실히 필요했다. 말콤의 감시하는 눈길을 견디며 천천히 담배와 라이터를 꺼내어 담배 한 개비에 불을 붙였다.

"몇 가지를 더 알고 있지. 포르투갈 사람, 그 남자처럼 자기를 죽일까 봐 무서워하고 있었지."

투생 모통은 웃음을 터뜨리기 위해 우스갯소리가 끝나기를 절실히 기다리는 사람 같은 몸짓을 하며 그 말을 들었다. 이제는 미소 짓는 듯하더니 양어깨를 슬쩍 들어 올렸다. 끝내는 큰 웃음을 터뜨렸고 그 커다란 양 손바닥으로 자기 허벅지를 쳤다.

"당신, 우리가 정말로 그 말을 믿길 바라나?"

그러고는 그 둘 사이에 자신의 모든 관용을 베풀기라도 해야 하듯 비랄보와 말콤을 무겁게 바라보았다.

"우리에게서 훔쳐간 지도에 대해 루크레시아가 당신에게 아무런 설명도 하지 않았다고 말하는 건가? 버마에 대해서 아무것도 아는 게 없다고?"

"거짓말이야. 나한테 맡겨. 사실을 털어놓도록 만들겠어."

말콤이 말했다.

"진정해, 말콤."

투생 모통은 금팔찌들이 반짝이는 손을 시끄럽게 흔들며 그를 비켜서게 했다.

"우리 친구 비랄보가 너보다는 덜 멍청할 것 같거든……. 말씀해 보시지, 선생."

이번에는 자비에 가까운 관대함과 인내심을 가진 경찰관처럼 말했다.

"루크레시아가 우리를 무서워했다. 알겠소. 참 유감이지만, 이해할 수 있지. 무서웠고 도망쳤다. 한 남자를 죽이는 것을 봤으니. 그날 저녁 인류는 그리 큰 것을 잃지 않았지. 그러나 당신은 당연히 그런 자잘한 것들을 말할 때가 아니라고 말하시겠지. 그것도 이해하겠소. 당신에게 하나만 묻고 싶소. 보아서는 안 됐을 살인에 그렇게 놀란 아름다운 루크레시아가 왜 즉시 경찰서로 가지 않았을까? 쉬웠는데. 우리에게서 도망쳤고 시체가 있는 정확한 장소도 알고 있었어. 하지만 그렇게 하지 않았어……. 왜 그랬는지 상상이 안 가나?"

비랄보는 아무 말도 하지 않았다. 목이 말랐고 눈이 따끔거렸다. 공기 중에 연기가 가득했기 때문이다. 다프네는 옆자리에 앉아 여행하는 사람을 바라보듯 약간 흥미 있게 그를 바라보았다. 그는 눈도 깜박거리지 않고 가만히 있어야 했다. 모든 것을 알지만 숨기고 있다는 듯 보여야 했다. 루크레시아의 편지 한 통이 기억났다. 마지막으로 산세바스티안을 떠난 몇 년 후, 빈 봉투로 발견되었던 마지막 편지였다.

'버마.'

비랄보는 의미를 모르는 주문을 외우듯, 풀 수 없는 신성한 단어를 조용히 속으로 반복했다.

'버마.'

"버마."

투생 모통이 말했다.

"이미 아무것도 존경할 게 없다는 것은 참 슬픈 일이야. 누군가 이 건물을 빌려 그 이름을 더럽히고 완전히 매춘의 소굴로 만들어 버렸지. 거리에서 간판을 보고 다프네에게 말했어. '돌아가신 베르나르도 울만 라미레스 씨가 다시 살아난다면 어떻게 생각하실까?' 하지만 보아하니 베르나르도 씨가 누군지도 당신은 모르는 것 같군. 청춘은 모든 것을 무시하고 뛰어넘고 싶어 하지. 베르나르도 씨 본인이 취리히에서 직접 내게 말한 적이 있지. 당신을 보면 그분을 보는 것 같아. 내게 그러셨지. '모통, 내 세대와 내 위치에 있는 사람들에게 세상의 끝은 이미 와 있다네. 아름다운 그림과 책들을 모으는 것과 세계적인 휴양지를 찾는 것 말고는 다른 위안이 우리에게 없지.' 그분의 목소리를 들었어야 하는데. 예를 들어 '오스발트 스팽글러'나 '아시아' 또는 '문명'을 말할 때 그분은 위엄을 갖추셨지.

앙골라에 포르투갈보다 더 큰 커피 농장과 원시림을 소유하셨어. 그리고 친구여, 호수 한가운데 섬에 으리으리한 궁전도 있었지. 난 본 적이 없어, 불행이지. 하지만 타지마할처럼 모두 대리석으로 만들었다더군. 베르나르도 울만 라미레스 씨는 단순한 지주가 아니셨어. 그분은 밀림 사이에 세운 웅장한 왕국의 우두머리셨지. 그 왕국이 지금은 말라리아에 걸려 누더기를 걸친 집단농장이 되어 버렸지만 말이야. 베르나르도 씨께서는 동양을 사랑하셨고 고급 예술을 사랑하셨지. 그분의 수집품들이 유럽 최고의 것들과 비교되길 원하셨어. '모통, 내가 좋아하는 그림을 발견하면 그것을 사기 위해 얼마를 지불하든 상관없다네.'라고 말씀하셨지. 프랑스 그림들과 옛 지도를 특히 좋아하셨어. 그림을 감별하기 위해서 지구의 반을 돌아서라도 가셨을 분이야. 난 그분을 위해 그림들을 찾으러 다녔고. 나 혼자만은 아니었지. 유럽 전역을 돌아다니는 중개인 열두 명을 두셨지. 어떤 대가라도 말해 보게, 누구라도 괜찮으니. 베르나르도 울만 라미레스 씨는 그 대가의 그림이나 스케치 하나는 가지고 계셨으니. 아편도 좋아하셨지, 뭐하러 숨기겠어, 그렇다고 그분의 위엄이 깎이는 것도 아닌데. 전쟁 중엔 아시아 남동부에서 영국군을 위해 일했고 그곳에서 아편에 맛을 들여 전 세계 어느 사람하고도 비교 못 할 담배 파이프 컬렉션을 가져오셨지. 포르투갈어로 항상 읊던 시 하나가 생각나는군. 한 구절은 이렇지. '동양의 동쪽에 있는 동양.' 지겨우신가? 용서하게, 내가 좀 감성적이라. 나는 베르나르도 울만 라미레스 씨 같은 분이 있을 곳이 없는 문명사회를 경멸하지. 당신이 제국주의를 인정하지 않는다는 것은 이미 알고 있어. 그 점에서도 당신은 말콤과 비슷하지. 당신은 내 피부색을 보고 생각하지. '투생 모퉁은 식민지 제국들을 미워할 거야.' 친구, 오산이야. 말콤이 말하듯이, 제국주의 덕분에 내가 여기 있는 거 아닌가? 그게 아니었다면, 분명 여기는 아니겠지. 당신은 살았겠지만 나는 아프리카 어느 구석 야자나무 꼭대기에서 원숭이처럼 뛰어다니고 있겠지. 북이나 치고, 어쩌면 나무껍질로 가면이나 만들며…… . 로시나 세잔에 대해선 아무것도 몰랐겠지. 그리고 착한 야만인에 대해선 말도 꺼내지 말게나, 부탁일세!"

"세잔에 대해 털어놓으라고 해. 저놈하고 루크레시아가 그림을 어떻게 했는지 말하라고 말이야."

말콤이 말했다.

"친애하는 말콤."

투생 모퉁은 교황처럼 은은한 미소를 지었다.

"언젠간 너의 그 조급함이 너를 망가뜨릴 거야. 생각이 있는데, 이 친구 비랄보를 우리 사업에 끌어들이는 거지. 거래를 하자는 거야. 우리 아리따운 루크레시아와 그의 이해관계는 애정 관계만큼 만족스럽지 않을 수도 있지 않겠나…… . 이것이 내 제안이네, 친구. 최고의 제안인 동시에 마지막 제안일세. 우리의 것을 되찾는 데 좀 도와주면 우리가 이익을 나눌 때 당신을 끼워 주겠다는 거야. 다프네, 기억나니? 포르투갈 사람한테도 이런 제안을 했었지…… ."

"협상은 없어."

말콤이 말했다.

"내가 여기 있는 동안은 안 되지. 우릴 속일 수 있다고 생각한다고, 투생. 저자한테 말하는 동안에도 저자는 널 비웃고 있어. 그림이 어디 있는지 말해, 돈이 어디 있는지 말하라고, 비랄보. 말해, 아니면 널 죽여 버리겠어. 지금 당장."

권총 손잡이를 너무나 세게 쥐어 손가락 마디가 하얗게 변했고 손은 떨렸다. 다프네는 비랄보에게서 천천히 떨어져 등을 벽에 기대고 일어섰다.

"말콤."

낮은 목소리로 투생 모통이 말했다.

"말콤."

하지만 말콤은 그 목소리를 듣지 못했고 그를 보지도 못했다. 다만 비랄보의 움직이지 않는 조용한 눈만 바라보았다. 그는 비랄보가 겁을 먹거나 굴복하기를 바라는 듯했다. 권총을 쥔 손처럼 굳은 모습으로 말없이 지속되는 원한을, 패배의 품위와 기억에서 잊혀 허무하고 거의 다 흩어져 버린 분노를 내보이고 있었다.

"일어나."

말콤이 말했다. 비랄보가 일어서자 가슴 한가운데 총을 들이댔다. 가까이에서 보니 그것은 쇠뭉치처럼 커다랗고 위협적이었다.

"지금 당장 말해. 아니면 죽여 버리겠어."

후에 비랄보는 무슨 말을 하는지도 모르고서 그냥 말했다고 내게 털어놓았다. 그 순간 공포 때문에 오히려 그는 어떤 것도 두렵지 않았다. 비랄보가 말했다.

"말콤, 쏴. 그래 주면 좋겠군."

"어디서 그런 얘길 들었더라?"

투생 모통이 말했다. 하지만 비랄보에게 그의 목소리는 다른 방에서 들려오는 것 같았다. 자기 앞엔 단지 말콤의 눈동자만 보였기 때문이다.

"「카사블랑카」. 보가트가 잉그리드 버그만에게 그렇게 말했지."

다프네가 말했다. 아무렇지도 않은 듯 정확하게.

그 말을 듣고서 말콤의 얼굴에 변화가 일어났다. 다프네를 보았고 손에 권총을 들고 있다는 것을 잊었다. 숨어 있던 분노와 비정함이 그의 입을 우그러뜨리고 그의 두 눈을 더욱 작게 만들었다. 비랄보에게 시선을 돌려 몸을 들이댔다.

"영화라고."

말콤이 말했지만 무슨 말인지 이해하기 아주 힘들었다.

"너희들에게 중요한 것은 그것뿐이야, 그렇지? 영화를 모르는 사람을 무시하고 영화에 대해서, 너희들의 책에 대해서, 너희들의 음악에 대해서만 말했지. 하지만, 난 너희들이 너희들 자신에 대해서 얘기하고 있었다는 것을 알아. 아무도, 그 무엇도 너희들에겐 중요하지 않았어. 너희들에게 현실은 부족하거든, 그렇지?"

비랄보는 말콤의 육중하고 커다란 몸집이 자기 위로 무너질 듯 다가오는 것을 보았다. 너무나 가까이서 본 그의 눈은 진짜 같지가 않았다. 뒷걸음치면서 의자와 부딪쳤지만 말콤은 눈사태처럼 계속 다가왔다. 비랄보는 그의 복부를 걷어차고선 넘어지는 그를 피하려 한쪽으로 비켜섰다. 그때 비랄보 앞에 권총을 쥔 손이 보였고, 그 손을 쳤는지 물었는지 모르지만 그 순간 어둠이 그를 덮쳤다. 그리고 다시 눈을 떴을 때 권총은 자신의 오른손에 있었다. 권총을 단단히 쥐면서 일어섰다. 말콤은 무릎을 꿇은 채, 얼굴을 그 긴 의자에 파묻고 아직 배를 움켜쥐고 있었다. 다프네와 투생 모통은 그를 바라보며 뒤로 물러났다.

"진정해. 진정하라고, 친구."

모통이 중얼거렸다. 하지만 미소를 짓지는 못했다. 지금 그를 겨누는 권총에서 눈을 떼지 못했다. 비랄보는 몇 발자국 뒷걸음질 치고서 빗장을 찾으려고 문을 더듬었지만 찾지 못했다. 말콤이 얼굴을 돌려 그를 바라보고는 아주 천천히 일어섰다. 결국 문이 열렸고 비랄보는 뒤로 걸어 나가며 영화 속 영웅들이 그렇게 나간다는 것을 떠올렸다. 단번에 문을 쾅 닫고 철제 계단 쪽으로 내달렸다. 금발 아가씨들이 술잔을 들이켜던 바의 분홍빛 어둠을 지나고서야 아직 손에 권총을 들고 있다는 사실과 많은 사람들이 놀라움과 두려움에 싸여 그를 바라보고 있다는 것을 알아차렸다.

15

거리로 나왔다. 갑자기 얼굴에 저녁의 습한 공기가 닿자 왜
무섭지 않았는지 깨달았다. 루크레시아를 잃었다면 아무것도
중요하지 않았다. 외투 호주머니에 그 무거운 권총을 넣고 몇
초 동안은 뛰지 않았다. 가끔 꿈속에서 우리를 움직이지 못하
게 하는 그런 이상한 노곤함에 안정을 얻었다. 그의 머리 위로
는 "버마 클럽"이라 쓰인 간판이 텅 빈 발코니 아래 높은 담벼
락을 비추면서 빠르게 깜빡거렸다. 양손을 주머니에 넣고, 마
치 도착했어야 할 시간에 늦은 듯 걸음을 재촉했다. 뛸 수는
없었다. 아시아의 항구라도 되는 양 많은 동양인들을 포함해
무수한 사람들이 거리를 차지했기 때문이다. 네온사인 아래
푸른색이나 녹색으로 물든 얼굴들, 홀로 있는 수수께끼 같은
여자들, 자기들에게만 들리는 리듬에 맞추어 움직이는 듯한 흑
인 무리, 거리 위에서 네온의 글자들로 반짝이는 상하이, 홍콩,
고아, 자카르타 같은 이름의 도시가 그리워 모여 있기라도 한

듯한 구릿빛 뺨의 동양인으로 보이는 남자들이 있었다.

질식해 죽어 가고 있음을 아는 사람처럼 죽음을 받아들이는 평온이 느껴졌다. '버마'라는 간판을 돌아보았다. 마치 전혀 움직이지 않았던 것처럼 아직도 너무 가까웠다. 1초 1초가 1분처럼 느껴졌다. 셀 수 없이 많은 얼굴들 사이에서 말콤, 투생 모통, 다프네의 얼굴, 또 루크레시아의 얼굴까지도 찾으려 했다. 뛰어야 한다는 것을 알면서도 그러고 싶지 않았다. 기상을 미루며 조금만 더 자자고 눈을 붙이지만 1분도 채 지나지 않아서 다시 일어나야겠다고 마음먹는 것과 똑같았다. 권총은 너무나 무거웠고 너무나 많은 얼굴들과 몸뚱어리들이 있었기에 그들 사이에서 길을 튼다는 것은 수십 겹의 빽빽한 밀림에서 나아가는 것 같았다고 내게 말했다. 그때 등을 돌리자 말콤이 보였다. 말콤의 파란 두 눈도 멀리서 비랄보를 발견했다. 하지만 말콤은 여전히 똑같은 속도로 천천히 다가왔다. 무성한 잡초에 부딪히며 힘찬 물줄기를 거슬러 헤엄치는 듯했다. 말콤은 다른 사람들보다 키가 더 컸고, 뭍에 도달하기를 간절히 바라는 것처럼 비랄보에게 집착했는데, 그 때문에 두 사람의 움직임은 더욱 느려졌다. 계속해서 서로만 바라보느라 그들이 보지 못한 사람들의 몸에 부딪혔기 때문이다. 때로는 사람들에 파묻혀 서로의 시야에서 사라지기도 했지만 다시금 서로를 발견했다. 길은 끝이 없었다. 점점 더 어두워졌고, 인파와 클럽들의 불 켜진 간판도 줄어들었다. 비랄보는 어느새 아무도 없는 거리 한가운데 혼자 가만히 서 있는 말콤을 봤다. 그는 자신의 그림자 앞에 멈추어 두 다리를 벌리고 서 있었다. 비랄보는 정말로 달리기 시작했다. 여러 골목들이 자동차 헤드라이트 앞에 펼쳐진 도로처럼 그 앞에 나타났다. 등 뒤에서 말콤의 발자국 소리가 계속 들렸다. 그의 헐떡이는 숨소리까지도 들렸다. 아주 멀리서 또 아주 가까이서, 반짝거리며 환하게 밝은 텅 빈 광장의 고요 속에서 들리는 위협이나 호소 같았다. 여러 기둥이 세워진 광장들, 창문들이 줄지어 늘어선 거리, 그곳에서 그와 말콤의 발자국 소리는 한 음으로 울렸다. 피로 때문에 숨이 막히고 거리와 시간에 대한 감각이 사라졌다. 그는 리스본이자 산세바스티안에 있었다. 과거 어느 날 밤 투생 모통에게서 도망쳤듯 말콤에게서 도망치고 있었다. 미로와 추적이 돼 버린 음모를 꾸몄던 음험한 도시를 따라다니며 행해지던 추적은 결코 끝나지 않았던 것이다.

여기서 거리들이 갑자기 똑같아 보였는데 마치 계획도시 같았다. 부분적으론 저녁의 어둠에 묻혔고, 약하긴 하지만 확실하게 사람 사는 도시의 기운이 느껴지는 좀 더 밝은 광장의 광경이 펼쳐졌다. 계속 멀어져 가는 신기루라도 되듯 비랄보는 그 불빛을 향해 달려갔다. 등 뒤에서 느릿한 전차 소리가 말콤의 발소리를 지워 버렸다. 표류하는 선박처럼 높고 노란 그리고 텅 빈 전차가 자기 옆을 지나 조금 더 저쪽에 가서 멈춰 서는 것을 보았다. 어쩌면 탈 수 있을 것 같았다. 누군가 내렸고 열차가 다시 움직이기까지는 시간이 좀 걸렸다. 비랄보가 가까스로 그곳에 도착했을 때 열차는 천천히 움직이기 시작해서 점점 멀어지며 좌우로 기우뚱거렸다. 역에서 기차를 놓친 사람처럼 비랄보는 움직일 수 없었다. 입과 두 눈을 완전히 벌리고서 얼굴의 땀과 입술의 침을 닦으며 말콤으로부터 도망쳐야 한다는 것도 잊은 채 서 있었다. 얼굴을 돌리는 데 감당할 수 없는 노력이 필요했지만 그는 천천히 돌렸다. 그리고 불과 몇 미터 떨어져 말콤이 서 있는 것을 보았다. 건너편 보도 가장자리에 붕괴하려는 건물의 외장처럼 거친 숨을 몰아쉬고 기침을 해 대고 붉은 머리카락을 얼굴에서 쓸어 넘기며 서 있었다. 비랄보는 호주머니에서 권총 손잡이를 쥐었다. 번개 같은 환영이 보였다. 자신이 말콤을 향해 총을 겨누고 쏘아 선로 위로 소리 없이 그의 육체가 떨어지는 모습이었다. 눈 깜짝하는 것만큼이나 쉬울 듯했다. 하지만 이미 말콤은 비랄보를 향해 걸어오고 있었다. 걸음마다 모래로 된 거리에 빠져 들어가는 것 같았다. 비랄보는 다시 뛰었다. 하지만 이제 더 이상은 뛸 수 없었다. 왼편으로 좀 더 어두운 골목 입구와 계단, 홀쭉하고 높은 탑이 보였다. 이치에 맞지 않게 주변의 지붕보다 더 높게 지어진 그 건물은 외롭게 고딕 양식의 창문들과 철제 쇠창살을 자랑하고 있었다. 그는 한 줄기 불빛을 향해 달려가자, 반쯤 열린 문에 한 남자 있었다. 허리에 동전이 가득한 주머니를 맨 수금원이 그에게 표를 건넸다.

"15에스쿠도입니다."

수금원이 말하자 비랄보는 안쪽으로 그를 밀치고 녹슨 철문 같은 것을 조금씩 닫은 후 구리 손잡이를 돌렸다. 그러자 미처 살펴보지도 못했던 그 구조물이 증기선의 목재들처럼 떨리더니 삐걱거리면서 올라가기 시작했다. 그때 말콤이 철문 건너편에서 그것을 붙잡고 흔들어 댔다. 그는 아래로 꺼져 갔다. 비랄보는 얼떨결에 엘리베이터 안에 있었고, 이제 계속해서 뛸 필요가 없었다. 그러는 사이에 말콤은 완전히 사라져 버렸다.

수금원, 머릿수건을 두른 여인, 구레나룻을 기르고 수수한

코트를 입은 남자, 이들은 조심스럽게 못마땅한 눈치로 그를 바라보았다. 무엇인가를 씹고 있던 너부데데한 여인은 비랄보의 진흙으로 더러워진 구두와 와이셔츠 자락, 그리고 땀에 젖고 상기된 얼굴, 게다가 계속 외투 주머니에 숨기고 있는 그의 오른손을 천천히 살폈다. 엘리베이터가 올라갈수록 고딕풍 창 저편으로 도시가 더욱 넓어지고 멀어져 갔다. 빛의 호수 같은 하얀 광장들, 흐릿하게 보이는 강어귀의 어둠을 마주하고 지붕들 위에서 어렴풋이 반짝이는 간판들, 강렬한 조명등이 비추는 성을 최고봉으로 하여 언덕에 서 있는 여러 건물들이 보였다.

엘리베이터가 멈추자 그는 어디냐고 물었다. 수금원은 도시에서 가장 높은 지점이라고 말했다. 배의 갑판처럼 차가운 바닷바람이 부는 통로로 향했다. 어쩌면 아직도 말콤이 헤매고 있을 거리에는 버려진 집들의 계단과 담벼락이 수직으로 뻗어 있었다. 폐허가 된 성당의 탑 옆에는 택시 한 대가 서 있었다. 불빛을 밝히면 갑자기 놀라 미심쩍어 움직이지 않는 벌레 같았다. 그는 역으로 가 달라고 택시 운전사에게 말했다. 어둠에 묻힌 모퉁이들에서 서성이는 얼굴들을 살피며 뒷유리로 다른 차의 불빛을 찾았다. 그러고 나서는 피곤함에 비닐 등받이로 무너져 내렸고 아주 한참을 그렇게 계속 갔으면 싶었다. 반쯤 눈을 뜨고 그는 바닷속 경관에 빠져들듯 도시 속으로 빠져들었다. 여러 장소와 동상들, 오래된 가게나 대형 마트의 간판들, 그리고 아주 오래전에 나왔던 것만 같은 자신의 호텔 로비를 알아보았다.

기차역들은 물론이고 리스본 전체가 계단의 미로라고 비랄보는 내게 말했다. 아무리 올라도 가장 높은 곳에 이를 수가 없는 것이다. 계단을 오르는 사람들 위로는 항상 원형 지붕이나 탑, 아니면 접근할 수 없는 노란 집들이 줄을 지어 있다고 말해 주었다. 그는 에스컬레이터와 오줌 자국 가득한 통로를 지나서 매일 아침 빌리 스완을 만나러 가기 위해 기차를 타던 승강장으로 올라갔다.

한두 번쯤 아직도 자기를 쫓아올 것이라는 생각에 두려워졌다. 뒤를 돌아보면 모든 시선이 전부 비밀스러운 적의 시선 같았다. 종착역 술집에서 승강장에 아무도 남지 않을 때까지 기다렸다가 술 한 잔을 들이켰다. 검표원들과 웨이터들의 시선이 두려웠다. 그 시선들과 등 뒤에서 들려오는 알아들을 수 없는 말들 속에 어쩌면 빠져나올 수 없을 계략이 있을지도 모른다는 생각이 들었다. 그들은 그를 바라보았다. 어쩌면 그를 알아보았을지도 몰랐다. 도망자이자 이방인이라고 의심하는 듯했다. 화장실 세면대에 걸린 거울에 비친 자신의 얼굴이 무서웠다. 헝클어진 머리와 창백한 얼굴에, 풀린 넥타이는 교수형 당할 때의 밧줄처럼 목에 걸려 있었다. 하지만 가장 두려웠던 것은 처음으로 보는 자신의 이상한 두 눈이었다. 불과 몇 시간 전의 눈빛이 아니었다. 자신을 동정하는 동시에 심판하는 것 같았다.

"나야."

그는 거울에서 움직이는 부드러운 입술을 바라보며 큰 소리로 말했다.

"산티아고 비랄보야."

그렇지만 사물들, 어두운 장소들, 연기가 나오는 굴뚝이 있는 지붕으로 둘러싸인 궁전의 원뿔 탑들, 숲길은 원래 모습대로였다. 그 신비스럽고도 조용한 모습은 밤의 적막함 때문에 더욱 확실해졌다. 요양원의 정문에서 한 남자가 여러 꾸러미와 가방을 커다란 차에 싣고 있었다. 리스본의 낡아 빠진 택시와 비교할 수 없을 화려한 택시였다.

"오스카."

비랄보가 말했다. 그 남자는 비랄보를 향해 돌아섰다. 어둠 속에서 비랄보를 알아보지 못했기 때문이다. 그는 조심스럽게 콘트라베이스를 뒷자리에 기대어 놓았다. 누군지 보고서야 어둠 속에서 그의 미소만큼이나 새하얀 손수건으로 이마를 닦으며 웃어 보였다. 그가 말했다.

"우리 떠나. 오늘 저녁. 빌리가 자신의 상태가 좋아졌다고 스스로 결정해 버렸어. 자네 호텔에 연락하려 했는데. 알잖아, 내일 당장 연습을 시작하고 싶어 해."

"어디 있나?"

"안에, 지금 수녀한테 작별 인사를 하는 중이야. 자기의 마지막 위스키 병을 선물할까 봐 걱정스럽네."

"정말 이젠 술 마시지 않는다는 게 사실이야?"

"오렌지 주스. 자신은 죽었다고 하더군. '오스카, 죽은 자들은 술을 금기시하지.' 그러더라. 담배는 많이 피우지만 오렌지 주스를 마셔."

오스카는 갑작스럽게 몸을 돌려 콘트라베이스와 가방들을 택시 안에 마저 집어넣었다. 오스카가 택시에서 나오자, 비랄보는 열려 있는 차문에 기대서서 그를 바라보았다.

"오스카, 질문 하나만 할게."

"물론이지. 경찰관 같은 얼굴을 하고 있군."

"요양원 비용은 누가 지불했지? 오늘 아침에 청구서를 봤어.

아주 비싸던데."

"빌리에게 물어봐."

오스카는 시선을 피하며 비켜서서 손수건으로 손의 땀을 닦았다.

"저기 오는군."

비랄보는 그를 가로막고 가지 못하게 했다.

"오스카, 나한테 거짓말하라고 시켰지, 그렇지? 루크레시아가 왔었다는 얘기를 못 하게 한 거지?"

"무슨 일이야?"

빌리 스완이 큰 키에 병약한 몸을 외투로 둘러싸고, 안경 바로 위까지 모자를 눌러쓰고, 담배를 물고 트럼펫 가방을 든 채 불빛을 등지고 그들에게 걸어왔다.

"오스카, 택시 운전사한테 이제 출발해도 된다고 얘기하게."

"빌리, 지금 당장 그렇게 할게요."

오스카는 처벌을 면하게 된 사람처럼 안도하며 그의 말을 따랐다. 그는 빌리 스완을 성스러운 존재처럼 떠받들었는데, 때로 그것을 두려움과 구분하지 못했다.

비랄보가 말했다.

"빌리, 술을 많이 마시거나 전날 밤 한숨도 못 잤을 때처럼 당신 목소리가 떨리는 것을 느낄 수 있어. 어디 있는지 말해 줘요."

"자네, 얼굴이 안 좋아 보이는군."

빌리 스완은 비랄보 곁에 아주 가까이 있었지만 비랄보는 그의 눈을 볼 수 없었고, 단지 반짝이는 안경알만 보았다.

"나보다 더 죽을상이군. 날 보는 것이 즐겁지 않나? 이 늙은 스완이 살아 있는 사람들의 왕국으로 다시 돌아왔는데."

"빌리, 루크레시아에 대해 묻는 거예요. 어디에 가면 그녀를 만날 수 있는지 말해 주세요. 위험하단 말예요."

빌리 스완은 그를 제치고 택시에 올라타려고 했지만, 비랄보는 움직이지 않았다. 너무 어두워 빌리 스완의 표정은 보이지 않았고, 모자챙 아래 그늘은 그 표정을 더욱 신비스럽게 만들었다. 그러나 빌리 스완은 비랄보를 확실히 보았다. 로비의 불빛들이 그의 얼굴을 비추고 있었다. 그가 트럼펫 가방을 바닥에 놓고 담배를 짧게 한 모금 빨자, 거친 입술 선이 보였다. 그러고는 담배를 버렸다. 그리고 아주 천천히 장갑을 벗고 마치 손가락들이 굳어 있던 것처럼 손가락을 풀었다.

"지금 당장 자네 얼굴을 봐야 할 것 같은데. 위험에 빠진 사람은 바로 자네 같구먼."

"빌리, 이렇게 저녁 내내 있을 시간이 없어요. 그 사람들보다 먼저 그녀를 봐야 해. 그녈 죽이려 한단 말예요. 나도 그들에게 죽을 뻔했다고요."

문 닫히는 소리가 들렸다. 뒤따라서 말소리와 바닥에 깔린 자갈 위로 걷는 발자국 소리가 들렸다. 오스카와 택시 운전사가 그들을 향해 왔다.

"우리와 같이 가지. 자네 호텔로 데려다 줄게."

빌리 스완이 말했다.

"빌리, 내가 안 가리라는 것을 알잖아요."

택시 운전사는 이미 시동을 걸었다. 하지만 비랄보는 앞문에서 떨어지지 않았다. 추웠고 약간의 열도 있었다. 급박하면서 어지러운 느낌이 들었다.

"루크레시아가 어디 있는지 말해 줘요."

"빌리, 언제라도 원한다면 출발할게요."

오스카가 커다란 곱슬머리를 창문으로 빼고 비랄보를 믿지 못하겠다는 듯한 눈빛으로 바라보았다.

"이봐, 그 여잔 너한테 맞지 않아."

빌리 스완이 말했다. 그리고 단호한 몸짓으로 그를 한쪽으로 밀쳤다. 차 문을 열어 앞좌석에 트럼펫 가방을 두고서 너무 서둘지 말라고 택시 운전사에게 딱딱한 영어로 부탁했다. 시동이 꺼졌다.

"어쩌면 그녀 탓이 아닐 수도 있지. 네 안에 있는 그 무엇 때문일 수도 있어. 그녀와는 아무 상관 없고 너를 파멸로 데려가는 그 무엇일 수도 있다고. 위스키나 헤로인 비슷한 것이지. 나는 내가 무슨 말을 하는지 알아, 또 내가 알고 있는 것을 너도 알고 있어. 바로 지금 네 눈을 보는 것만으로도 충분히 알 수 있어. 술병 한 상자와 함께 일주일 동안 틀어박혀 있을 때의 내 눈을 닮았지. 택시에 타. 호텔에 박혀 있으라고. 12일 날 연주하고 나서 여기를 떠나자. 비행기에 오르자마자 리스본엔 온 적도 없게 될 걸세."

"이해를 못 하는군요, 빌리. 나 때문에 그러는 게 아녜요. 그녀를 위해서야. 그들이 그녀를 발견하면 죽이려 들 거예요."

빌리 스완은 모자를 쓴 채로 택시 안쪽에 편하게 자리 잡았고 무릎 위에 검은 케이스를 올려놓았다. 아직 문은 닫지 않았다. 시간을 좀 더 주기 위해서인 듯 담배에 불을 붙이고 비랄보에게 연기를 내뿜었다.

"너는 네가 그녀를 찾고 있었다고 생각하지? 전날 우연히 기차에서 그녈 보았다고 했지. 하지만 그녀가 먼저 너를 찾았고, 난 네가 아무것도 모르게 하고 싶었다. 너를 만나지 말라고 부탁했어. 그녀는 오스카처럼 날 두려워하기 때문에 내 말을 따라 줬다. 미국으로 가기 전 우리가 연주했던 스톡홀름의 극장을 기억하나? 그곳에서 관객들 사이에 있었지. 리스본에서 우리를 보러 온 거야. 너를 보려고 말이지. 그리고 얼마 뒤, 함부르크에선 네가 오기 5분 전에 내 대기실에서 나갔지. 날 이곳으로 데려온 사람이 그녀였고 의사들에게 비용을 미리 지불한 사람도 그녀였어. 지금은 돈이 많아. 혼자 살고 있고. 지금도 너를 기다리고 있을 거다. 그녀의 집에 가는 방법도 내게 설명해 줬지. 저기 아래쪽 역에서 20분마다 해변으로 떠나는 기차가 있어. 마지막 역 바로 전 역에서 등대가 보이면 내려. 등대를 뒤로하고 바다를 왼편에 두고 800미터쯤 걷게. 집에는 탑이 있고 담벼락에 둘러싸인 정원이 있다고 했어. 철문엔 포르투갈어로 이름이 하나 쓰여 있다고 했어. 뭐였는지는 묻지 마. 포르투갈어로는 단어 하나도 기억하지 못하겠으니까. 늑대들의 집인가 그랬네."

"'늑대들의 별장.' 난 기억하지."

어둠 속에서 오스카가 말했다.

빌리 스완은 택시 문을 닫았고 창문 유리를 올리는 동안 태연히 계속 비랄보를 바라보았다. 택시 운전사가 나무 사이로 난 오솔길로 차를 돌릴 때, 잠시 동안 불빛이 빌리 스완의 얼굴을 환하게 비쳤다. 비랄보는 그의 얘기를 듣는 내내 그 얼굴을 쳐다보지 못했다. 이제 그 삐쩍 마르고 굳은 얼굴은 어느 사기꾼의 얼굴 같았다.

16

그가 호텔 방에서 오랫동안 계속해서 내게 말하던 것이 생각난다. 담뱃불을 붙이거나 얼음이 모두 녹아 버린 잔에 입을 대려고 잠시 멈추는 것을 제외하면 얘기는 끊이지 않았다. 담배와 이야기에 중독된, 마지막 날 밤이었다. 아주 늦은 시각, 새벽 서너 시쯤이었는데, 그는 냉정하게 불러내기 시작한 장소들과 이름들에 푹 빠져 있었다. 그 밤이 끝날 때까지 계속 얘기할 작정이었다. 오늘 이곳 마드리드에서 우리가 지금 나누고 있는 미래의 밤뿐 아니라 그의 이야기 속에서 복면을 한 적군처럼 그와 나를 지배하기 위해 다시 떠오른 그 마지막 날 밤이 끝날 때까지 말이다. 그가 내게 이야기를 하고 있었던 것이 아니다. 이전에 음악이 그를 사로잡았듯 뜻밖에도 이야기가 그를 사로잡았던 것이다. 이야기는 숨 쉴 겨를도, 입을 다물거나 결정할 기회도 주지 않았다. 하지만 그의 느리고 침착한 목소리나 두 눈엔 그런 것들이 비치지 않았다. 말하는 동안 그의 눈은 날 바라보지 않았고 담뱃불에, 컵 속 얼음에, 닫힌 커튼에 고정되어 있었다. 그런다고 안심이 되는 것도 아니었지만, 가끔씩 나는 살짝 커튼을 들어 반대편 보도에서 누군가 우리를 감시하고 있는지 확인했다. 비랄보는 객관적이면서도 조심스럽게 다른 이의 삶에 대해 고백하는 사람처럼 말했다. 어쩌면 마지막까지 이야기를 멈추지 않았던 것은 우리가 다시 볼 수 없으리라는 것을 이미 알고 있었기 때문일지도 모른다.

 "그리고 그때, 루크레시아가 어디 있는지 알게 되고, 빌리 스완의 택시가 떠나 숲길에 나 혼자 남았을 때, 모든 것이 전과 똑같아졌어. 산세바스티안에 있을 때, 그녀와 약속하면, 그녀를 만나는 시간까지 몇 시간 몇 분이 내 생보다 더 길게 느껴졌고, 그녀가 날 기다리던 술집이나 호텔이 세상 반대편에 있는 것 같았는데, 그때도 그런 거야. 이미 가 버려서 그녀를 볼 수 없을까 봐 드는 두려움도 과거와 똑같았지. 산세바스티안에서 처음 그녀를 만나러 갈 때는 지나가는 택시들을 모두 살폈어. 길이 엇갈려 그녀가 다른 택시를 타고 지나갈까 봐서……"

 그녀를 잊는 것이 불가능함을 깨달았다. 산세바스티안을 떠난 그때부터 자신의 의식 속에서 내던져 버린 유일한 현실이 꿈속으로 숨어 버렸음을 깨달았다. 의지도 미움도 다가갈 수 없는 꿈속으로, 오륙 년 전, 두 사람 모두 아직 욕구와 순수함을 향한 용기를 잃지 않았던 그때, 루크레시아의 옛 얼굴을 보여 주고 상처를 주지 않는 포근한 꿈속으로. 스톡홀름, 뉴욕, 파리의 생소한 호텔에서 몇 주씩 루크레시아에 대한 생각을 하지 않은 채 지내다가도 스쳐 가는 여인에 흥분하거나 즐거움에 휩싸이다가 깨어나면 그 꿈이 떠올랐다가 다시 지워졌다. 그 꿈속에선 그녀와 같이 완전한 행복을 누린 최고의 날들과 오로지 그 시절의 세상에만 있다가 사라져 버린 색깔들을 모호한 아픔이 비춰 주었다. 그 꿈들 속에서처럼 지금 그는 그녀를 찾고 있었다. 그녀를 보진 못했지만 그를 바다로 이끌던 나무들과 저녁 언덕의 풍경 속에서 그녀를 느낄 수 있었다. 기차에서 내려야 할 시간에 맞춰 등대의 불빛을 보지 못할까 봐 두려워 모든 불빛을 살폈다. 자정이 넘어서인지 비랄보가 탄 칸에는 다른 여행객이 없었다. 검표원은 종착역 전 역까지 10분이 남았다고 알려 주었다. 타원형의 창으로 다음 객차의 금속 칸막이들이 움직이는 것이 보였다. 그 칸에도 아무도 없는 것 같았다. 시계를 봤지만 검표원이 시간을 알려 주고 나서 몇 분이나 더 지났는지 가늠할 수 없었다. 외투를 입으려 할 때 말콤의 얼굴을 보았다. 유리창 구석에 얼굴을 대고서 자신을 바라보고 있었다.

일어섰다. 근육은 굳었고 무릎이 아파 왔다. 기차가 너무나 빠른 속력으로 내달려 제대로 서 있을 수도 없었다. 말콤도 마찬가지였다. 균형을 잃지 않기 위해서 두 다리를 벌리고 움직이지 않았다. 그러는 동안 레일 위로 달리는 기차 바퀴에서 나는 소음과 굄목의 삐걱거리는 소리, 굽은 길에서는 빠져 버릴 듯 요동치는 쇠 이음새의 마찰음을 비랄보도 들을 수 있었다. 객차의 문이 날카롭고 차가운 바람에 열려 말콤 앞에서 왔다 갔다 하며 연신 부딪혔다. 비랄보는 등받이 윗부분을 두 손으로 잡으며 통로로 도망쳤다. 객차의 다른 쪽 문을 열려고 했지만 열리지 않았고 말콤이 더욱더 가까이 다가와서 이젠 그자의 푸른 눈을 알아볼 수 있을 정도였다. 비랄보는 엉뚱하게도 문을 안쪽으로 당겨 열려고 애쓰느라 열지 못했던 것이다. 갑작스레 기차에 제동이 걸리는 바람에 비랄보의 몸이 문을 쳤고 바닥에 균열이 생긴 듯 움직이는 객차 연결대에 놀라 현기증이 일었다. 그는 아무것도 없는 공간, 두 객차 사이의 공간, 레일들이 불꽃을 튀기며 사라지는 어둠 위에 있었다. 그 어둠 속에서 호흡을 끊어 버릴 정도로 바람이 불었고 고작 허리까지밖에 안 오는 난간으로 내동댕이쳐졌다. 그는 그 난간을 붙잡았는데, 토하기 일보 직전의 느낌 같았다.

돌아보니, 말콤이 바로 문 반대편에 있었다. 단 한 발자국 거리였다. 번개 같은 몸짓으로 난간에서 손을 떼고 다음 칸으로 한 번에 넘어가야 했다. 아래를 보아선 안 된다. 우물 같은 어둠이 삼킨 가파른 자갈길 위로 철판들이 어떻게 움직이는지 보아선 안 된다. 두 눈을 감은 채 몸을 날렸고, 문이 열렸다가 그의 등 뒤로 쾅 닫혔다. 텅 빈 칸의 복도를 달려 다른 쪽 문의 또 다른 타원형 창문으로 향했다. 아무도 없이 줄지어 놓인 좌석들과 노란 불빛들, 바람에 잠재워진 어둠의 구렁텅이들은 끝나지 않을 것 같았다. 마치 기차가 말콤에게 쫓기는 자기 혼자만을 위해 달리는 듯했다. 그가 루크레시아를 찾으러 갈 수 있도록. 말콤은 이제 보이지 않았다. 어쩌면 그 역시 다른 객차에서 나오지 못하는 것일지도 몰랐다. 부딪치는 소리들이 들렸다. 타원형 창문에 말콤의 얼굴이 드리워진 것을 보았다. 말콤은 이미 문을 여는 데 성공했는데도 문에 발길질을 해 댔고 바람에 머리카락을 흩날리며 다가왔다. 비랄보는 다시 어둠으로 나와 난간의 얼어붙은 봉을 붙잡았지만 더 이상 다른 문이 없었다. 차가운 금속의 회색 담장, 기관차의 연결 부분에 도달한 것이다. 그리고 말콤은 바람을 몸으로 막으며 걷듯 몸을 앞으로 기울이고서 천천히 다가오고 있었다.

권총이 생각났다. 외투에 두었다는 것도 떠올랐다. 기차가 속력을 줄이기라도 한다면 뛰어내려 보련만······. 하지만 기차는 비탈에 내버려진 듯 달려 나갔고 말콤은 이미 그와 비랄보 사이를 나눈 마지막 문을 열고 있었다. 비랄보는 그가 절대로 도착하지 않을 듯, 기차의 속도가 그들을 갈라놓아 주기라도 바라는 듯 물결 모양의 철판에 등을 기대고 서 있었다. 말콤의 펼쳐진 손에 권총은 없었다. 그의 입술이 움직였다. 무슨 말을 외치는 듯했다. 하지만 바람과 기차 소리는 그의 말소리, 분노에서 우러나온 쓸데없는 용기를 없애 버렸다. 말콤은 두다리를 쫙 벌리고 두 손을 펼친 채 비랄보를 향해 몸을 날렸다. 아니면 그에게 내던져졌다. 싸우는 게 아니었다. 서로 껴안았든지 아니면 밑으로 떨어지지 않으려고 어설프게 한쪽이 다른 사람에게 기댄 것 같았다. 철판 위에서 그들은 미끄러져 무릎을 꿇었다. 서로 뒤엉켜 일어서서는 다시 넘어졌다가, 허공으로 동시에 내던져졌다. 비랄보는 숨소리를 들었다. 자신의 숨소리였는지 말콤의 숨소리였는지 몰랐다. 쌍스러운 말들, 어쩌면 자신이 내뱉었을 말들이 영어로 들렸다. 할퀴고 주먹질을 하다가 묵직한 몸무게를 느꼈고 어렴풋이 쇠 모서리에 머리를 찍힌 듯했다. 일어서서 불빛들을 보았다. 이마를 타고 내리는 따뜻하고 축축한 무엇인가가 시야를 가렸다. 손으로 눈을 닦았고 말콤이 옆에서 정신을 차리고 일어나는 것을 보았다. 그는 진흙탕에서 솟아오르는 듯 천천히 양손으로 비랄보의 바짓자락과 찢어진 재킷 호주머니를 붙잡으며 일어섰다. 그 어느 때보다 더 크고 허여멀건 말콤이 몸을 움직여 비랄보의 목으로 손을 뻗었다. 비랄보가 한쪽으로 비켜서자 말콤이 제방, 아니 밤의 깊이를 검사하려는 양 한순간 난간 위로 몸을 굽히는 것처럼 보였다. 비랄보는 새의 날개처럼 그의 손이 펄럭거리는 것을 보았고, 기차가 넘어질 듯이 덜컹거릴 때 공포와 애원의 시선을 보았다. 말콤은 철판 위로 떨어졌다. 브레이크 소리처럼 날카롭고 긴 비명이 들렸고, 마치 어둠이 그 비명에서 구해 주기라도 바라는 듯 비랄보는 두 눈을 감아 버렸다.

계속 바닥에 눌어붙어 있었다. 두 발로는 지탱할 수 없을 정도로 떨렸기 때문이다. 나무 사이로 집과 기찻길, 건널목들이 외롭게 서 있었고 건널목 차단막 뒤에서 자동차들이 기다리고 있었다. 이젠 기차도 좀 더 천천히 달렸다. 비랄보는 무릎을 꿇고 앉아 얼굴에 지저분하게 흥건한 물기를 다시 닦아 냈다. 여전히 떨며 더듬더듬 손잡이를 찾아 일어섰다. 기차가 거의 정지했을 때 나무들 뒤로 높은 곳의 불빛을 보았다. 불빛은 시계추의 왕복운동만큼이나 정확한 박자에 맞춰 사라졌다가 다시 돌아왔다. 꿈 또는 완전한 기억상실에서 돌아와 정신을 차리듯, 어디까지 왔는지 또 왜 그곳에 있는지 떠올리고서 깜짝 놀랐다.

아무도 보지 못하게 기찻길로 뛰어내려 버려진 객차들 사이를 걸었다. 역의 불빛에서 멀어지면서 수풀 아래 가려진 레일들에 걸리기도 했다. 썩은 판자로 된 간이 담장을 넘었다. 둑을 오르다 미끄러져 넘어졌다. 이젠 기차역도 등대의 불빛도 보이지 않았다. 추워 죽을 것 같았지만 질퍽하고 끈적한 땅을 걸어서 계속 나아갔다. 드문드문 서 있는 나무들 사이로 개들이 짖어 대는 별장의 불빛과 길을 휘게 만드는 정원 담을 피해 계속 걸었다. 별장들을 끝도 없이 돌아가면서 길을 잃었을까 봐 걱정스러웠다. 그리고 어느 순간 그는 깨끗하고 평평한 거리에 서 있었다. 모퉁이에 닫힌 울타리, 가로등들 그리고 플라스틱 쓰레기통들이 있었다.

'옷은 찢어지고 얼굴은 피투성이야. 누가 보면 경찰을 부를 거야.'

비랄보는 생각했다. 하지만 바닷소리나 바다 냄새, 유칼리나무들 사이에 있는 등대 불빛을 찾아 곧게 뻗은 길을 따라 계속 가는 것 말고는 다른 것에 신경 쓸 정신도 의지도 없었다.

분명 그 길은 매우 길고 똑바로 뻗어 있었다. 해안 도로를 따라 이어져 있었기 때문이다. 가끔 아주 가까이서 자동차 엔진 소리가 들렸고 얼굴에서 바닷바람이 흐릿하게 느껴졌다. 똑같이 생긴 담벼락이 진흙투성이 공터에서 마침내 끝났다. 하늘의 깨끗한 어둠을 향해 공사 중인 건물에 비계들이 설치되어 있었다. 한쪽으로 도로가 나 있고 등대와 바다 절벽이 차례로 있었다. 자동차 불빛을 피하기 위해 길 가장자리에서 떨어져 거의 절벽 끝을 따라 걸었다. 저쪽 아주 깊숙이 암초에 부딪혀 솟아오른 거품이 반짝였다. 그 깊이가 그를 움직이지 못하게 부르는 것 같아, 두려워 더 이상 보고 싶지 않았다. 등대는 한여름의 커다랗고 노란 달처럼 훤하게 그를 비췄다. 다면체에서 뿌려지는 회전 불빛은 그의 그림자를 길게 늘였다 없앴다 하면서 그를 어지럽혔다. 머리를 숙이고 양손은 호주머니에 넣고서 배회하는 주정꾼처럼 고집스럽게 걸었다. 차가운 바닷바람을 막아 줄 것이라곤 곧게 세운 재킷의 깃뿐이었다. 빌리 스완이 알려 준 집을 소나무들 위로 보았을 땐 이미 등대에서 많이 떨어져 있었다. 도로에서는 보이지 않는 아주 긴 담, 비스듬히 열린 쇠 울타리, 담장 문과 "늑대들의 별장"이라는 이름이 있었다.

개 짖는 소리가 들릴까 봐 걱정하며 들어갔다. 쇠 울타리를 손으로 밀자 울타리가 소리 없이 열렸다. 썰렁한 정원을 지나며 자갈 위로 자신의 발자국 소리를 들었다. 탑, 기둥이 있는 작은 현관, 불 켜진 창을 보았다. 기차역의 승강장과 절벽 끝에서 경험한 공허함과 한계감을 느끼며 문 앞에 섰다. 벨을 눌렀지만 아무 일도 일어나지 않았다. 한 번 더 눌렀다. 이번에는 확실히 아주 멀리 집 안쪽에서 소리가 들렸다. 그러곤 아무 소리 없다가 나무 사이로 부는 바람 소리, 사람 발자국 소리가 들렸는데, 문 뒤에 누군가 조심스럽게 움직이지 않고 있는 것이 확실했다. 그가 불렀다.

"루크레시아."

마치 그녀를 깨우기 위해 귓속말하듯 불렀다.

"루크레시아."

하지만 나는 비랄보가 그때 본 얼굴이 어떠했는지, 어떤 식으로 그들이 알아보고 애정을 느꼈는지 상상이 안 됐다. 나는 그 둘이 같이 있는 것을 본 적도 상상한 적도 없었다. 그들을 하나이게 한 것은, 어쩌면 지금도 계속 하나이게 하는 것은 그 연결 자체에 포함된 비밀스러움일 것이다. 증인은 없었다. 숨어야 한다는 의무감이 그들을 재촉하지도 않았다. 내가 모르는 누군가가 그들과 함께 있었다거나, 산세바스티안의 어떤 술집이나 비밀스러운 호텔에서 그들이 만날 때 갑작스럽게 나타나

동석했다 해도 비랄보와 루크레시아가 정말 품고 있던 감정을 그 사람은 알아차리지 못했을 것이라고 확신한다. 그것은 분명 말과 몸짓, 조심스러움과 욕망으로 가득 찬 계략 같은 것이었다. 서로 적합하다고 생각한 적이 없었고 그들 자신 안에 있지 않은 어느 것도 원하거나 가져 본 적이 없었기 때문이다. 그것은 거의 머물러 본 적 없고, 보이지 않는 서로의 왕국이지만 그렇다고 거부할 수도 없는 것이었다. 그 왕국의 경계선은 신체를 구성하는 피부나 냄새만큼이나 어쩔 수 없이 그들을 둘러싸고 있었기 때문이었다. 거울을 볼 때 자신이 누군지 알아보는 것처럼, 서로를 바라보며 그들은 서로의 것이 되었다.

그들은 문지방을 사이에 두고 껴안지도 무슨 말을 하지도 않았다. 마치 기다리지 않았던 누군가를 정면에서 마주치기라도 한 것처럼 그렇게 잠시 서 있었다. 키가 더 컸는지, 더욱 아름다워졌는지, 아주 짧은 머리에 비단 블라우스를 입은 루크레시아는 알아보기가 거의 힘들었다. 그녀가 밝은 불빛 아래 그를 보기 위해 문을 완전히 열어젖혔다. 그러고는 들어오라고 말했다. 처음에는 거리를 두고 얘기했지만 그들의 과거 때문에 미적지근해진 것이 아니었다. 단 한마디 말이나 손길이면 서로를 확인하는 데 충분했음에도 비겁하고 절망적인 예절이 그들을 어색하게 했다.

"무슨 일이야? 얼굴에 무슨 일을 당한 거야?"

루크레시아가 말했다.

"여길 떠나야 해."

이마와 머리를 만지며 상처를 살피던 그녀의 손에 그의 손이 닿았다.

"그놈들이 널 찾고 있어. 도망치지 않으면 널 찾아낼 거야."

"입술이 찢어졌네."

루크레시아가 그의 얼굴을 만지고 있었지만 비랄보는 그녀의 손끝을 느끼지 못했다. 그녀의 머리카락 냄새를 맡았고 그녀의 눈 색깔을 가까이서 정확히 볼 수 있었지만 모든 것이 먼 거리에서인 듯 다가왔다. 움직이거나 한 발자국만 더 내디뎌도 넘어질 듯했다.

"떨고 있네. 이리 와. 내게 기대."

"뭐라도 괜찮으니 한 잔 줘. 그리고 담배도. 피우고 싶어 죽는 줄 알았어. 외투에 담배를 놔뒀거든. 권총도 그렇고. 정신이 없었어."

"무슨 권총? 어쨌든 그만 말해. 나한테 기대."

"말콤 거. 날 죽이려 들어서 내가 빼앗았어. 정말 어처구니없는 방법으로 말이지."

현실 세계와 깊은 잠의 세계를 빠르게 오가듯 모든 것이 오락가락했다. 눈을 감으면 다시 기차에 있는 것 같았고, 현기증에 쓰러질까 봐 두려웠다. 루크레시아를 껴안고 걸으며 거울에 비친 자신의 피 묻은 얼굴과 핏발 선 두 눈을 보자 겁이 났다. 그녀는 그를 부축해 소파에 뉘었다. 텅 빈 방에는 불이 지펴져 있었다. 눈을 떴을 때 루크레시아는 방에 없었다. 병과 잔 두 개를 가지고 돌아오는 그녀를 봤다. 그녀는 옆에 꿇어앉아 젖은 수건으로 그의 얼굴을 닦고 입술에 담배를 물려 주었다.

"말콤이 이랬어?"

"어떤 것에 넘어졌어. 금속 물체였지. 어쩌면 그자가 날 밀었을 수도 있고. 모든 것이 너무 어두웠어. 뭐, 뻔하지. 난 넘어지

고 일어나고, 그 사람은 계속 날 치려고 덤벼들고. 불쌍한 말
콤. 나에게 대단한 원한을 품고 있었더군. 당신 때문에 미쳐 있
었어."

"지금 어디 있어?"

"저세상에. 아마도. 뭔가 남아 있다면 레일들 사이에 있겠
지. 그가 소리치는 걸 들었어. 아직도 들려."

"당신이 그 사람을 죽인 거야?"

"글쎄, 모르겠어. 한 번 민 것 같기는 한데 확실하지 않아.
어쩌면 이미 발견되었을지도 모르지. 여기서 떠나야 해."

"누가 당신을 미행했어?"

"떠나지 않으면 투생 모통이 널 찾아낼 거야. 내일 신문을
읽으면 어디서 널 찾아야 할지 알게 될 테니. 일주일 아니면
한 달이 걸릴 수도 있겠지만 널 찾아낼 거야. 여기서 떠나, 루
크레시아."

"당신이 지금 왔는데 어떻게 떠나겠어."

"누구든지 들어올 수 있잖아. 철책은 잠그지도 않았고."

"당신을 위해 열어 놓았던 거야."

비랄보는 버번을 한 번에 들이켰다. 그리고 일어나기 위해
루크레시아의 어깨에 기댔다. 그런데 그녀는 비랄보가 껴안으
려는 줄 알고 그에게 몸을 기울이며 미소 지었다. 버번 때문
에 입술에 난 상처가 아렸지만 천천히 따스하고 포근한 기운
이 났다. 루크레시아가 자신을 지금 같은 시선으로 바라본 마
지막 날 이후 참 많은 세월이 흘렀다고 생각했다. 그녀는 아
주 조심해서, 그의 사소한 것 하나하나까지 모두 관심을 집중
했다. 자신의 강렬한 시선에 스스로 겁이 날 정도였다. 또 어떤

몸짓 하나도 그가 떠나려 하는 징조일까 봐 두려워했다. 하지만 그녀는 기억을 되새기고 있는 것이 아니었다. 비랄보는 처음으로 루크레시아의 두 눈 속에서 말콤만이 유일한 증인이었던 그녀의 표정을 보고 있음을 깨닫고 전율을 느꼈다. 그의 기억이 간직하지 못했던 것이 죽은 사람의 질투 때문에 다시 그에게 되돌아왔다.

도자기와 수도꼭지들의 빛깔이 옛 수술실 분위기를 불러일으키는 아주 커다란 욕실에서 그는 찬물로 얼굴을 씻었다. 아랫입술은 부어올랐고 이마에는 상처가 있었다. 마치 루크레시아와 한 약속에 가야 하는 듯 조심스럽게 머리를 빗고 넥타이를 고쳐 매었다. 그녀가 기다리는 거실로 돌아오면서 처음으로 집을 살펴보았다. 여기저기 놓인 물건들이 공간과 고독의 순수한 형태인 빈 공간을 자극하는 듯했다. 아주 가벼운 음악에 이끌려 복도 사이에서 길을 잃지 않고 루크레시아에게 돌아올 수 있었다.

"누가 연주하는 거지?"

그녀에게 물었다. 음악이 5월의 밤기운, 꿈의 기억처럼 따스한 위안을 선사하고 있었다.

"당신이지. 빌리 스완과 당신. 「리스본」이잖아. 모르겠어? 리스본에 가 본 적도 없는 당신이 어떻게 저 곡을 만들었는지 항상 궁금했는데."

"그래서 가능했지. 이젠 쓸 수 없을 거야."

그는 아무것도 없는 방 한가운데 놓인 난로 앞 소파 구석에 앉았다. 음반과 책들이 꽂혀 있는 책장 하나, 탁상 전등과 타자기 한 대가 놓여 있는 낮은 책상이 있고 맞은편 구석엔 오디

오세트가 있었는데 어두운 유리판 뒤에서 빨간색과 녹색의 불빛들이 반짝거렸다. 무슨 물건을 소유하고 있든 보관하고 있든 중요치 않았다. 진정 고독을 즐길 줄 아는 사람들은 자기가 머무는 장소나 지나는 거리에 빈 공간을 만든다는 생각이 들었다. 소파의 다른 쪽 끝에서 루크레시아가 눈을 가늘게 뜨고 음악을 들으며 담배를 피우고 있었다. 가끔은 동그란 눈을 크게 뜨고 변함없는 애정을 담아 비랄보를 바라보았다.

"해 줄 이야기가 하나 있어."

그녀가 비랄보에게 말했다.

"알고 싶지 않아. 오늘 저녁 너무 많은 이야기를 들었어."

"당신이 알아야 해. 이번에는 모든 진실을 다 얘기할게."

"이미 짐작하고 있어."

"그들이 그림에 대해서 이야기했지, 그렇지? 그들에게서 빼앗은 지도에 대해서."

"루크레시아, 이해를 못 하는구나. 내게 무슨 말을 해 달라고 온 게 아니야. 그들이 왜 널 찾는지, 왜 네가 리스본 지도를 내게 보냈는지 알고 싶지 않아. 네가 도망쳐야 한다는 것을 알리러 온 거야. 이 잔을 마시고 나면 난 갈 거야."

"가지 않았으면 좋겠어."

"내일 빌리 스완하고 연습이 있어. 12일에 연주할 거야."

루크레시아는 그에게 좀 더 다가왔다. 용기와 고독은 그녀의 두 눈을 더욱 커지게 했다. 짧아진 머리카락 탓에 얼굴선이 더욱 선명해졌고, 어쩌면 소녀 시절엔 그랬을 법한 진실한 모습을 되돌려 주었다. 무슨 얘기를 하려고 했지만 허무하다는 듯 아니면 포기하는 듯 그녀만의 몸짓으로 입술을 다물고는 일어섰다. 책장으로 멀어져 가는 그녀를 보았다. 그녀는 책 한 권을 들고 돌아와 그 앞에서 펼쳐 보였다. 커다란 광택지로 만든 명화 사진집이었다. 루크레시아는 펼친 책을 타자기 자판에 올리고 그 사진들 중 하나를 가리켰다. 그 그림을 보는 것은 침묵에 가까운 음악을 듣는 것과 같았고 우울과 행복에 천천히 감싸 안기는 듯했다고 비랄보는 말했다. 그 순간 그는 화가가 그 그림을 그렸던 것처럼 자신이 피아노를 쳐야 한다는 것을 깨우쳤다. 감사와 겸손으로, 모든 것을 알면서도 모든 것을 잊어버리며, 지적이면서도 순수하게, 처음 애무하면서 적당한 말을 찾을 때 느끼는 애정과 경외감 속에서 말이다. 긴 시간에 걸쳐 용해되듯 색깔들이 녹아내려 있었다. 하얀 공간 위에 보라색 산, 여름의 오후가 시작될 무렵의 나무들 혹은 그 그림자처럼 보이는 가벼운 녹색 얼룩의 평원, 산등성이 쪽으로 사라지는 길, 마무리 덜 된 창문을 달고 외로이 서 있는 낮은 집, 그 집을 거의 뒤덮은 큰길가의 가로수들. 마치 누군가 몸을 숨기기 위해, 아니면 단지 그 보라색 산마루만을 보기 위해 그곳에 살기를 선택한 듯했다. 그림 밑에 설명이 있었다. "폴 세잔. 생빅투아르 산, 1906년, 라미레스 B. U. 소장."

"내가 이 그림을 가져갔어."

루크레시아가 말했다. 그리고 책을 탁 덮었다.

"사진으로는 어떤 그림인지 알 수 없을 거야. 가지고 있다가 팔았지. 그림을 더 이상 볼 수 없다는 것은 받아들일 수 없지만."

17

그녀는 불을 더 지피고 나서 담배를 가져온 뒤, 은밀한 의식을 치르는 것처럼 잔을 채웠다. 밖에서는 바람이 유리창을 때렸고 절벽을 쳐 대는 바다의 굉음이 아주 가까이 들렸다. 비랄보는 책을 무릎에 펼친 채 루크레시아가 말하는 내내 그 그림을 보았다. 그 풍경을 바라보노라니 갑자기 밤, 도주, 죽음에 대한 공포, 루크레시아를 찾지 못할 것에 대한 두려움 등 모든 것이 사라졌다. 가끔 사랑이 그랬고 거의 항상 음악이 그랬던 것처럼, 그 그림은 이상하고도 고집스러운 정의의 윤리적 가능성을 이해하게 해 주었다. 그것은 우연이 형태를 갖추고, 세상이 다시 살 만해지는, 이 세상 것이 아닌 비밀스러운 질서의 가능성이었다. 성스럽게 꽉 닫혀 있으면서도 일상적이고 주위에 녹아 있는 그 무엇이었다. 빌리 스완이 침묵 속으로 음이 사라질 만큼 나지막하게 트럼펫을 연주할 때의 음악 같고, 리스본의 오후 황혼에 비친 황토색, 분홍색, 회색 빛깔 같았다.

음악이나 색채의 함의를 이해한다든지 빛의 고정된 신비로움을 밝힌다는 느낌이 아니었다. 그것들이 자신을 이해하고 받아들이는 느낌이었다. 수년 전에 이미 그 느낌을 알았으나 그동안 잊고 있었다. 그때 알았던 것처럼 지금 그것들을 되새기고 회복했다. 좀 더 지혜로워지고 조금은 열기가 식은 그는 자연스럽게 루크레시아와, 그녀의 한결같이 침착한 목소리와, 입술을 열지 않고 짓는 미소에 연관되어 있는 것들을 떠올렸다. 그것들은 잃어버린 조국의 공기 냄새처럼 되살아나는 과거의 향수에 연결되어 있었다.

그래서 그녀가 하는 이야기는 그리 중요하지 않았다. 그녀의 목소리가 중요했다. 그녀의 말이 중요한 게 아니라, 그녀라는 존재가 중요했다. 그곳에서 그녀를 찾게 된 이유는 중요하지 않았다. 리스본에 도착했을 때부터 그에게 일어났던 일들 하나하나가 하늘의 선물인 양 감사했다. 그는 책에서 눈을 떼고 루크레시아를 보았다. 그리고 어쩌면 이젠 그녀를 사랑하지 않는다고, 원하지도 않는다고 생각했다. 하지만 과거와 아픔을 말끔히 씻어 주는 그 냉정함이 그녀와 사랑에 빠지기 몇 시간, 아니 며칠 전 그녀를 보았던 레이디 버드, 비엔나, 산세바스티안의 잊힌 거리들에서처럼 그녀를 다시 보게 해 주었다. 처음 도착한 도시들처럼 다정하고 환한 거리들이었다.

그를 그토록 오랫동안 쫓아다니던 단어와 이름들을 그녀에게서 다시 들었다. 그것들의 어둠은 그날 밤 이후 아직까지 변하지 않았다. 간직하고 있던 어떤 진실이나 거짓보다 아직은 더 강렬했기 때문이었다. 리스본, 버마, 울만, 모통, 세잔 같은 이름들은 루크레시아의 음성에서 흩어졌다가 알 수 없는 계략으로 다시 모여들어 비랄보의 기억과 짐작들을 일부 변경하거나 수정했다. 또다시 베를린이라는 말을 들었다. 그 소리 안에서 겹겹이 쌓인 거리감과 더러움, 아픔을 확인했다. 루크레시아와 더 이상 편지를 주고받을 수도 만날 수도 없을 것이라 생각했던 오랜 옛날부터 시간이 그에게 더해 준 아픔이었다. 그가 평범함과 예절을 존중하고, 가톨릭계 학교에서 교편을 잡고, 일찍 잠자리에 드는 동안, 그녀는 나일론 줄로 한 남자를 죽이는 것을 보았고, 거리의 더러운 눈 위로 비랄보에게 보내는 마지막 편지, 그 리스본의 지도를 맡길 우체통이나 사람을 찾으려 도망쳤다. 말콤과 모통, 다프네에게 붙잡히기 전에…….

"당신한테 거짓말했어."

루크레시아가 말했다.

"당신은 진실을 알 권리가 있었지만 나는 말하지 않았어. 전부 다 말하지는 않았지. 그랬더라면 나와 연관될 수도 있었으니까. 난 혼자 있고 싶었고 혼자서 리스본에 오고 싶었어. 나는 말콤에게 붙잡혀 몇 년을 보냈어. 그리고 당신에게, 당신의 기억과 당신의 편지에 붙잡혀 있었지. 혼자 있어야 어긋나 버린 내 인생을 다시 되찾을 수 있다고 확신했지. 그래서 당신에게 거짓말했고, 그 호텔에서 당신에게 떠나라고 한 거야. 말콤으로부터 지도와 권총을 빼앗아 도망칠 용기를 얻었던 것처럼 말이야. 그가 투생을 도와 그 술주정뱅이를 죽였다는 것은 아무렇지도 않았어. 그렇다고 그가 더 경멸스럽거나 구역질나지는 않았지. 한 사람의 목을 조르는 것이 내 눈도 보지 않고 내 위에 엎드려 있다가 머릴 숙인 채 욕실로 도망가는 것보다 더 흉측하지는 않았거든……. 자식을 하나 낳자고 했지. 포르투갈 사람이 나타난 후로 말콤은 그 말밖에 하지 않았어. 큰돈이 들어올 거라나. 그러면 은퇴해서 자식을 낳고 남은 평생 일하지 않아도 될 거라고. 생각만 해도 메스꺼웠어. 정원 딸린 집, 말콤의 자식, 투생과 다프네가 매주 일요일 집으로 식사하러 온다는 것도. 포르투갈 사람을 데리고 온 그날 저녁이 기억나. 그자가 쓰러지지 않게 둘이서 받치고 있었지. 오래된 나무만큼이나 컸어. 붉은빛이 도는 금발에 두 눈은 돼지 눈처럼 흐리멍덩하고 푹 꺼져 있었고. 맥주에 푹 절어 있는 데다 팔에는 문신이 있었지. 그들은 소파에 그 사람을 내려놓았어. 그는 아주 크게 숨을 내쉬었고 혀 꼬부라진 소리로 뭐라고 지껄였어. 투생은 자동차에서 맥주 캔 상자를 가지고 와서 옆에 두었고 포르투갈 사람은 뚜껑을 따서 하나씩 마셨어. 로봇처럼. 그러고는 종이로 만든 것인 양 구겨서 바닥에 던져 버렸지. 나는 그가 한 가지 말만 되풀이하는 것을 들었어. 버마. 무슨 장소 같기도 하고 군대나 음모의 암호 같기도 했어. 투생과 다프네는 그자에게서 떨어지지 않았지. 그 사람에게 줄 캔 맥주를 항상 준비해 놓고 있었어. 그리고 다프네는 자신의 무릎에 서류철을 놓은 채 그 사람의 말을 메모했지. '버마는 어디 있어?' 투생 모통이 포르투갈 사람에게 물었어. '리스본 어디에 있는데?' 그러던 중 갑자기 제정신을 차린 듯 포르투갈 사람이 몸을 일으키더니 말했어. '아무 말도 하지 않을 거야, 베르나르도 울만 라미레스 씨가 죽을 때 내가 했던 약속을 깨지 않겠어.' 두 눈을 휘둥그렇게 뜨고는 우리를 바라보았어. 일어나려 했지만 다시 소파에 나가떨어졌지. 그러고는 황소처럼 잠들어 버렸어."

"자네들은 패배한 군대의 마지막 병사를 보고 있는 거야."라고 장례 기도를 하는 사람처럼 엄숙하게 투생 모통이 말했다. 그가 베르나르도 울만 라미레스 씨와 그의 사라진 제국에 대해 말하는 동안 커다란 체크무늬 손수건으로 요란스럽게 소리를 내며 코를 풀고 눈물을 흘렸다고 루크레시아는 기억했다.

"정말 눈물이었어. 반짝이는 눈물이 수은 방울처럼 그의 얼굴을 타고 내리더군."

루크레시아가 말했다. 포르투갈 사람이 다프네의 감시 아래 자는 동안 투생 모통은 버마가 무엇인지 그리고 왜 자신들이 약간의 지혜와 재주만 부리면 영원히 부자가 될 수 있는지 설명했다.

"무력을 쓰면 안 돼, 말콤."

투생 모통이 충고했다. 인내심 있게 그 포르투갈 사람을 절대 혼자 두지 않고 냉장고에 맥주 캔이 떨어지지만 않게 하면 충분할 것이라고 두 손을 뻗으며 말했다.

"세상의 맥주를 몽땅 가져오라고. 자신의 가장 훌륭한 병사였던 자가 이렇게 된 것을 보면 불쌍한 베르나르도 울만 라미레스 씨는 뭐라 생각하실까?"

"비밀 군대"였다고 루크레시아가 말했다.

"그 사람은 앙골라의 독립 이후 커피 농장과 호수 중심에 있던 궁전과 그의 거의 모든 그림들을 잃어버리고 그곳에서 도망쳐야 했어. 은밀하게 포르투갈로 돌아와 리스본에서 가장 큰 창고를 사들였고 그곳에 반란을 일으킬 본부를 세웠지. 포르투갈 사람이 말콤에게 했던 얘기야. 베르나르도 씨는 조금 남아 있던 그림들을 팔아 무기를 사고 용병을 모았지만 그가 죽은 후 버마는 흩어지기 시작했고, 끝내 창고 외에는 남은 게 거의 없어져 버렸지. 그래서 그 포르투갈 사람이 리스본을 떠난 거였어. 경찰이 무서워서가 아니었지. 그런데 이야기가 더 있었어. 베르나르도 씨 사무실에 오래된 달력 하나와 아주 조그만 그림이 있다는 거야. 팔리지 않았을 때야 값어치가 없었지."

투생 모통은 포르투갈 사람이 옆방에서 계속 자고 있는지 확인했다.

"친구들, 베르나르도 울만 라미레스 씨처럼 재능 있는 애호가가 자신의 사무실에 값어치 없는 그림을 걸어 놓을 거라 생각해? 그분을 잘 알고 있는 내가 말하자면, 그럴 리 없어. 저 짐승이 '풍경화'라고 말하더군. '산 하나와 길이 보였지.' 그걸 듣고 내 몸이 떨리더군. 아주 조심스럽게 그에게 물었어. 오른쪽 아래 나무들 사이로 집이 한 채 보이느냐고 말이야. 이미 그 사람이 맞다고 대답할 줄 알았지……. 그 그림을 알아, 15년 전 취리히에서 베르나르도 씨가 내게 보여 줬으니까. 그리고 지금은 달력 옆에 걸려서 아무도 보지 않는 리스본의 창고에서 먼지나 쌓여 가고 있지. 폴 세잔이 1906년에 그렸어. 세잔! 말콤, 그 이름이 너한테 무슨 의미라도 있나? 그거야 쓸데없지. 그 그림을 찾는다면 그림 값으로 얼마를 받을지 상상도 못할 테니……."

"하지만 버마가 어디에 있는지는 알지 못했지."

루크레시아가 말했다.

"커피와 향료 창고였다는 것하고 지하로 내려가려면 버마라고 말해야 한다는 것 외에는 말이야. 포르투갈 사람을 술 취하게 만들긴 했지만 의심할까 봐 직접적인 질문 같은 것은 하지 못했어. 하지만 무언가가 그를 불안하게 했나 봐. 아마도 말콤이 한 무슨 얘기가 그 사람의 의심을 산 것 같아. 왜냐하면 그 날 오두막집에서 그 사람하고 방에 들어가 소리치는 것을 들었거든. 그리고 그 포르투갈 사람이 호주머니에 뭔가를 집어넣으며 나오는 것을 봤지. 구겨진 종이였어. 넘어지면서 욕실로 들어가더니 한참 동안 나오지 않았어. 오줌 누는 소리가 말 오줌 소리 같더라. 투생이 바짝 긴장해서 그를 불렀지. 포르투갈 사람이 지도를 변기에 버릴까 봐 두려워했던 것 같아. '거기서 나와. 반을 줄게. 너 혼자선 어디에 팔아야 할지도 모를걸.' 그때 호주머니에 나일론 줄을 집어넣는 걸 봤지. 날 보고는 말했어. '사랑스러운 루크레시아, 우리 모두 아주 배가 고파. 다프네와 같이 점심을 준비해 주겠어?'"

비랄보는 일어서서 불을 더 지폈다. 책은 여전히 타자기 위에 펼쳐진 채 기울어 있었다. 그 풍경은 루크레시아의 눈빛과 목소리처럼 변하지 않는 섬세함을 지닌 듯했다. 어두운 그늘에 숨겨져 사람들은 그 그림 옆을 지나다니면서도 그것을 보지 못했다. 움직이지 않는 동상같이 충성스럽게 시간과 욕심과 범죄에서 떨어져 기다리고 있었다. 말 한마디면 그것을 얻을 수 있었다. 하지만 얻을 자격이 있는 자만이 말할 수 있었다.

루크레시아가 말했다.

"아주 쉬웠어. 길을 건너거나 버스에 오르는 것처럼 말이야. 창고에 갔을 때에는 거의 비어 있었어. 오래된 가구들과 커피 포대를 트럭에 싣는 사람들이 있었지. 들어갔는데 아무도 내게 말을 걸지 않았어. 날 보지 못하는 것 같았지……. 한쪽 끝에 낡은 책상이 있었는데 거기에서 머리카락이 하얗게 센 남자가 아주 커다란 장부를 작성하고 있었어. 다른 사람들이 나르는 물건들을 기입하는 것 같았어. 그 사람 앞으로 가 섰지. 심장이 두근거렸고 무슨 말을 해야 할지 몰랐어. 그가 날 더 자세히 보려고 안경을 벗어 장부 위에 두고서 기입한 장부에 얼룩이 질까 봐 아주 조심스럽게 펜을 잉크병에 꽂아 두었어. 회색 작업복을 입고 있었어. 미소 지으며 카페의 나이 많은 웨이터들처럼 아주 예의 바르게 뭘 원하느냐고 물었지. 내가 말했어. '버마.' 잘 알아듣지 못한 줄 알았지. 내가 잘 보이지 않는 것처럼 미소만 짓고 있었거든. 머리를 저으며 목소리를 아주 낮게 깔더니 말하더라. '버마는 이제 없습니다. 경찰들이 오기 아주 오래전부터 존재하지 않았습니다.' 그러고는 다시 안경을 끼고 펜을 쥐고는 계속 기입하기 시작했지. 계속해서 남자들이 지하에서 커피 포대와 이상한 물건들이 가득한 상자들을 들고 올라왔어. 선박용 등, 밧줄, 항해하는 데 쓰는 도구 같은 구리로 만든 물건들이 들어 있었지. 그들 중 한 명의 뒤를 따라갔어. 복도를 따라갔더니 다음엔 철제 계단이 나오더라고. 그 그림은 아래쪽에, 아주 작은 사무실에 있었어. 바닥에는 책이며 종이들이 떨어져 있었지. 문을 잠그고 액자에서 뜯어냈어. 비닐봉지에 넣었지. 바닥을 밟지 않는 것처럼 사뿐히 걸어 그곳에서 나왔어. 머리가 하얀 남자는 이미 그 책상에 없었어. 펜하고 펼쳐진 장부, 안경은 보았지. 트럭에 물건을 싣던 사람들 중 하나가 내게 뭐라고 했고 나머지 사람들이 웃음을 터뜨렸지만 난 그들을 보지 않았어. 호텔 방에 틀어박혀 그 그림을 보며 이틀을 지냈어. 손끝으로 애무하듯 만지면서 말이지. 영원히 보고 싶었어."

"리스본에서 팔았어?"

"제네바에서. 그곳에선 어디로 가야 할지 알았거든. 어느 텍사스 출신 미국인이 묻지도 않고 사 갔지. 아마도 사고 나서 바로 금고에다 보관했을 거야. 불쌍한 세잔."

비랄보는 한동안 침묵하다가 말했다.

"하지만 내가 그 편지를 잃어버렸으면 어쩔 뻔했어. 아니면 편지를 읽고 버렸을 수도 있고."

"당신도 알겠지만 당신은 그때 그럴 수 없었어. 나는 그걸 알고 있었지."

"고속도로 옆 호텔에서 그날 저녁 그 지도를 가져간 거군, 그렇지? 플로로의 차를 숨기려고 나갔을 때."

"모텔이었어. 이름이 뭐였는지 기억나?"

"정신이 없었어. 이름도 없었던 것 같아."

"어쨌든 차를 숨기려고 나갔던 것은 아니야. 보카디요를 사러 간다고 했지."

루크레시아는 비랄보의 기억을 몰아세우며 재미있어했다.

"엔진 소리를 들었어. 기억나지 않아? 넌 무서워서 창백해졌지. 투생 모롱이 우릴 발견했을 거라고 생각했었어."

"무서워한 것은 당신이었어. 투생이 우릴 발견할까 봐서가 아니었지. 나를 두려워했던 거지. 방 안에 우리 단둘이 남았을 때 네가 한잔하러 내려가자고 했어. 마실 것이 넘쳐 나는 냉장고가 있었는데도 말이지. 그래서 보카디요를 사러 갈 생각을 했던 것이고. 무서워 죽을 것 같아 보였어. 당신의 눈빛에서도 그랬고 당신의 행동에서도 느껴졌어."

"두려움이 아니었어. 욕망이었을 뿐이지."

"내 옆에 누울 때 당신 손이 떨렸어. 당신의 두 손과 입술은 떨고 있었어. 당신이 불을 껐지."

"하지만 불을 끈 사람은 너였어. 물론 나는 떨고 있었지. 누굴 너무나 원할 때 숨 막히는 걸 느낀 적 없어?"

"있지."

"누굴 원했는지는 얘기하지 마."

"당신이야."

"하지만 그건 초기였어. 나와 잔 첫날 밤. 그땐 우리 둘 다 떨고 있었지. 어둠 속에서도 서로를 만질 용기를 내지 못했어. 하지만 두려움 때문은 아니었어. 우리가 하는 일이 그만한 가치가 없다고 생각했기 때문이지."

루크레시아는 그의 말에 긍정하며 담뱃불을 붙이려고 했다. 하지만 불을 붙이지는 않았다. 담배는 입술에 물었지만 라이터는 비랄보에게 건넸다. 비랄보가 라이터를 집어 불을 붙이도록 했다. 바로 그 행동이 과거에 대한 향수를 거부하고 현재를 확실히 했다.

"우린 그때 지금보다 못했어. 너무 젊었었지. 너무 어리석었고. 우리가 하던 일이 불법 같았지. 우연이라는 것이 우릴 용서할 줄 알았지. 그 호텔들에서 있었던 우리의 약속과 말콤이 우릴 발견할까 봐, 당신 친구들이 우리가 같이 있는 것을 볼까 봐 겁낸 것을 떠올려 봐."

비랄보는 그녀의 말을 부정했다. 그 두렵고 불행했던 시간들을 기억하고 싶지 않았기 때문이다. 몇 년이 지난 지금 그는 그의 생애 최고의 날들인 그 이삼 일의 기억을 훼손하거나 부정하는 모든 것들을 지워 버렸다고 했다. 중요한 것은 사실 자체가 아니라, 자신의 기억 속에 아름답게 남아 있는 모습을 그

대로 간직하는 것이었기 때문이다. 루크레시아와 플로로와 함께 레이디 버드에서 나왔던 날을 떠올렸다. 자신의 질투심과 비굴함에 화가 난 채 택시에 올라타자 루크레시아가 문을 열고 그의 곁에 앉아서 "말콤은 파리에 있어. 당신과 함께 갈 거야."라 말했던 잊을 수 없는 그날 밤. 추위 때문에 고래잡이들이 입는 외투로 무장한 뚱보 플로로 블룸은 보도에서 미소 짓고 있다가 손을 들어 잘 가라고 했다.

"너도 옷깃이 아주 넓은 재킷을 입고 있었지. 검은색에 아주 부드러운 가죽. 거의 네 얼굴을 다 덮었었어."

비랄보가 말했다.

"베를린에 놔두고 왔어."

이제 루크레시아는 그 택시에서처럼 아주 가까이 있었다.

"진짜 가죽이 아니었지. 말콤이 선물한 거였어."

"불쌍한 말콤."

비랄보는 허공에서 헛되이 손잡이를 찾던 그의 펼쳐진 손을 잠시 떠올렸다.

"외투도 가짜였단 말이야?"

"화가가 되고 싶어 했지. 당신이 음악을 좋아하듯 그는 그림을 좋아했어. 하지만 그림은 그를 사랑하지 않았지."

"그날 밤 참 추웠어. 네 두 손이 퍽 차가웠어."

"날씨가 추워서 그런 것이 아니었어."

이번에는 루크레시아가 그를 보며 그의 손을 찾았다. 그 손 안에서 자기가 처음으로 피아노 연주를 하러 나가 건반에 손을 올렸을 때와 같은 서늘함이 느껴졌다.

"당신을 만진다는 것이 무서웠어. 당신 손 안에서 당신의 몸

전체와 내 몸 전체를 느낄 수 있었지. 언제 그 순간을 떠올렸는지 알아? 창고에서 세잔 그림을 비닐봉지에 넣어 가지고 나왔을 때였어. 모든 것이 불가능한 동시에 한없이 쉬웠어. 침대에서 일어나는 것처럼, 말콤에게서 지도와 권총을 훔쳐 영원히 떠난 것처럼……."

"그래서 우리는 바보가 아니었어."

비랄보가 말했다. 빠른 속도로 달리는 기차에서 느꼈던 현기증과 산세바스티안의 이름 모를 거리들을 달리며 밤의 마지막까지 안내했던 택시에서 느꼈던 현기증이 혼동되었다.

"우린 불가능한 것들만 찾았거든. 다른 사람들의 평범함과 행복에 구역질이 났지. 우리가 처음 만난 순간부터 나에게 키스하고 싶어 죽겠다는 것이 눈에 보였어."

"지금만큼은 아니야."

"너는 거짓말하고 있어. 그때보다 더 좋은 시간은 절대 없을 거야."

"그렇겠지. 불가능한 일이니까."

"거짓말을 해 줘."

비랄보가 말했다.

"절대 진실을 말하지 마."

하지만 이 말이 끝나기도 전에 그는 루크레시아의 입술을 더듬고 있었다.

18

눈을 떴을 땐 몇 분밖에 자지 않았다고 생각했다. 창문의 탁한 푸른빛과 전등불을 몰아내며 사물의 형태를 천천히 되살려 주는 차가운 아침의 잿빛 여운을 기억했다. 하지만 어둠 속의 창백하고 푸른 빛과 침대 시트의 하얀색에, 루크레시아의 피부는 제 색깔을 띠지 않고 지쳐 시들해 보였다. 그들의 두 몸뚱어리가 점점 더 커져 탐욕스럽게 공간 전체를 차지하고 전율하면서 그들에게 달라붙어 있는 그림자들을 떨쳐 낸다는 느낌이 들었던가 그런 꿈을 꾼 듯했다. 서로 욕망의 한계에 이르러 허망함을 느끼는 동시에 공범들에 대한 조그만 고마움이 되살아났다. 어쩌면 그날 밤 그들은 아무것도 되돌려 받지 못했을는지도 모른다. 어쩌면 어느 곳으로부터도 오지 않은 듯한 그 이상한 빛줄기 속에서 만나고 난 후 그들이 잊고 있었던 무언가를, 그때까지 바라는 줄도 몰랐던 무언가를 얻었을지도 모른다. 기억의 용서 이후 서로를 발견하게 해 준 그 반짝임이었을 수도 있다.

하지만 단지 몇 분을 잤던 것이 아니었다. 화사한 태양 빛이 투명한 커튼 사이로 환히 비치고 있었다. 꿈도 아니었다. 자기 옆에서 평안하게 자는 여인이 루크레시아였기 때문이다. 시트 아래, 그녀는 아무것도 입지 않은 채 그의 허벅지에 꼭 붙어 있었다. 흐트러진 머릿결, 미소 짓듯 살짝 벌린 입술, 뚜렷한 얼굴선을 베개에 파묻은 그녀는 마치 그가 입 맞추려 했을 때 잠들어 버리기라도 한 듯한 모습이었다.

그녀를 깨울까 싶어 아직은 움직이지 않고 방을 둘러보았다. 어렴풋이 사물을 구분할 수 있었고, 그 물건들 하나하나에서 기억의 조각들을 얻어 냈다. 아무렇게나 바닥에 내팽개쳐진 자신의 바지, 짙은 색 작은 방울들로 얼룩진 셔츠, 루크레시아의 굽 높은 구두, 침대 탁자 위, 재떨이 옆에 기차표들. 두렵거나 좋지도 않고 갑작스럽게 먼 옛일로만 느껴지는 밤의 흔적들이었다. 천천히 조심스럽게 일어나려 했다. 루크레시아가 더 깊이 숨을 내쉬고 꿈속에서 뭐라고 중얼거리며 그의 허리를 감싸 안았다. 너무 연락이 늦어서, 빌리 스완이 이미 호텔로 자기한테 연락하고 있을 듯했다. 그녀를 깨우지 않고 일어날 방법을 생각했다. 천천히 몸을 돌렸다. 떨어지면서 루크레시아의 손이 부드럽게 사타구니를 스쳤다. 그러고는 거의 움직이지 않고 시트를 더듬거렸다. 계란처럼 몸을 말고는 아직도 비랄보를 껴안고 있는 듯 미소 지었다. 그리고 일어나기가 싫다는 듯 햇살을 피해 얼굴을 베개에 파묻었다.

비랄보는 덧창을 살짝 열었다. 자신을 그렇게 조심스럽게 움직이게 만든 이 평화로운 느낌은 몇 시간의 수면이 아니라 과

거의 완전한 부재 때문이라는 것을 깨닫기까지는 시간이 좀 걸렸다. 악몽이나 누구였는지 다시금 떠올려야 하는 얼굴들에 시달리지 않고 깨어난 것은 수년 만에 처음이었다. 욕실 거울을 보며 전날 밤의 일을 되묻지 않았다. 아랫입술은 아직도 부어 있었고 얇은 상처가 이마를 가로질러 있었다. 하지만 면도하지 않은 뺨의 너저분한 분위기조차 그리 나쁘지만은 않았다. 창문을 통해서 바다가 보였다. 태양은 나지막이 파도 높이에서 은빛 반사광을 내보이며 빛났다. 한 가지 사소한 일이 그의 마음을 동요시켰다. 수건걸이에 걸린 루크레시아의 빨간색 가운에선 그녀의 살결 냄새와 목욕 소금 냄새가 가볍게 났다.

예전 같았으면 질투 때문에 분노해서 남성의 자취를 찾았을 것이다. 하지만 지금은 샤워를 마치고 나와서 면도 도구를 찾지 못할 것 같아 걱정스러웠다. 화장품 병들을 살피며 분홍빛 분첩, 비누 조각들, 향수의 냄새를 맡으며 즐거워했다. 노름꾼들이 들고 다니는 권총을 떠올리게 하는 조그맣지만 날카로운 칼 한 자루를 찾아 어렵게 면도를 마쳤다. 뜨거운 물에 셔츠의 핏자국은 거의 다 사라졌다. 넥타이를 맸다. 넥타이를 조이며 목에서 강한 아픔을 느끼고 쓸데없이 잠시 말콤을 생각했다. 죄의식은 없었다. 아침에 일어나 전날 밤 너무 마셨음을 기억하는 사람처럼 기억에서 잊어버리고 싶은 간절한 바람만 있었다.

거실엔 아직 세잔의 책이 펼쳐진 채 타자기 위에 놓여 있었고 그 옆으로는 물이 약간 담긴 잔 두 개와 빈 병 하나가 있었다. 길과 보라색 산, 나무들 사이에 있는 집을 보았다. 바다의 뿌연 불빛까지, 모든 것이 물든 것처럼 보였다. 자신의 조국에 너무나 늦게 돌아온 듯했다. 자신의 의지와는 반대로 놀라움과 거짓말, 자유와 안도감이 그를 정복해 갔다.

커피를 마시고 싶은 마음에 부엌을 찾다가 절벽 위로 창문세 개가 나 있는 방에 들어섰다. 책만이 아니라 손으로 쓴 종이들로 가득한 책상이 있었고 하얀 종이가 끼여 있는 또 다른타자기가 놓여 있었다. 재떨이들, 더 많은 책들이 바닥에 널려있었고 빈 담뱃갑들과 몇 달 전의 비행기 표가 한 장 있었다.리스본-스톡홀름-리스본. 녹색 잉크 글씨가 가득한 표에는 줄을 그어 지운 자국도 가득했다. 벽에서 모르는 사람의 사진을보았다. 삼사 년 전의 자신이었다. 두 눈은 그 방뿐 아니라 어느 곳에도 없는 뭔가를 뚫어져라 쳐다보고 있었다. 펼쳐진 두손은 피아노 건반 위에 놓여 있었다. 레이디 버드의 피아노였다. 그림자가 얼굴의 반을 가렸고, 나머지 반, 그러니까 그의눈빛과 입술의 움직임에는 두려움과 애정, 사라져 버린 예지의본능이 있었다. 앞에 있는 사람에게 미소 지으면서 동시에 그사람을 부정하는 듯한 눈동자를 매일 밤 보면서 루크레시아가무엇을 생각하고 느꼈을까 궁금했다.

처음 도착해서 느꼈을 때보다 집은 그다지 크지 않았다. 빈공간과 창문들에서 보이는 수평선이 집을 넓어 보이게 했다.그 집에서 그는 루크레시아의 삶의 자취를 의미 없이 찾고 있었다. 침묵, 하얀 벽들, 책들이 그의 질문에 대한 유일한 답변이었다. 통로 한쪽 끝에 부엌이 있었다. 구식이지만 오랜 세월 아무도 사용한 적이 없는 것처럼 깨끗했다. 다른 쪽 창문으로는나무들 위로 등대의 원뿔 탑이 보였다. 그렇게 가까이 있었다니 어린 시절 넓게 생각했던 장소가 작아진 것을 발견한 것처럼 놀라웠다. 커피를 준비했다. 되찾은 사랑같이 그 냄새가 고마웠다. 담배를 찾아 거실로 돌아오니 루크레시아가 그를 바라보고 있었다. 복도를 따라가는 그의 발자국 소리를 들었을 것이고 그가 문지방에 나타날 때까지 그렇게 가만히 기다리던 것이 분명했다. 그를 보고는 라디오를 껐다. 마치 일어났을 때 그를 발견하지 못할까 봐 두려워했던 것처럼 그를 바라보았다. 아침 햇살에 비친 그녀의 모습은 그리 화려하지는 않았다. 오히려 친절해 보이거나 더 연약해 보였다. 하지만 바로 무거운 표정이 엄습했다. 자신에게 다가오는 위험을 느끼며 그것을 받아들이는 듯한 표정이었다.

"말콤의 시체를 발견했대. 당신을 찾고 있어. 지금 라디오에서 들었어."

그녀가 말했다.

"내 이름을 말했어?"

"당신 이름, 성, 묵고 있는 호텔까지. 검표원이 기차 승강대에서 당신들이 싸우는 것을 봤다고 증언했어."

"내 외투를 발견했겠군. 내가 입으려는 찰나에 말콤이 나타났거든."

비랄보가 말했다.

"거기에 당신 여권을 뒀어?"

호주머니를 뒤져 보았다. 여권은 재킷에 있었다. 그제야 기억났다.

"호텔 숙박증. 외투에 넣고 다녔는데……. 그래서 내 이름을 알았구나."

"적어도 아직 사진은 못 찾았나 보네."

"내가 죽였다고 했어?"

"당신을 찾는다고만 했어. 검표원이 당신과 말콤에 대해 아주 잘 기억하고 있었어. 기차에 다른 사람은 없었던 것 같아."

"말콤의 신원도 확인했어?"

"그 사람 여권에 나온 직업까지 말하던데. 그림 복원가라고."

"오늘 당장 이곳을 떠야 해, 루크레시아. 투생 모롱은 이제 어디서 널 찾아야 할지 알아."

"이 집에서 나가지 않으면 아무도 우릴 찾지 못할 거야."

"역 이름을 알아. 질문도 할 거고. 이곳에 오는 데 이틀도 안 걸릴 거야."

"하지만 당신 이름을 공항 경찰에게 알릴 거야. 당신은 호텔로도 돌아가지 못할 거고 포르투갈을 빠져나가지도 못할 거야."

"기차를 이용할 거야."

"기차에도 경찰이 있어."

"빌리 스완이 있는 호텔에 며칠 숨어 있을게."

"기다려 봐. 우릴 도울 수 있는 사람을 알아. 버마 근처에서 클럽을 운영하는 스페인 사람이야. 위조 여권을 만들어 줄 거야. 그림 서류를 위조하는 것을 도와줬어."

"어디 사는지 말해 줘, 내가 가서 만날 테니."

"그 사람이 여기로 올 거야. 전화로 부를게."

"시간이 없어, 루크레시아. 여기서 떠나야 해."

"같이 가."

"그 사람한테 전화해. 그리고 내가 그를 보러 간다고 말해, 나 혼자."

"당신은 리스본에 아는 사람도 없잖아. 돈도 없고. 며칠 있으면 아무런 위험 없이 떠날 수 있단 말이야."

하지만 그는 위험은 거의 느끼지 않았다. 경찰차들이 별장의 그림자가 드리워진 거리를 순찰하고 있을지 모른다는 의심마저도 그와는 동떨어진 일 같았다. 그것은 바다 풍경이나 집을 둘러싼 낡은 정원처럼, 바로 이 집처럼, 다이아몬드 불꽃같이 티끌 하나 없는 순수한 지난밤의 아득한 열정처럼 자신의 삶과 아무 관계가 없는 것 같았다. 옛날처럼 루크레시아를 빼앗기지 않기 위해 시간을 멈춰 세우고 싶지 않았고, 행복이든 아픔이든 마지막 순간까지 이르도록 재촉하고 싶지 않았다. 이는 마치 연주하면서 침묵이 자신의 상상과 자신의 손 안에서 음악의 힘을 영원히 앗아 가 버릴까 봐 마지막 가락을 피하는 것과 같았다. 어쩌면 아침 녘의 정적인 빛줄기 아래 그에게 주어진 것은 지속, 기념, 회귀 그 어느 것도 허락하지 않았던 것이다. 과거로 눈을 돌리는 것을 거부하지 않는다면 그것들은 영원히 그의 것일 터였다.

아무 말 없이도 루크레시아는 그가 생각하는 것을 알았고 침묵 속에 이별하는 그의 무한한 애정을 이해했다. 그녀는 가볍게 그의 입술에 키스하고 돌아서서 침실로 향했다. 전화번호 누르는 소리를 비랄보는 들었다. 그녀가 포르투갈어로 누군가를 찾으면서 커피 한 잔과 담배를 가져다주었다. 일종의 미래에 대한 통찰력으로 이 행동들 안에 행복이 있다는 것을 알았다. 한쪽으로 얼굴을 기울이고 속살이 드러난 어깨로 전화기를 받친 채 루크레시아는 그가 이해할 수 없는 빠른 말들을 계속하며 무릎 위에 놓인 수첩에 무언가를 적었다. 그녀는 남자들이 입는 것 같은 아주 큰 셔츠를 단추도 다 잠그지 않은 채 걸쳐 입고 있었다. 머리카락이 젖어 있고 허벅지 위에서 아직 물방울들이 빛났다. 전화기를 내려놓고 수첩과 연필은 침대 탁자 위에 두고 커피 잔의 수증기 너머 비랄보를 바라보며 천천히 커피를 마셨다.

"오늘 오후에 당신을 기다릴 거야, 4시에…… 그 주소에서."

그녀가 말했지만 눈길은 아주 먼 곳에 있었다.

"이제 공항에 전화해."

비랄보는 그녀의 입술에 담배를 물려 주었다. 어느새 그녀 옆에 앉아 있었다.

"포르투갈에서 나가는 첫 비행기 표를 예약해."

루크레시아는 베개를 접어 그 위에 기댔다. 아주 살짝 입술을 벌려 천천히 연기를 내보냈다. 푸른 잿빛의 느릿한 실 줄기들, 빛과 어둠의 리스트였다. 무릎을 구부리고 두 맨발을 모아 침대 모서리에 올려놓았다.

"정말 나와 함께 가고 싶지 않아?"

비랄보는 그녀의 복사뼈를 만지작거렸다. 하지만 애무도, 부드럽게 그녀의 말을 확인해 주는 것도 아니었다. 셔츠를 약간 젖혔다. 아직도 손끝에선 살결의 촉촉함이 전해졌다. 다시 서로를 바라보았다. 그들의 손동작이나 입에서 나오는 소리가 담배 연기처럼 공허하게 그들의 강렬한 눈동자를 감싸는 듯했다.

"모퉁을 생각해, 루크레시아. 우리는 경찰이 아니라 그 사람을 두려워해야 해."

"그게 유일한 이유야?"

루크레시아는 그에게서 담배를 빼앗고 그를 자신에게로 끌어당겼다. 손가락 끝으로 그의 입술을 그리고 이마의 상처를 만졌다.

"다른 이유가 있지."

"그렇겠지. 말해 줘."

"빌리 스완. 12일, 그와 함께 연주해야 해."

"아주 위험할 텐데. 누군가 당신을 알아볼 수 있어."

"다른 이름을 쓰면 돼. 조명이 내 얼굴을 비추지 못하게 할 거야."

"리스본에선 연주하지 마."

루크레시아는 그를 아주 천천히 밀어 옆에 눕히고는 두 손으로 그의 얼굴을 잡아 그녀를 보지 못하게 했다.

"빌리 스완은 이해할 거야. 이번이 그의 마지막 콘서트가 될 것도 아니고."

"마지막일지도 몰라."

비랄보가 말했다. 두 눈을 감고 그녀의 입술 가장자리에, 두 뺨에, 머리카락이 시작하는 부분에 입을 맞추었다. 음악보다 더 원하는 어둠 속에서, 그리고 망각보다 더 달콤한 어둠 속에서.

19

"그 이후로는 그녀를 다시 보지 못했어? 찾지도 않았나?"

나는 비랄보에게 물었다.

"어떻게 그녀 찾겠어. 어디서?"

비랄보는 내가 대답해 보라는 듯 바라보았다.

"리스본에서 말이지. 몇 달이 지나고 나서. 그녀의 집이 있었잖아, 아니야? 돌아갈 수도 있었을 텐데."

"전화를 걸어 보긴 했지. 아무도 받지 않았네."

"편지를 써 볼 수도 있었겠지. 자네가 마드리드에 산다는 거 알아?"

"메트로폴리타노에서 자네를 만나고 며칠 안 돼서 엽서 한 장을 보냈어. 되돌아왔지. '주소 불명'으로."

"분명 자네를 찾고 있을 거야."

"난 아닐세. 산티아고 비랄보지."

저녁 식사 자리에서 자신의 여권을 찾아 첫 페이지를 펼쳐서 내 앞에 내밀었다.

"자코모 돌핀을 찾는 것이 아니야."

아주 짧은 곱슬머리에 짙은 색 안경알, 며칠 면도하지 않아 볼에 드문드문한 구레나룻 흔적 때문에 그의 얼굴은 더욱 길고 창백해 보였다. 이젠 다른 사람의 얼굴이었다. 그는 지금의 자신, 더 정확히 말하면 사진 속 남자와 똑같아지려고 호텔 같지도 않은 그곳에서 수염이 자라길 기다리며 며칠을 숨어 지냈다. 마라냐라는 스페인 사람은 사진을 찍기 전, 눈썹연필과 잿빛 가루를 묻힌 조그만 붓으로 턱과 볼을 어둡게 했고 축축한 손가락으로 거울 앞에서 서투른 배우를 대하듯 얼굴을 문질러 댔다. 스프레이를 뿌려 머리를 세웠고 자신의 작품에 만족하여 카메라를 준비하고 집중해서 세세한 점들을 손봤다.

"당신 어머니라도 당신을 알아보지 못할 겁니다. 루크레시아라 할지라도 말예요."

사흘 동안 비랄보는 달랑 창문 하나뿐인 방에 처박혀 있었다. 창을 통해서 하얀색 둥근 지붕과 빨간색 지붕들, 야자나무 한 그루가 보였다. 그곳에서 마라냐가 위조 여권을 들고 돌아오길 기다렸다. 수염이 조금씩 자라 얼굴을 지저분하게 만들면서, 그는 조금씩 보이지 않는 변신을 해 갔다. 천장에 매달린 전구를 보며 담배를 피웠다. 다음에는 노란색이었다가 하얀색으로 그리고 회색이나 파란색으로 변하는 불빛이 있는 둥근 지붕 앞에서 담배를 피웠다. 수도꼭지에서는 시계처럼 규칙적으로 물방울이 떨어지고, 완전히 열면 배수구에서 뜨거운 김이 나오는 화장실에서 거울을 보며 나날을 보냈다.

아직은 드러나지 않은 변화의 징조를 찾기라도 하듯 거친 볼을 손으로 쓰다듬어 보았고, 시간이 흐르는 것을 관찰하고, 떨어지는 물방울을 세어 보기도 했다. 트럼펫과 콘트라베이스를 흉내 내며 노래들을 흥얼거렸다. 거리에서는 남자들을 부르고는 새들처럼 웃어 대는 중국 아가씨들 소리가 들려왔고, 숯불에 구운 고기와 양념한 요리 냄새가 코를 자극했다. 어리고 작은 체구에 짙은 화장을 한 중국 소녀들 중, 어린애같이 철없는 아가씨가 간호사처럼 정확히 제시간에 맞추어 커피와 생선을 곁들인 쌀 요리 그리고 설익은 포도주와 차, 술과 밀수한 미국 담배를 가지고 올라왔다. 마라냐 씨가 떠나기 전에 그렇게 하라고 일러두었기 때문이다. 그러다 한 번은 그 옆에 누워 새 한 마리가 물을 쪼듯 그에게 키스하기 시작했다. 비랄보가 혼자 있고 싶다고 부드럽게 밝히자 눈을 내리깔고서 웃었다. 스페인 사람 마라냐는 사흘째 되는 날 비닐 봉투에 넣은 여권을 들고서 돌아왔다. 비랄보가 봉투를 만졌을 땐 축축했다. 마라냐는 손이며 목에 땀을 많이 흘렸고 거리에서부터 고래처럼 헉헉대며 계단을 올라왔기 때문이었다. 매끄러운 리넨 천으로 만든 것 같은 옷을 입었고 허연 두 눈과 뱃속 검은 사람의 지나친 환대를 숨겨 주는 녹색 알의 안경을 썼다. 그는 커피와 술을 시키고 박수 소리로 중국 아가씨들을 쫓아냈다. 비랄보와 애기하는 도중에도 안경은 벗지 않았다. 알만 조금 치켜들고서 손수건 끝자락으로 눈을 닦았다.

　"자코모 돌핀."

　자신의 능숙함의 성과를 비랄보가 알아주었으면 하는 듯 여권을 만지작거리며 말했다.

"1951년 오란* 태생, 아버지는 아일랜드에서 태어났지만 국적이 브라질이고, 어머니는 이탈리아 사람이지. 오늘부터 그 사람이 당신입니다. 신문 읽으셨나? 지난번 해치웠던 양키에 대해선 더 이상 이야기하지 않아요. 깨끗하게 해치우셨더군요. 기차에 외투를 남긴 것은 유감스럽지만. 루크레시아가 다 얘기해 줬습니다. 한 번 밀었다고, 선로로, 아닌가?"

"기억이 가물가물합니다. 사실 그 사람 혼자 떨어졌을지도 몰라요."

"진정해요. 우리는 같은 나라 사람이잖아요, 그렇죠?"

마라냐는 술 한 모금을 마셨다. 그의 얼굴은 땀으로 뒤범벅되어 있었다.

"나는 리스본 주재 스페인 영사인 셈이죠. 사람들이 대사관으로 가지 않으면 나한테 오거든요. 당신을 찾아다니는 그 마르티니크 혼혈아 놈에 대해선, 루크레시아한테 이미 말했듯이, 안심해요. 리스본에서 떠날 때까지 내가 당신을 개인적으로 돌봐 줄 겁니다. 당신이 연주할 극장에도 데려다 줄 거예요. 물론 내 차로요. 그 혼혈아 놈이 무장했나요?"

"그럴 거예요."

"나도 그렇지."

숨을 헐떡거리며 마라냐는 볼록 나온 허리춤에서 비랄보가 영화에서도 본 적 없는 긴 권총을 꺼냈다.

"357구경이지요. 내 앞에 나타나기만 하라고."

"대부분 뒤에서 나타납니다. 나일론 줄을 가지고 말이지요."

---

* 알제리에 있는 지방 상업 도시.

"그렇다면 내가 뒤로 못 가게 하지요. 나는 가 봐야 하는데, 어디든 데려다 줄까요?"

마라냐는 일어서서 권총을 넣었다.

"극장으로, 가능하다면. 연습해야 하거든요."

"당신이 원하는 대로. 루크레시아를 위해서라면 위조범, 경호원, 택시 운전사도 될 수 있지. 사업이란 이런 거죠. 오늘은 당신을 위해서, 내일은 날 위해서. 아! 돈이 필요하면 말해요. 참 행운이야, 당신. 여자한테 빌붙어 산다는 게 바로 그거지……."

매일 밤 마라냐는 미덥지 못한 차에 몸을 겨우 넣고서 바퀴벌레처럼 골목길을 타고 올라 그를 찾아왔다. 그의 자동차는 20년 전이라면 날쌘 스포츠카였을 모리스였다. 비랄보는 어떻게 마라냐가 그 차에 들어가서 움직일 수 있는지 궁금했다. 그는 지붕에 눌린 듯 운전하면서 바다 동물 것 같은 천박한 콧수염이 입까지 덮인 채로 씩씩거렸고, 제멋대로 난폭하게 핸들을 돌려 댔다. 때로는 오랜 옛 시절의 정치적 망명자였고 때로는 억울한 횡령 소송의 도망자였다. 스페인에 대한 향수는 남아 있지 않았다. 스페인은 평범함을 거부하는 자들을 추방하는 배은망덕한 땅이고 시샘의 땅이었다. 비랄보, 그도 추방당한 자가 아니었나? 음악으로 성공하기 위해 외국으로 떠나야 하지 않았던가? 비랄보가 연습하는 동안 마라냐는 객석의 첫 줄에 퉁퉁한 부처처럼 앉아 미소 짓거나 조용히 잠을 잤다. 그리고 드럼의 난타나 침묵이 엄습해 그를 깨울 때면 권총을 찾기라도 하듯 급히 움직이며 텅 빈 극장의 어두운 곳과 살짝 열린 빨간 커튼을 살폈다. 비랄보는 루크레시아가 그에게 얼마를 주었는지, 아니면 그를 보호하면서 마라냐가 무슨 빚 청산을 하고 있는지 물을 수 없었다. 마라냐는 이렇게 말했다.

"스페인 망명자들은 서로 도와야 해요. 유대 민족을 보라고요……."

하지만 콘서트 날 오후 비랄보는 그의 차 경적 소리를 기다리지 않았다. 중국 여자애들이 가끔 팔을 괴고 있는 창문 곁에 멈추기까지, 무언가 보도블럭 위를 지나며 내는 듯한 굉음을 듣고 싶지 않았다. 그는 억지로 힘을 내는 병자처럼 침대에서 일어났다. 술을 한 모금 마시고 거울을 봤다. 심하게 팽창한 눈동자와 여드레 동안 내버려 두었던 수염 때문에 그는 며칠 밤을 지새우며 불규칙하게 산 사람처럼 지쳐 보였다. 무기를 숨기듯 여권을 보관하고 짙은 색 안경을 끼고는 비좁은 계단을 내려갔다. 발판이 지저분한 고무로 뒤덮인 계단은 골목길로 나 있었다. 창문에서 소녀 한 명이 "안녕."이라고 말했다. 등 뒤에서 키득거리는 높은 어조의 웃음소리를 들었지만 돌아보고 싶지 않았다. 가까운 술집에서 기름과 나뭇진, 동양 음식 냄새가 진동하는 연기가 올라왔다. 안경알 너머로 보이는 세상은 해 질 무렵이나 일식 때처럼 어둑했다. 도시의 낮은 지역으로 향하는 길을 내려갈 때, 거의 무의식적인 홀가분함을 느꼈다. 콘서트가 중반에 이르러 음악에 대한 두려움을 잊었을 때와 같은 기분이었다. 그때가 되면 손에 땀이 차지 않고 심장 박동처럼 의식과는 거리가 먼 공허함과 속력의 본능에 따랐다. 어느 거리의 모퉁이를 돌자 도시 전체와 만이 보였다. 멀리 선박들, 항구에 설치된 기중기들, 물 위로 오팔 색 안개에 묻혀 흐릿한 붉은 다리가 보였다. 음악에 대한 본능만이 그를 인도하고 그가 길을 잃지 않도록 해 주었다. 그 본능은 그가 루크레시아를 찾으러 다닐 때 보았던 장소들로 그를 이끌었고, 축축한 통로들과 벽으로 둘러싸인 골목길들로 몰아가며 리스본의 광장들, 동상을 받치고 있는 기둥들, 좀 지저분한 극장으로 안내했다. 극장에서는 리스본에나 남아 있을 지난 세기말에 만들어진 중간이 생략된 초창기 영화들이 반짝이고 있었다. 내게 말하길, 콘서트장 건물 정면에는 우화의 인물과 요정들이 그려져 있고 간판에 꼬불꼬불한 글씨로 "아니마토그라포"라는 이상한 단어가 쓰여 있었다고 했다. 그리고 도심 낮은 지역의 쭉쭉 뻗은 바둑판같은 거리에 들어서기 전부터 빌리 스완의 이름 밑에 크고 붉은 글씨로 "피아노, 자코모 돌핀"이라고 자신의 새 이름이 쓰인 포스터들이 보이기 시작했다고 했다.

언덕을 따라 드문드문 서 있는 노란 집들과 12월의 차가운 불빛, 계단, 가느다란 철제 탑 그리고 과거 어느 날 저녁 말콤의 추격에서 잠시 자신을 구해 준 엘리베이터를 보았고, 어두운 창고 입구와 불 켜진 사무실 창문들, 움직이지 않고 해 질 녘 무언가를 기다리는 듯 아니면 바라보는 듯 파란 전등불 아래 시끄럽게 모여 있는 사람들을 보았다. 그 '무언가'란 어쩌면 이미 산티아고 비랄보라 불리지 않는, 진한 색 안경을 끼고서 도망자처럼 행동하는, 리스본의 무(無)에서 새로 태어난 남자의 불가시성이나 비밀스러운 운명이었을 것이다.

극장에 도착했을 때 이미 매표소 주변에는 사람들이 있었다. 리스본에는 어느 곳이든 항상 사람이 있다고 비랄보는 말했다. 공중변소나 추잡한 영화관 입구에, 또 고독으로 가장 혹독하게 내팽개쳐진 장소들, 심지어 역 근방 모퉁이들에도 항상 사람들이 짙은 색 옷을 입고 홀로 서 있다고 했다. 야간 급행

열차에서 방금 내린 듯 면도도 안 한 채 혼자인 사람들, 구릿빛 피부에 비스듬한 시선으로 바라보는 백인들, 자신들을 이 세상 반대편의 도시로 오게 만든 끝없는 우수와 유랑의 아픔 속에서 미래를 견뎌 내는 말없는 흑인들과 동양인들……. 하지만 "아니마토그라포"라는 그 영화관인지 극장인지 하는 곳의 입구에서는 북유럽에서 이미 보았던 창백한 얼굴들을 보았다. 바로 그 예절 바른 인내와 냉정한 몸짓을 보았다. 자기는 물론이겠지만 빌리 스완도 그 사람들을 위해 연주하려는 것은 아닐 거라, 실수일 거라 생각했다. 그들은 그곳에 서서 온순하게 입장권을 샀지만 그들이 들으려는 음악은 절대 그들을 감동시키지 못할 것이기 때문이었다.

빌리 스완도 항상 그것을 알고 있었다. 하지만 그에겐 상관없는 일이었을지도 모른다. 연주를 하러 나가면 마치 혼자 있는 듯했다. 어둠 속에서 군중을 복종시키고, 무대 가장자리에 조명이 만든 절대적인 경계선이 그를 보호하고 격리하는 것 같기 때문이었다. 빌리 스완은 대기실에 있었다. 그는 거울의 불빛과 벽의 지저분한 습기에 무관심했다. 입에는 담배 한 개비를 물고 트럼펫은 무릎 위에 놓아두었다. 주스 한 병을 손 닿는 곳에 둔 채 병원 대기실에서처럼 평온하게 홀로 동떨어져 있었다. 이젠 아무도 알아보지 못하는 것 같았다. 비랄보든, 누구든, 심지어 오스카까지도 알아보지 못하는 것 같았다. 오스카는 뭔지 모를 캡슐 약과 물 잔을 가져다주고, 그의 주변에서 고독과 침묵이 깨지지 않도록 애썼다.

"빌리, 나 여기 있어요."

비랄보가 말했다.

"난 아니야."

빌리 스완은 담배 피우는 흉내를 내는 사람처럼, 어색하게 담배를 입에 가져갔다. 그의 목소리는 더 느려지고 어두웠으며 그 어느 때보다도 알아듣기가 힘들었다.

"그 안경을 쓰면 뭐가 보이나?"

"거의 아무것도 안 보이죠."

비랄보는 안경을 벗었다. 갓 없는 전구의 불빛이 눈을 따갑게 했고 대기실을 더 작아 보이게 했다.

"그 사람이 항상 끼고 다니라고 했어요."

"난 모든 게 흑백으로 보여."

빌리 스완이 벽을 향해 말했다.

"회색, 회색. 더 밝든가 더 어둡지. 영화필름 같은 게 아니야. 벌레들이 사물을 보는 거랑 같아. 그런 것을 다룬 책을 읽었지. 색깔을 구분할 수 없다지. 젊었을 땐 나도 물론 색깔이 보였어. 대마초를 피울 때면 사물들 주변에 녹색 불빛이 보였지만 위스키를 마시면 달랐지. 더 노랗고 더 빨갛고 더 파랬어. 저 조명들을 켤 때처럼 말이다."

"자네에게 조명을 비추지 말라고 얘기해 뒀어."

오스카가 말했다.

"오늘 밤 그녀가 오나?"

빌리 스완은 천천히 피곤하다는 듯 비랄보를 향했다. 말하는 것도 같은 식이었다. 하는 말마다 역사가 포함되어 있었다.

"떠났어요."

비랄보가 말했다.

"어디로?"

빌리 스완은 속이 안 좋은지 주스를 한 모금 들이켰다. 순종하는 듯 그리고 거의 우수에 젖은 듯 우울해했다.

"몰라요. 내가 떠나 달라고 했어요."

"돌아올 거야."

빌리 스완은 손을 내밀었고 비랄보는 그가 일어서도록 도와주었다. 무겁지 않았다.

"9시야. 나가야 할 시간이에요."

오스카가 말했다.

무대 뒤 아주 가까이에서 사람들의 웅성거림이 들렸다. 어둠 속에서 바닷소리를 듣는 것만큼이나 비랄보는 그 소리가 무서웠다.

"40년을 이렇게 살아왔지."

빌리 스완은 비랄보의 부축을 받으며 걸었다. 잃어버릴까 두려운 듯 트럼펫을 가슴에 꼭 눌러 쥐고 있었다.

"하지만 아직 왜 저들이 들으러 오는지, 왜 그들을 위해 우리가 연주하는지 모르겠어."

"그들을 위해 연주하는 것이 아녜요, 빌리."

오스카가 말했다. 네 사람이었다. 금발의 프랑스인 드럼 연주자 부비도 함께, 그들은 커튼이 쳐진 복도 끝에 모였다. 무대의 조명들이 이미 그들의 얼굴을 비추고 있었다.

비랄보는 입이 말랐고 손에선 땀이 났다. 커튼 저편 여기저기서 목소리와 휘파람 소리가 들려왔다. 한번은 비랄보가 내게 이렇게 말했다. "그런 극장에서는 원형극장에 나가는 것 같지. 호랑이한테 잡아먹히러 나가는 것처럼, 다른 사람이 먼저 나가는 게 고맙다네." 드럼 연주자 부비가 머릴 숙이고 미소 지으며 먼저 나갔다. 야행성 동물처럼 재빠르고 조심스러운 몸짓으로 움직이면서 리듬에 맞춰 청바지 옆자락을 두드렸다. 사람들은 짧은 박수 소리로 그를 반겨 주었다. 뚱뚱한 오스카가 뒤뚱거리며 그 뒤를 이어 나타났다. 냉정하게 무시하는 듯한 표정이었다. 비랄보가 나왔을 땐 콘트라베이스와 드럼이 이미 연주하고 있었다. 조명 때문에 눈이 부셨다. 안경알 너머로 동그랗고 불꽃같이 노란 조명들이 보였다. 하지만 그에게는 줄지어 놓인 하얀색의 건반들밖에 보이지 않았다. 조난당해 마지막 판자에 몸을 의지하듯 건반 위에 두 손을 얹었다. 그는 겁먹은 듯 미적거리며 아주 오래된 노래를 연주하기 시작했다. 도망치듯 움직이는 긴장한 하얀 손을 바라보았다. 부비는 높은 담들이 무너지듯 격렬하게 드럼을 연타하더니, 심벌즈를 둥글게 스친 후 정적을 자아냈다. 비랄보는 빌리 스완이 자기 옆을 지나 무대 가장자리에 서서 단상에 아주 살짝 발을 올리는 것을 보았다. 마치 더듬거리며 앞으로 나아가는 듯, 누군가를 깨울까 두려워하는 듯했다.

그는 트럼펫을 들고 마우스피스를 입에 물었다. 눈을 감았다. 얼굴은 붉게 상기되고 수축되었다. 아직 연주는 시작하지 않았다. 마치 누군가의 주먹질에 대비하고 있는 듯했다. 등 뒤의 멤버들에게 동물을 쓰다듬는 사람처럼 손으로 신호를 보냈다. 이제 시작이라는 성스러운 느낌에 비랄보는 떨렸다. 오스카를 바라봤다. 그는 두 눈을 감고 몸을 앞으로 기울인 채, 왼손은 펴서 콘트라베이스 목 위에 두었는데, 마치 뭔가를 간절히 기다리거나 암기하는 듯했다. 비랄보는 도달할 수 없는 목소리의 속삭임을 듣는 듯했다. 보랏빛 산길과 나무들 사이에 숨겨진 집의 놀라운 풍경을 다시 보는 듯했다. 그날 밤 빌리 스완은 그들, 증인이나 공범들을 위해 연주한 것이 아니었다고 비랄보는 말해 주었다. 자기 자신을 위해, 어둠과 침묵을 위해, 빛의 장막 저편에서 거의 부동자세로 흔들리던 윤곽 없는 얼굴들을 위해, 눈과 귀, 그리고 리듬을 타던 이름 없는 심장들을 위해, 잔잔한 심연에 줄지은 얼굴들을 위해 연주한 것이었다고 했다. 그 심연 속으론 빌리 스완만이 자신의 트럼펫을 입에 물고, 아니 그것 없이도(그는 마치 트럼펫이 존재하지 않는 듯 다뤘기 때문이다.) 들어설 수 있었다. 비랄보는 다른 이들을 안내하며, 그를 따르려 했고 그를 향해 나아가려 했다. 홀로 아주 멀리 다른 일행에 등 돌리고 있는 빌리 스완에게 다가가려 했다. 따스하고 강한 기류로 그를 감싸 안으려 했고, 잠시 동안이나마 빌리 스완은 피곤에 붙들려 그것을 받아들이는 듯했지만 거짓이나 굴복에서 벗어나듯 도망쳐 버렸다. 어쩌면 그들이 연주하는 것이 거짓이고 비굴함이었을지도 몰랐다. 쫓아오는 자들이 자기를 붙잡지 못할 것을 아는 짐승같이 그는 갑작스럽게 도주 방향을 바꾸거나 멈춰서 움직이지 않는 척하거나 바람 냄새를 맡았다. 자신의 음악으로 유리종처럼 그를 둘러싸는 들리지 않는 경계선을 세웠다. 다른 사람들이 만든 시간 속에 단지 그만의 시간을 창조해 냈다.

비랄보가 피아노에서 눈을 떼어 고개를 들자, 집중하느라 붉게 달아오른 얼굴 위로 상처 두 개가 나란히 앉아 있는 듯한 그의 굳게 감긴 눈꺼풀이 보였다. 일행은 더 이상 그를 따라갈 수 없어 흩어졌다. 세 사람은 저마다 열심히 그를 쫓다가 길을 잃고 헤맸다. 오스카만이 어떤 리듬에도 굴하지 않고 끈질기게 빌리 스완의 뒤를 쫓아 콘트라베이스의 줄들을 뜯고 있었는데, 몇 분이 지나자 그의 손도 움직임을 멈췄다. 그러자 빌리 스완은 입에서 트럼펫을 뗐다. 비랄보는 몇 시간이 지났고 이제 콘서트가 끝나 간다고 생각했지만 그 누구도 박수 치지 않았다. 트럼펫의 마지막 고음이 아직까지 남아 있는 감동의 어둠 속에서 어떤 소리도 들리지 않았다. 숨소리가 무거운 공명처럼 들릴 정도로 마이크에 가까이 있던 빌리 스완이 노래하고 있었다. 나는 그가 어떻게 노래하는지 안다. 음반에서 들었다. 하지만 비랄보는 그 사람의 목소리가 그날 밤 어떻게 울렸는지 상상할 수 없을 것이라고 말했다. 그것은 음악을 상실한 속삭임이었고, 느릿한 웅얼거림이었으며, 거칠고 달콤한, 사납고 깊은, 또 그 음을 듣기 위해서는 땅에 귀를 가져가야 할 정도로 소리 죽인 이상한 기도였다고 했다.

비랄보는 침묵 속에서 빈틈이라도 찾듯 손을 들어 건반을 쓰다듬었다. 장님처럼 목소리에 이끌려 그리고 목소리에 수용되어 연주하기 시작했다. 그녀가 그곳에 있다고 상상하면서 갑자기 저 어둠 속에서 루크레시아가 자신의 연주를 듣고 평가할 수도 있겠다고 생각했다. 하지만 그땐 그것조차도 중요하지 않았다. 마침내 조금은 최면에 걸린 듯한 그 목소리는 그의 운명과 평안하고 유일한 그의 삶에 정당성을 보여 주었다. 모든 것, 즉 절대 이해하지 못할 것에 대해 부질없는 두려움과 자부심에 찬 길, 고통도 행복도 아닌 어떤 것에 대해 알 수 없는 확신에 찬 길, 루크레시아를 향한 그의 옛 사랑과 3년의 고독 그리고 절벽 위의 집에서 아침이 밝아 오며 행했던 서로에 대한 인정만이 중요했다. 이제 모든 것은 리스본이나 산세바스티안의 겨울 거리에 비치는 차가운 아침의 불빛처럼, 냉정하면서도 격앙된 불빛 아래 비춰졌다. 마치 잠에서 깨어나듯 이제 빌리 스완의 목소리가 들리지 않는다는 것을 알아차렸다. 자기 혼자만 연주하고 있고 오스카와 드럼 연주자는 자기를 바라보고 있었다. 피아노 옆, 바로 자기 앞에서 빌리 스완은 안경알을 닦으며 마치 아주 멀리서 들리는 무엇인가에 동조하기라도 하듯 천천히 발로 바닥을 두드리고 머리를 좌우로 흔들고 있었다.

"그가 다시 술을 마셨어?"
내가 물었다.
"아니. 단 한 방울도."
비랄보는 침대에서 일어나 발코니 창을 열러 갔다. 건물들 지붕에, 전화국 건물의 제일 높은 층들의 창문에 이미 햇살이 비치고 있었다. 그러고는 빈 병을 내보이며 내가 있는 쪽으로 왔다.
"그는 한 번도 술과 음악을 포기한 적이 없었어. 리스본에서 끝났지. 이 술병처럼 말이야. 그래서 살았든 죽었든 그에게는 마찬가지야."
그는 커튼을 완전히 열고 빈 병을 쓰레기통에 버렸다. 아침 햇살에 이제 우리는 서로 모르는 사람이 되어 버린 것 같았다. 떠나야 한다고 생각하며 그를 바라보았지만 무슨 말을 해야 할지 몰랐다. 나는 안녕이란 말을 해 본 적이 없었다.

20

그 후 며칠 동안 나는 마드리드에서 그리 멀리 떨어져 있지 않은 옛 도시를 잠시 여행했다. 돌아오면서 이젠 플로로 블룸에게 편지해야 할 때라고 생각했다. 산세바스티안을 떠나온 이후로 그의 소식을 전혀 몰랐다. 그의 주소도 잊고 있었다. 비랄보에게 물어보려 했다. 그의 호텔로 전화했지만 없다고 했다. 왜 그랬는지는 지금 생각나지 않지만 며칠이 지나고서야 메트로폴리타노로 그를 찾으러 갔다. 10년이나 20년 전에 갔던 장소에 다시 간다고 감동한 적은 거의 없다. 하지만 평소에 잘 가던 바를 2주나 한 달 만에 가면 참을 수 없는 공허함이 느껴진다. 형편없는 세입자들에게 한동안 집을 맡긴 사람처럼 내가 없는 동안 계속 무슨 일들이 일어났고, 내가 모르는 사이에 보이지 않는 변화가 일어난 것같이 느끼는 것이다.

메트로폴리타노 입구에 자코모 돌핀 트리오의 포스터는 없었다. 아직은 너무 일렀다. 내가 모르는 한 웨이터가 말하길,

모니카는 8시에 일을 시작한다고 했다. 비랄보와 그의 동료들에 대해선 묻지 않았다. 그날이 일주일 중에 그들이 연주하지 않는 날이라는 것이 생각났기 때문이다. 맥주 한 잔을 주문하고 안쪽 깊숙한 곳의 탁자에 앉아 천천히 들이켰다. 모니카는 8시 몇 분 전에야 도착했다. 처음에는 나를 보지 못했다. 바에 있는 웨이터가 무슨 얘기를 하자 그녀가 내 쪽을 바라봤다. 헝클어진 머리에 화장도 아주 급하게 한 듯했다. 어느 곳이든 항상 마지막 순간에 맞춰 도착하는 사람 같았다. 그녀는 외투를 벗지 않고 내 앞에 앉았다. 날 바라보는 모양새를 보고 비랄보에 대해 물으려 한다는 것을 알았다. 그녀가 자코모라 부르는 소리는 어색하게 들리지 않았다.

"열흘 전에 사라져 버렸어요."

그녀가 내게 말했다. 우리는 단둘이 말을 나눈 적이 없었다. 처음으로 그녀의 눈 색깔에 보랏빛이 감돈다는 것을 느꼈다.

"아무런 말도 없이 말이에요. 부비와 오스카는 그가 떠나리라는 걸 알고 있었어요. 그들도 가 버렸거든요."

"혼자 갔습니까?"

"당신은 알고 있을 줄 알았는데."

그녀는 날 유심히 바라보았다. 그녀의 눈동자의 색깔이 더욱 강렬해졌다. 날 믿지 않았다.

"내게 그들의 계획에 대해선 말해 주지 않았어요."

"계획이 있지는 않은 것 같았어요."

모니카는 길을 잃기라도 한 것처럼 딱딱하게 미소 지었다.

"하지만 난 그가 떠날 줄 알았어요. 그 사람이 정말 아팠나요?"

그렇다고 했다. 나는 부분적으로 거짓말을 했고 그녀는 그
것을 받아들이는 척했다. 거짓에 가까운 이런저런 사항들
을 멋대로 지어냈다. 꼭 좋은 것만은 아니었다. 어쩌면 소용없
는 짓이었을 것이다. 환자에게 그의 고통에 관심 없이 얘기하
는 것처럼 말이다. 그녀는 아무렇지도 않다는 듯 말했지만 의
심 섞인 말투로 마지막에 다른 여자가 있었는지 물었다. 그녀
의 눈을 바라보려고 노력하며 나는 아니라고 말했다. 계속해서
그가 돌아올 것이라고 확언했다. 냅킨에 우리 집 전화번호를
적어 주었고 그녀는 그것을 백에 넣었다. 작별 인사를 하며 그
녀가 날 바라보지 않는다는 것을 알았지만 우울하지는 않았다.

메트로폴리타노를 나왔을 때 보슬비가 내리기 시작했다. 높
이 달려 있는 간판들을 보면서 바로 그 순간 리스본의 밤은
어떨지 상상해 보고 싶었다. 어쩌면 비랄보가 그곳으로 돌아
갔을지도 모른다고 생각했다. 그의 호텔로 걸어갔다. 전화국 건
물의 창문들 아래, 건너편 보도에 여인들이 모여들고 있었다.
그들은 담배를 입에 물고 커다란 외투를 입고서 옷깃을 턱 아
래까지 올린 채 움직임이 없었다. 어두운 보도에서 살을 저미
는 차가운 바람이 불어오기 때문이었다. 차양 위, 수직으로 세
워진, 아직 불이 켜지지 않은 간판 옆으로 비랄보 방 창문을
알아봤다. 그곳엔 불빛이 없었다. 거리를 지나 호텔 입구에서
멈춰 섰다. 비슷한 두 남자가 검은 재킷에 선글라스를 끼고 똑
같은 콧수염을 기르고서 로비의 호텔 직원과 얘기하고 있었다.
로비의 자동문이 열리게 할 마지막 발걸음은 떼지 않았다. 호
텔 직원이 나를 보았다. 그는 검은 재킷의 남자들에게 계속 무
엇인가를 설명하고 있었다. 그는 무관심한 눈길로 나를 지나쳐

아무렇지도 않게 유리문을 살피고 다시 그들에게 시선을 돌렸다. 숙박 장부를 보여 주며 열심히 설명하고 있었다. 한 장을 넘길 때마다 그들 중 한 명이 데스크 위에 놓은 배지를 곁눈질했다. 나는 현관으로 들어가서 방 가격이 표시된 요금표를 보는 척했다. 뒤에서 봤을 때 두 사람은 완전히 똑같았다. 둘 사이로 호텔 직원의 눈길이 다시 내 위에 내려앉았다. 하지만 나 말고 그것을 알아차린 사람은 없었다. 한 사람이 청바지 뒷주머니에 배지를 넣으며 말하는 것을 들었다. 주머니 위로 수갑이 빛났다.

"만약 그 사람이 다시 나타나면 알려 주시오."

호텔 직원은 널찍한 장부를 탁 하고 닫았다. 재킷을 입은 두 사람은 과장된 몸짓으로 동시에 손을 내밀어 악수했다. 그러고는 거리로 나갔다. 호텔 보도에 비스듬히 세워져 있던 자동차는 그들이 오르기 전에 시동이 걸렸다. 난 담배를 피우며 엘리베이터를 기다리는 척했다. 호텔 직원이 내 이름을 불렀다. 안심하는 몸짓으로 문을 가리키며 말했다.

"마침내 갔네요."

그는 열쇠 수납장이 아니라 다른 곳에서 열쇠를 꺼내어 내게 주었다.

"307호입니다."

그는 해서는 안 될 멍청한 짓을 저질렀노라 사과하면서 설명했다. 투생 모통, "그 흑인"과 함께 왔던 금발 여인이 돌핀 씨 방을 뒤졌고 자기가 경찰을 불렀을 땐 이미 너무 늦었다고 했다. 그들은 이미 소방 탈출구로 도망쳐 버린 후였다.

"한 10분만 일찍 올라갔더라도 그들을 발견했을 텐데. 엘리베이터에서 마주쳤을 거예요."

"돌핀 씨가 아직 안 떠났다는 겁니까?"

"일주일 내내 안 오셨지요."

호텔 직원은 비랄보와 공범이라는 것이 뿌듯한 듯했다.

"하지만 그분의 방을 그대로 놔두었죠. 짐 가방도 안 가져가셨으니까요. 오늘 오후에 돌아오셨답니다. 아주 급하셨습니다. 올라가기 전에 택시를 불러 달라고 부탁하셨죠."

"어디로 가는지 말했나요?"

"아주 멀리는 아닐 겁니다. 손가방만 가지고 나가셨거든요. 제게 당신이 오시면 방 열쇠를 드리라고 부탁하셨어요."

"다른 말은 더 안 했습니까?"

호텔 직원은 뿌듯한 듯 겸연쩍은 미소를 지어 보였다.

"돌핀 선생님을 아시잖아요. 말이 많으신 분이 아니시죠."

방으로 올라갔다. 호텔 직원이 내게 열쇠를 준 것은 예의상 그런 것일 뿐이다. 자물쇠는 망가져 있었다. 침대는 심하게 흐트러져 있고 옷장 서랍들은 바닥에 뒤집혀 있었다. 공기 중에 젖은 장작이 타는 듯한 냄새가 남아 있었다. 다프네를 보았던 산세바스티안의 밤으로 순간적으로 돌아가게 하는 미묘하면서도 분명한 냄새였다. 양탄자 위에 옷가지와 종이들 사이로 짓눌린 담배꽁초가 얼룩 같은 검은 원을 만들었다. 루크레시아의 흑백 사진 한 장과 빌리 스완을 언급한 영문 책 한 권, 가장자리가 닳은 옛 악보들과 싸구려 미스터리 소설들, 건드리지 않은 버번 한 병이 있었다.

발코니 창을 열었다. 보슬비와 추위가 얼굴을 거칠게 때렸다. 창문을 닫고 커튼을 쳤다. 그러고서 담뱃불을 붙였다. 욕실 선반에서 플라스틱 컵 하나를 찾았다. 너무 흐릿해서 더러워 보였다. 의치를 담아 뒀던 컵이 아닐까 하는 의심을 떨치려고 노력하면서 버번을 따랐다. 옛 미신을 따라서 잔이 비기 전에 다시 채웠다. 희미하게 자동차 소리가 들렸다. 가끔 아주 가까이서 멈추는 엘리베이터, 호텔 통로의 발걸음 소리와 목소리들이 잔잔히 들렸다. 서두르지 않았다. 모르는 도시의 거리를 바라보듯 확신도 목적도 없이 마셨다. 침대에 앉아 무릎 사이에 컵을 끼워 넣었다. 빨간색 버번위스키가 침대 탁자의 조명에 빛났다. 조심스럽게 문 두드리는 소리가 들렸을 땐 이미 반이나 마신 상태였다. 움직이지 않았다. 누군가 들어왔다면 내 등을 보았을 것이다. 돌아보려 하지 않았기 때문이다. 한 번 더 두드렸다. 세 번의 노크 소리가 어설픈 암호 같았다. 버번에 취해 그리고 움직이지 않고 있던 탓에 몸이 둔해져, 병을 들고 있다는 것도 깨닫지 못한 채 일어나서 문을 열러 갔다. 루크레시아가 들어와 처음 본 것은 내 얼굴이 아니라 바로 그 모습이었다. 처음엔 날 알아보지 못한 듯했다. 잠시 후에야 내 이름을 말했다.

술기운에 그녀를 보고도 크게 놀라지는 않았다. 내가 오래전 알던 그녀가 아니었다. 비랄보의 얘기를 듣고 상상했던 모습도 아니었다. 그녀는 기차에서 막 내린 사람처럼 급하고 목이 타는 듯이 고독한 분위기를 풍겼다. 하얀 바바리코트를 걸친 그녀의 어깨는 젖어 있었다. 그녀는 거리의 차갑고 축축한 공기를 품고 들어왔다. 난잡하게 어질러진 방과 내가 들고 있던 병을 보았다. 내가 들어오라고 말했다. 엉뚱한 친절을 베풀겠다는 마음에 병을 들고 잔을 권했다. 하지만 그녀가 앉을 자리가 없었다. 그녀는 방 한가운데에 서서 외투 호주머니에서 손도 빼지 않은 채 비랄보에 대해 물었다. 난 그의 부재에 대해 사과라도 하듯 그는 이미 떠났고 난 그저 그의 물건들을 챙기러 온 거라고 말했다. 열린 서랍들과 탁자의 흐릿한 불빛을 보며 그녀는 수긍했다. 그 불빛과 버번위스키의 공허한 열기 속에서 루크레시아의 얼굴엔 명품 잡지들의 광고에 나오는 여인들의 완벽함과 거리감이 깃들어 있는 듯했다. 현실 속의 여인들보다 더 크고 더 외로워 보였으며 시선도 달랐다.

"당신도 떠나야 해요. 투생 모통이 여기 왔었어요."

나는 그녀에게 말했다.

"산티아고가 어디로 갔는지 몰라요?"

그 이름이 비랄보를 말하는 것 같지 않았다. 그 누구한테서도 그를 그렇게 부르는 것을 듣지 못했다. 플로로 블룸조차도 그렇게 부르지 않았다.

"그의 동료들도 같이 떠났답니다."

말 한마디면 루크레시아를 잠시 붙잡아 둘 수 있을 것 같다지만 그러기를 포기했다. 그러나 그녀 앞에서 소리 없이 입술만 움직이는 것 같았다. 그녀는 아무런 말 없이 등을 돌렸고 난 그녀의 외투가 바람에 스치는 소리를 들었다. 그리고 천천히 움직이는 엘리베이터 소리를 들었다.

문을 닫고 잔에 버번위스키를 채웠다. 발코니의 유리창 너머 몸을 약간 굽힌 채 보도로 나타나는 그녀의 뒷모습을 보았다. 12월의 차가운 바람에 펼쳐진 하얀 바바리코트가 비 때문에 호텔의 파란 불빛 아래 빛났다. 그녀가 길을 건너는 동안은 걸어가는 그녀 모습을 분간할 수 있었다. 군중 사이로 멀리 하얀 점이 되어 사라져 이제는 보이지도 않았다. 마치 존재한 적이 없었던 것처럼 그녀는 펼친 우산들과 자동차들 너머로 갑자기 지워져 버렸다.

작품 해설

안토니오 무뇨스 몰리나는 이제 의심할 여지없이 스페인 현대 소설가 중에서 가장 대표적인 작가 중 한 명이다. 그는 '1980년대', '프랑코 사후 세대', '민주화 시기', '포스트모던' 등으로 불리는 시대를 연 작가이다. 그는 동시대 작가들처럼 도회적 삶과 세상을 그리면서, 모더니즘적인 완전히 새로운 방식으로 소설을 썼다. 종교적 신념을 상실하고 공동체적 삶의 방식과 단절한 시대의 새로운 지적 모험을, 신선하면서도 낯선 방식으로 그리기 시작한 것이다. 무뇨스 몰리나와 그의 세대가 이룩한 새로운 소설은 전통적인 사실주의와 단절하고 또 가톨릭적인 정신과도 단절했다. 이들은 개연성 있고 유기적인 리얼리티로부터 탈출하여 새로운 사회의 조건을 표현하면서 스페인의 전통적 사실주의 및 풍속주의 소설과는 전혀 다른 소설들을 썼다. 새로운 언어들과 가상현실로 소설을 창조했는데, 이것은 전통적 가치보다 독자의 시선을 사로잡을 수 있는 낯선 이미

선 이미지와 사건들, 역설적인 표현들로 리얼리티를 확장한 것이다. 그러나 이러한 감수성은 우연의 산물도, 허구적 모습도 아니다. 스페인 내전 이후 너무나 오랫동안 고립되었던 스페인이 1975년 프랑코의 사망과 함께 변화한 현실인 것이다. 프랑코 시대에 모든 것이 가톨릭 교리에 의거하여 엄격하게 통제되던 스페인은 이제 유럽으로 향하는 문을 열고 그동안 금지당했던 모든 것들을 보상이라도 받으려는 듯이 욕망을 분출했다.

『리스본의 겨울』은 이렇게 변화한 시대를 보여 주고 있다. 전통과 단절하고, 불확실성으로 가득한 시대 상황은 오히려 실험 정신을 배양시킬 비옥한 토양이 되었다. 그런 변화와 단절의 시대에 우리가 알고 있던 스페인에 대한 이미지들, 즉 강렬한 태양, 정열적인 사람들, 투우와 플라멩코의 나라, 1년 내내 축제가 열리는 나라, 돈키호테와 카르멘의 열정이 살아 숨 쉬는 나라라는 전통적 이미지는 과거의 것이 되었다. 이제 다른 유럽 소설들처럼 무뇨스 몰리나도 본격적으로 도시를 무대로 고립된 사회, 불안정한 도시를 그려 내는 것이다. 『리스본의 겨울』은 마드리드와 산세바스티안이라는 도시를 배경으로 군중 속 외로운 사랑, 고독한 도시적 감수성을 바탕으로 전통적인 글쓰기와 충돌하는 작품이다. 작품 속 인물들이 관계하는 방식은 애절한 사랑에 익숙해 있던 스페인의 독자들을 당혹스럽게 했다.

소설은 모두 스무 장으로 구성된다. 플로베르가 『감정 교육(*l'Education Sentimentale*)』에서 사랑하는 연인들이 이별할 때 언급한 "이별에는 사랑하는 사람이 우리와 함께 있지 않는 순간이 존재한다."라는 구절로 시작하고, 소설 전체는 플래시백 형식을 취한다. 마드리드 호텔 방에서 하는 고백은 이야기의 끝인 것 같지만, 이어지는 장에서 삼사 년간에 걸쳐 계속되는 안타까운 사랑을 재구성한다.

사건은 마드리드(현재), 산세바스티안(과거), 리스본(현재)을 넘나들며 전개된다. 산티아고 비랄보는 산세바스티안에 위치한 레이디 버드라는 바에서 연주하는 재즈 피아니스트이다. 그는 뛰어난 음악가로, 사람들은 그의 연주를 듣기 위해 모여든다. 어느 날 루크레시아라는 여자가 그녀의 남편 말콤과 우연히 레이디 버드에 들르게 되고, 그곳에서 처음 만난 두 사람은 사랑에 빠진다. 하지만 그들의 사랑은 말콤의 눈을 피해서만 가능한 두렵고 외로운 사랑이다.

루크레시아는 말콤과 함께 베를린으로 밀항하지만, 세잔의 그림이 숨겨진 장소가 표시된 지도를 훔쳐 그에게서 도망친다. 그녀는 이 지도를 이용해 그림을 팔아 버리고 스페인으로 돌아와 비랄보와 다시 만난다. 일인칭 화자인 나는 산티아고 비랄보가 그의 인생과 사랑에 대해 고백하는 대화 상대이다. 화자는 이름도 없지만, 대화 속에서 그에 대한 여러 가지 사실을 알 수 있다. 또한 그림 매매를 하는 극우단체 후원자 투생 모통, 항상 모통 옆에 있는 그의 젊은 비서 다프네는 말콤과 함께 루크레시아를 뒤쫓는 사람들이다. 비랄보는 재즈 연주자 빌리 스완이 입원한 리스본의 한 요양원에 갔다가 우연히 말콤을 만나 사고로 그를 죽이고 경찰의 추적을 피해 자코모 돌핀이라는 이름으로 공연을 한다. 유명한 트럼펫 연주자 빌리 스완, 콘트라베이스 연주자 오스카, 드럼 연주자 부비, 레이디 버드의 주인이자 친구인 플로로 블룸 등도 이야기를 함께 끌어나가는 인물들이다.

이 이야기의 중심 주제는 사랑이다. 루크레시아는 키가 크고, 창백한 얼굴에 감수성이 예민하고 신비로운 느낌을 풍기는 여자이다. 그녀와 비랄보의 첫 만남은 우연이지만 너무나 강렬했다. 이들의 사랑은 우연히 운명처럼 피할 수 없는 힘으로 다가왔다. 루크레시아와 비랄보는 말콤 몰래 의미심장한 눈빛을 교환하지만 그 은밀한 관계는 필연적으로 두려움을 내포하고 있다. 이들의 사랑은 흔히 말하는 편안함이나 즐거움, 두근거림으로 가득 찬 순수 시대의 사랑이 아니다. 그렇다고 대중을 자극하는 관능적이고 충동적이며 일회적인 사랑도 아니다. 오히려 공허를 채우기 위한, 은밀하고 퇴폐적인 금지된 욕망의 발현이다. 이들은 만나는 순간부터 상대방을 사로잡기 위해 온갖 달콤한 말을 주고받는 대신 침묵과 은폐의 신호로만 소통한다. 말콤은 이들 사이를 의심하면서 질투와 증오를 느끼고, 루크레시아는 이런 남편으로부터 멀어지기 위해 세잔의 그림이 숨겨진 곳을 표시해 둔 지도를 훔쳐 베를린에서 도주한다. 하지만 말콤과 모통에게 쫓기는 두려움도 이들의 사랑을 더욱더 은밀하고 깊게 만든다.

그러나 무뇨스 몰리나는 이들의 애절한 감정을 묘사하는 데 별로 신경 쓰지 않는다. 오히려 두렵고 부정적인 감정에 집중해서 무겁고 비극적인 사랑의 어두운 면을 부각한다. 하지만 파편화되고 분자화된 도시 속에서도 사랑의 열정, 괴로움과 고통은 인생의 동반자이자 변하지 않는 인간 본성이기 때문에 사랑에 대한 갈증과 열망은 존재한다.

소설에서 음악은 이야기를 이끌어 가는 동인으로 어떤 상징을 담고 의미를 전달한다. 단어만큼이나 강한 연상 작용을 불러일으키고, 순간의 감정을 자극하는 효과를 지닌다. 주로 비랄보의 태도나 느낌, 분위기 등을 암시하는 도구가 되는데, 피아노 연주자인 그는 음악을 통해서 자신의 감정을 표현한다.

이 소설에는 누아르 영화처럼 도시의 밤, 서스펜스, 도망과 추적, 폭력과 죽음, 권총, 레인코트, 중절모, 우울한 호텔 방과 같은 풍경이 일상적으로 등장한다. 마드리드의 밤거리는 늦게까지 사람들로 가득 차 있다. 특히 주말 저녁의 마드리드 거리를 보노라면 스페인은 밤을 위해 존재하는 듯한 착각을 불러일으킨다. 스페인 사람들의 놀기 좋아하는 활달한 성격과 비교적 안전한 마드리드 밤거리는 늦게까지 먹고 마시는 문화를 가능케 한다. 하지만 비랄보와 루크레시아, 화자가 거니는 밤거리는 우울과 고요가 지배하는 잿빛 하늘을 연상시키고 이 또한 도시적인 개성을 완성한다. 소설 속 밤은 주변적인 세계이고 우리가 속한 일상의 현실과 동떨어져 있다.

마지막으로 한 가지 궁금한 점은 왜 "리스본의 겨울"이라고 제목을 붙였는가이다. 이야기 전개에서 주인공은 당연히 루크레시아이다. 그런데 "루크레시아" 대신에 그녀와 아무 관계가 없이 "리스본의 겨울"이라고 이름 붙인 것은 '예술은 상투적인 것을 피하는 것이다.'라는 명제를 확인하듯이 제목부터 낯설게 만드는 게 아닐까? 사용된 표현들도 얼마나 낯선지 이해가 안 되기까지 한다. "슬픈 행복", "예견된 미래", "행복의 위협" 같은 표현들은 언어적 인습을 완전히 파괴해 버린다. 그런 언어의 파괴는 사랑의 언어를 갱신하면서 사랑의 방식도 혁명하는 듯이 보인다. 이 소설에서 묘사하는 사랑의 언어와 방식은 현실의 상투성이란 거의 존재하지 않는 현실의 파편일 뿐이라는 것을 확인시켜 준다. 일상에서 동떨어져 현실과 연관성 없어 보이는 생각과 감정, 시간의 연속성을 엉클어 버림으로써 사건의 연속성을 파괴해 버린다. 이런 방식의 글쓰기를 보면 러시아 형식주의자들이 예술의 본질적 특징으로 거론한 '낯설게 하기'가 떠오른다. 독특한 삶의 내용과 낯선 형식을 통해서 일상성을 훼방하는 것이다. 그 낯선 시간과 공간은 환상적이기까지 해서 그곳에서 벌어지는 일상조차도 기이하고 경이로운 모험으로 보인다. 그것은 현실에서 일어날 수 있으나 믿기 어려운 낯선 방식의 삶이다. 남녀 간의 관계도 더 낯설고 더 충격적으로 보인다. 그래서 이 소설이 영화로 만들어졌나 보다. 리스본에서 비랄보와 말콤의 만남과 쫓고 쫓기는 추격 장면 등은 우연성과 유희성을 보여 주고, 그 장치는 희극적이기까지 하다. 또한 시점의 오류 및 혼재, 마지막까지 구체적으로 묘사되지 않는 화자, 언어 규범을 뛰어넘는 문장과 애매모호한 표현들은 이 소설이 지니는 특징이며 포스트모더니즘 시대를 반영하는 수사이다. 바로 이런 특징이 사실주의적 전통에 대한 언어적 저항이자 언어 규범에 대한 의도적인 무시인 것이다.

2009년 8월
나송주

작가 연보

1956년   1월 10일, 스페인 하엔의 우베다에서 출생.

스페인 하엔의 산토 도밍고 학교를 졸업한 후 그라나다 대학에서 예술사를 공부하고 마드리드 대학에서 신문방송을 전공함.

1980년대에는 그라나다에서 공무원으로 일하며 《이데알(*Ideal*)》 신문에 칼럼니스트로 활동. 이때 기고한 글들을 모아 재편집하여 1984년에 첫 책인 『도시의 로빈슨(*El Robinson Urbano*)』을 발표.

1986년   첫 장편소설 『베아투스 일레(*Beatus Ille*)』 발표.

1987년   『리스본의 겨울(*El Invierno en Lisboa*)』 발표.

1988년   비평가상(Premio de la Critica)과 국가 문학상(el Premio Nacional de Narrativa) 수상.

1989년   『아름다운 암흑가(*Beltenebros*)』 발표.

1991년   『폴란드 기병(*El Jinete Polaco*)』 발표. 이 작품으로 플

라네타 출판사에서 수여하는 플라네타 상 수상.

1992년 《엘 파이스(El País)》에 연재한 글을 모아 『마드리드의 미스터리들(Los Misterios de Madrid)』 출판. 『폴란드 기병』으로 국가 문학상을 다시 한 번 수상.

1994년 『비밀의 주인(El dueño del Secreto)』 발표.

1995년 스페인 한림원 정회원이 됨.

1997년 『만월(Plenilunio)』 발표.

1998년 『희생의 언덕(La Colina de los Sacrificios)』 발표.

1999년 『카를로타 파인베르크(Carlota Fainberg)』 발표.

2000년 『아내는 부재중(En Ausencia de Blanca)』 발표.

2001년 『세파라드(Sefarad)』 발표.

2003년 『구원자(El Salvador)』 발표.

2004년 6월부터 2006년경까지 뉴욕 세르반테스 문화원 원장으로 일함.

2005년 『악마에 홀린 사람(La Poseída)』 발표.

2006년 『달의 바람(El Viento de la Luna)』 발표.

2007년 『일기의 날짜들(Días de Diario)』 출판. 하엔 대학에서 명예박사 학위를 받음.

2009년 현재 미국 뉴욕에 거주 중.

세계문학전집 **231**

리스본의 겨울

1판 1쇄 펴냄 2009년 8월 28일
1판 16쇄 펴냄 2023년 3월 14일

지은이 안토니오 무뇨스 몰리나
옮긴이 나송주
발행인 박근섭, 박상준
펴낸곳 (주)민음사

출판등록 1966. 5. 19. (제 16-490호)
서울특별시 강남구 도산대로1길 62(신사동) 강남출판문화센터 5층 (우편번호 06027)
대표전화 02-515-2000 팩시밀리 02-515-2007
www.minumsa.com

한국어 판 © (주)민음사, 2009, 2011, 2016. Printed in Seoul, Korea

ISBN 978-89-374-6231-3 04800
ISBN 978-89-374-6000-5 (세트)

세계문학전집 목록

세계문학전집은 계속 간행됩니다.